谨以此书献给我的父母

履程：海外浮生印记

王　霆　著

山东大学出版社

图书在版编目（CIP）数据

履程：海外浮生印记/王霆著. —济南：山东大学出版社，2020.6

ISBN 978-7-5607-6673-7

Ⅰ. ①履… Ⅱ. ①王… Ⅲ. ①游记—作品集—中国—当代 Ⅳ. ①I267.4

中国版本图书馆 CIP 数据核字（2020）第 144306 号

责任编辑 李孝德
封面设计 牛 钧

出版发行 山东大学出版社
社 址 山东省济南市山大南路 20 号
邮政编码 250100
发行热线 （0531）88363008
经 销 新华书店
印 刷 济南新科印务有限公司
规 格 720 毫米×1000 毫米 1/16
22 印张 311 千字
版 次 2020 年 6 月第 1 版
印 次 2020 年 6 月第 1 次印刷
定 价 66.00 元

PREFACE

写在最前面

史铁生在《老屋小记》中曾经论述过人生的加、减、乘、除，让我印象最深的是其中的除法和乘法。

人为什么总是会觉得一年比一年过得快呢？那是因为一岁之年是你生命的全部，而第 N 年只是你生命的 N 分之一。我对此深有同感，小学时光度日如年，大学四年却转瞬即逝。大学临毕业的那段日子，我始终在困惑，除了学习我到底还做了什么，并为之痛心疾首。后来我慢慢地意识到，事情的本质在于“重复”，如果你的 1/N 过得跟之前的每一个 1/N 近乎一样，到头来你就只过了 1/N 的人生。假如你去一个陌生的城市度周末，或考前临时抱佛脚，读一本厚厚的教材，你会感觉两天的时间变得很漫长，因为你在摄入全新的信息——新的旅游体验或新的文化知识，这些都能有效避免重复，从而增加人生密度，延展人生长度。

所幸的是，回顾多年的海外生活，我从没有“唉，时间过得真快”的感慨。前前后后、断断续续在 6 个国家学习、工作、生活的 9 年里，从一个 19 岁嘴上没毛、发胶倒在头上像一顶锅盔的阳光少年，到一个临近而立之年、事业无成的沧桑青年，这期间发生了许多事。曾经的我是非常不愿回忆过往的，总感觉当人一旦活在了过去就已经老了，而且失去了面对明天的勇气。这个道理在某种意义上是对的，但自从拜读了史老的人生乘法原则——“走过的每一年都存在于你此后所有的日子里，在那儿不断地被重新发现、重新理解，不断地改变模样”，我改变了原来的想法，打算与大家一起回溯与分享我这些年在海外经历的故事……

写作对于我来说并不陌生。我儿时的语言表达能力差得不能再差，小学时考看图说话，我可以把“躺在病床上，腿上绑着厚厚绷带的小明”写成“发高烧住院的小明”。没错，那时候的我，不仅语言表达能力有问题，而且观察理解能力也亟待开发。而自从初中成功摆脱了老妈为我一字一句修改作文之后，我终于获得了在纸上直抒胸臆的机会，还偶尔在校园刊物上发表一些稚嫩的小文章。高中则是典型的“少年不知愁滋味”，写一些自认为有哲理的带隐喻的小品文，矫揉造作。大学没什么改观，上课不听讲，坐在后排憋酸词，力求句句押韵，多了些哗众取宠的味道。没读过万卷书，写不出《围城》中冰雪聪明的人生哲学；没行过万里路，编不出《平凡的世界》中的时代厚重感，尽管我憾于前者不够畅快淋漓，也为后者虎头蛇尾的结尾捶胸顿足，但还是带着这样的感悟与敬畏放下了笔，去安心过我的生活，直到现在。

本书源于我的公众号“王的履程”。“履”是“步履”的“履”，“体履”的“履”；“程”是“旅程”的“程”，“历程”的“程”。“履程”，旨在分享属于自己的寰球步履与心路旅程，意在帮助那些出了国的或准备出国的朋友们：对于前者，是一种通感和慰藉；对于后者，是一些浅见与启迪。

关于文体，我很确信这不该是一篇长篇小说，我是个诚实的甚至实在得有些傻白甜的济南人，继承了山东大多数人的特点，不会说谎，也不会编故事。更何况，这么些年没动过笔的我，文学基础本来就弱，自然难以驾驭长篇。当然，自己的这本小书，也不会像杂文那样针砭时弊，更不会像散文那样清新优美。我就是用朴实自然的语言讲述我的海外浮生，不期望能有什么高大上的情操陶冶，能分享一些点滴感悟就很知足了。

其实我的私心也很重，写文章的过程好似一股清流，潺潺地流淌过我干涸的心灵，给自己在生活中缺乏热情且失去期许的内心平添几丝暖意。写作终归是一件能带来自我满足的事。因此，既是助人，也是救己。

最后，回到开头关于人生乘除法的描述，无论你在学业、事业上目标明确、一如既往地努力拼搏，还是瞻前顾后、一脸迷茫地站在人生的十字路口，都可以去尝试时不时给生活加入些许变化，活出相对精彩的人生。这样至少不会在回顾过往的时候，找不到闪光的记忆，几十年如一日地活着。

毕竟，人生，贵在体验。

王　霆

2020 年 6 月

目录

CONTENTS

第一部分　海外浮生

第二部分　心路旅程

第三部分　诗与远方

第四部分　番外故事

开篇：我自己的故事

独自走在繁华热闹却又略感陌生的街道，耳边随处是亲切熟悉的乡音。顽皮的孩子叫嚷着，向妈妈索要心仪的玩具；路边爆米花的香甜映衬着年轻恋人的柔情蜜意；行色匆匆的人们，公交车载着你们去向何方？这一切似乎都在反复地对我诉说：“回家了。”

9 年，不是一段短暂的时光，更不是过眼烟云，尤其是 20～30 岁这段人生的黄金时期。韩国、澳大利亚、德国、美国、瑞典、加拿大，一段段的往事都仿佛发生在昨天，像幻灯片一样鲜活地投在眼前。那些好的、坏的，快乐的、悲伤的，兴奋激动的、辛酸心痛的，只在我心中荡起一圈涟漪，再难激起波澜。风大了，禁不住拽紧衣领，望着难得蓝得纯粹的天空，我的笑很和煦，也很会心。

曾经的我，养尊处优，不能自理。面对菜市场嘈杂的人群和中英文混搭的粗野叫卖，我的内心极度绝望与崩溃。回家花 3 个小时做一顿简餐却味同嚼蜡，只能忍痛倒掉。每逢周末，去捡别人不要的菜叶，买两元一大盒的烂猕猴桃；在学校，与印度同学抢免费发放的饼干牛奶；去鱼薯店，连一小包番茄酱也不舍得花钱买。慢慢地，不到 1 小时，我就能变出一桌可口的饭菜；打工挣了钱，也常常出去下馆子。后来，我告别了自行车，买了一辆汽车代步，也逐渐告别了住在车库、商铺和公寓客厅的潦倒生活。

曾经的我，不懂得挣钱的艰辛。在超市打工，我逐渐习惯了客人的恶意辱骂，习惯了老板找各种理由延长实习期并克扣工资的恶劣行径；上夜班时，不仅要应对变态或醉酒的客人，还要穿着厚重的防寒服在冰柜里把数十箱饮料摆上货架，以至于大清早时常累得呕吐不止。其他兼职，同样没有一帆风顺的。开车送外卖的途中，自己遭遇了车祸；在烧烤店用火炉烧木炭，还烫伤过胳膊……打工终归没挣很多钱，却让我收获了有趣、新奇的社会体验。大开眼界的同时，也逐渐明白：看似简单的事情，做起来并不容易，需要很多书本之外的智慧与能力。

曾经的我，不理解什么是情义。在漏雨的小屋里高烧 39℃，一个人在被窝里打着寒战，是隔壁的女生送来厚厚的被子和一暖壶开水；在最困顿的日子，是同专业的大姐往我冰箱里塞一大袋肉包子；患上眼疾却在医院挂不上号的时候，是瑞典房东挺身而出，拿起电话为我维护权益；食物中毒、上吐下泻的时候，是加拿大房东的儿子为我煮上一锅热腾腾的米粥。很多人说国外人情淡薄，但在国外更能遇到最真的情义，遇到那些愿意在你最困苦的时候无私地拉你一把的人。

曾经的我，面对歧视，义愤填膺。坐在公交上，冷不丁遇到白人乘客不分青红皂白地冲亚洲人大喊：“滚出我们的国家！”面对高傲自负的西方人，我挺直腰板，笔直地走在大街上；面对丑恶的双重标准，我用越来越熟练的英文毫无畏惧地据理力争；面对可笑的无知，我顺应他们的思维，让他们继续保持天真。久而久之，我不再试图做好自己，也没必要用行动向他们证明国人的素质，因为决定我们个体在国外受到尊重而不被歧视的是我们背后国家的强大。实力是牛人的通行证，而道德只是凡人的遮羞布。

曾经的我，难以忍受孤独寂寞。初到国外，我极度缺乏归属感，厌倦自己的生活状态，除了学习，没有任何动力，时常整整一上午望着窗外空荡荡的街道。“一个人孤独，不如大家一起孤独”，于是同学们每天聚在一起做饭聊天，但是大家很快就厌倦了。而一个人诉诸电影和手游，也很容易产生审美疲劳。我逐渐明白了，孤独是人格不独立的一种体现，只因缺乏属于自己的精神追求，才需要依赖他人来填满自己的时间。而孤独也并非国外特有，只有找到自己真正喜欢的事，才能摆脱孤独。

曾经的我，惧怕改变生活环境。对新环境的不适应与极力抗拒，在心理学中叫“焦虑性神经官能症”，是一种无谓的焦虑。随着我突破语言障碍，漂泊的国家越来越多，对国外的理解也越来越深，不断增强的自信也随之扫除了我对新环境的焦虑和恐惧。

在国外的 9 年里，我去韩国访学，去澳大利亚留学，去德国交流，去美国实习，去瑞典工作，去加拿大生活，这期间几乎游历了所有欧洲、大洋洲、北美洲大家能叫得上名字的地方，也希望有生之年能到访非洲和南美洲，实现环球旅行的梦想。

归国后不少朋友问我在国外待了 9 年为什么还要回来，当然时间点的选择会有其他的因素，但我始终跟大家说：“因为我不想过能看得到头的日子。”还有俏皮的后半句：“纵使我知道国内过的是看不到头的日子。”这是我发自肺腑的心里话，这些年，我几经辗转，一次又一次地换国家，一次又一次地推翻前面的生活，一次又一次地告别建立的朋友圈和生活习惯，一次又一次地从零开始。我被同胞欺骗过，也被外国人欺负过，我遭受过困顿，也遭遇过不公，出过事故，也得过大病，可我在国外公园里看到中国的旅游宣传片时依然激动得忍不住流泪。我不再惧怕环境的改变，也不再畏惮命运的变迁。

从小到大始终是学霸的我，一直是爸妈心里的乖孩子、老师眼中的好学生，而我真正走出国门去体验外面的世界时，才逐渐发现学习只是生活的一小部分，远不是生活的全部。世界真的很大，而我真的很渺小。拥有并保持一份谦卑和敬畏，还有太多太多的文化和生活等着我去体验，也有太多太多的事情和道理等着我去理解。

当我回过头来看人们常说的那句话——“生活不止眼前的苟且，还有诗和远方”，却深深地遗憾远方恐怕也同样充满了苟且。这正如围城，里面的人想出去，外面的人想进来。只是很多国人过于妄自菲薄，主观夸大了国外的美好，失去了客观看待彼此的机会。

然而我相信很多朋友在出国后都会像我一样有很多观念和思想上的改变。打开世界的门，攀上认知的阶梯，感恩身边的人，吃一些看似没有必要的苦，无惧改变，独立地活出自己。

我就是这样一个人，并非大富大贵，也没有卓越的成就，最初只是怀揣一颗略微躁动的心，带着“世界这么大，我想去看看”的好奇，跌跌撞撞地一路走去，一路走来。这些年自己蹉跎了岁月，现在倒也能在此、在字里行间做到洗尽铅华。

生命的意义不在于账面上的物质财富，也不在于感觉上的快乐指数，而是在人生每个阶段做真正自己愿意去做的事，不一定能带来经济利益，甚至也不能带来快乐，但依然能让人心安理得、义无反顾地去做，这就是意义。如果你要问我这 9 年的收获是什么，我只能说我不知道，我不知道这 9 年对于我以后的人生意味着什么，全然不知道。但如果你问我这 9 年的意义是什么，我会断然地说，这 9 年的意义就在于这 9 年的经历本身，它是我生命中实实在在的 9 年，是见证着我摸爬滚打、挣扎成长的 9 年，是承载着我太多喜怒哀乐、悲欢离合的 9 年，是我自己活出的 9 年。

第一部分

海外浮生

LIFE

撸串撸到抽筋，喝酒喝到断片；
听不完的故事，见不完的人们。
在健身房挥汗如雨，在话剧院捧腹大笑；
白天开车横跨城市，晚上通宵达旦撰文。
尽享人间冷暖，依稀可见善恶。

第一天（上）

剧烈的寒战来袭，我猛然睁开双眼，外面的天蒙蒙亮，床尾右前方的窗帘透着些许微弱的光。我禁不住又打了两个寒战，厚厚的鸭绒被散发着杯水车薪般的热度，摸摸被面，是完全冰冷的，我仿佛被平贴在一个冰面上，只能强迫自己停止无意义的哆嗦。理理思绪，这到底发生了什么？

昨天上午终于结束了一个漫长而又备受折磨的航班。过海关的中国人排起了长龙，犹如诺基亚手机上满屏的贪吃蛇，一改国内热闹的风格，个个没精打采得像低垂的柳树，随着长蛇缓缓蠕动。在飞机卫生间的镜子前端详着自己，能清晰地看到左眼上方那道以前打球留下的伤疤，从那以后，每次睡眠不足时，它都会变得异常明显。想起小学时写的郊游作文，总是这样开头："一路上载着我们的欢声笑语。"可 10 小时的飞行很难让人笑得出来，客舱一片安静，我却始终没有睡着。

我对此行没抱丝毫期待，更谈不上激动。如果非说有，唯有几天前在国内夜里做梦，梦到了天体沙滩，仅此而已。日后我也总在思忖，我对这个世界几乎为零的好奇心是不是出国造就的，还是我本身就是这样的人，后者的可能性或许更大一点。但无论如何，我大学秉烛夜学了三年半，"把青春献给你"的保研，却因老妈同事几句"澳洲风景好"的广告语就草率地转向了海外留学。"出国不是我本意"，我心里时常埋怨、咒骂。此时此刻，缺乏憧憬的心反而充斥着恐惧，这毕竟是一份两年的"生死"契约，跟之前为期半年的韩国访学完全是两个概念。

阿震、阿跃两人坐在我后面兴奋地喊着空姐，要与她在飞机上合影。旁边的那位叽里呱啦地跟我说了几句韩语，我用蹩脚的英语回应："I cannot speak Korean. Can you speak English?"（我不会韩语，你能说英语吗？）只听一句标准的国骂从他嘴里顺畅地滑出，转而又礼貌回过头，用东北大碴子味的汉语跟我聊了起来，这是我平生认识的第一个留学生，以致以后每每见到留学生，潜意识里总会感觉对方在装腔作势。

山东半岛离韩国很近，只消一个半小时就落地了，已然有一帮韩国学生眉开眼笑地在大厅恭候。用刚才说英语的惯性告知对方我们一行 17 人，便跟着这些号称是"buddy"（伙伴，即学伴）的当地学生坐上了开往首尔的大巴。正值八月，艳阳高照，即便汗水浸湿了衣衫，也依然没有阻碍我们"一路上欢声笑语"的兴致。

"Next！ Next！"（下一个！）这突如其来洪亮而又严厉的声音把我从三年前的回忆中拉了回来，不知不觉，我已排到了边检的队首。衣冠楚楚的海关官员连珠炮式地不停发问。在国内苦学 16 年英文的我，瞬间被虐成了渣。在好多听不懂的情况下，我统一用万金油"Yes"予以回应，看着他阴晴不定的脸，想必是清一色的"Yes"造成了前后矛盾，所幸他最后无奈地将我放行。正当我沾沾自喜、准备逃之夭夭时，远处一条不算精壮、更算不上精致的狼狗以迅雷不及掩耳之势朝我飞扑而来，刹那间我已暗下英勇就义的决心，可它却文质彬彬地嗅起了我的旅行箱，原来它是一条缉毒犬。

跌跌撞撞地走到机场大厅，看到几个同样初次留学的孩子站在那里，一起等待学校接机。他们都一米八多的个子，从身高就能看出是 90 后，活像几年前回高中母校打球时碰见的军训新生，我们几个 80 后的朋友仿佛在仰视一堵高墙。这些年，国内物质生活水平的提升一目了然。几个孩子发型各异，有的洗剪吹，有的杀马特，起劲地嚼着嘴里的口香糖，一副玩世不恭的样子。

接机的大妈早就到了，似乎是走失了几名同学，她在忧心忡忡、风风火火地张罗。人好不容易凑齐了，门口停了一辆破旧的小巴车，外加一个用来放行李的拖斗。刚才海关的阴影还没消除，我唯唯诺诺地用英文问司机大叔多久能到。“Half an hour”（半小时），大叔的口音一嘴澳洲地瓜味。而我做梦也没想到日后我会习惯并爱上这种口音。

后来，我被扔在了房门口。房子是我在网上找朋友的朋友租的，她是个有心脏病的女生，说自己不住了让我住，其实就是租期没到要转租。当时，离出国只剩三天，有个落脚地就算知足了。敲了10分钟的门，终于有个睡眼惺忪、精神萎靡的文弱书生给开了，行李还没完全搬进来，他就回屋睡了。整个房子除了我俩空无一人，厨房也是空空如也，餐桌上放着一盒剩了一半的麦片。厨房的后门，通往后院，往里吹着一股股阴风。

“附近怎么吃饭啊?”我很没礼貌地敲开了书生的门。“沿着路走一段，有个鱼薯店。你要凑合，就冲这个配麦片吧！我都这么吃。”他顺手扔过来一包黑芝麻糊。10分钟后，这奇葩的混搭让我人生第一次把饭给吐了。

阴郁的天气，大中午没有一丝太阳，把自己严实地裹在大衣里，却依然瑟瑟发抖。空气倒很新鲜，夹杂着毛毛细雨的湿气，仿佛置身于冰凉的氧吧，只是吸不到一丝人气。大街上，除了急驶而过的汽车，半个人影都没有。我形单影只地站在街角发愣，看着路上的汽车，听着划破天际、尖叫似的刹车声，还有油门踩到底的疯狂起步声。我也从未想到日后在澳洲待久了，自己开车也被以同样的方式诟病。

我在努力适应着过马路先看右边再看左边，而不是先看左边再看右边，提心吊胆地过完一条马路，狼狈地走到了那家只有一人半宽的鱼薯店，这就是初中英语课文里传说的“Fish & Chips”。中国夫妇，两腮通红，皮肤粗糙，一副饱经风霜的样子，用大白纸包起来一片炸鱼和一些粗壮的薯角，说道：“六块八，小伙子。”我咬了咬牙，掏钱给她。“要不要番茄酱？一块五一袋。”“不要!”我很坚决，从那之后我就再也不爱吃薯条蘸番茄酱了。

我抱着这包热腾腾的鱼薯，尽管包着它的纸不太厚，还慢慢有油洇出，也没去理会，只是紧紧地抱着它，按原路方向走在空旷的街道上。雨还没有停，由于这里的空气干净，云都显得很低，我略微抬头就能看到一大片乌云，就仿佛一个巨型UFO盖在我的头顶，随时能把我吸进去。它也像一块大石板，挡住了阳光，压得我喘不过气来。

我没有预料这里会是这样，人们都说："期望越大，失望越大。"而这对于我分明不适用，因为我本身也没有什么期许。"为何还要来到这里呢？"走在路上的我，对这个问题百思不得其解。一阵风吹过，下意识整了整衣领，尽管无济于事。

听书生说，另两个舍友还没回来，其中一个还是我老乡。此时躺在床上冻得发抖的我再一次环顾四周：这是一个方方的房间，除了靠墙的床就是靠窗的简易写字台和一把破旧的转椅，老旧的木地板上铺着一块脏兮兮的地毯，一走上去就会"吱呀"作响。真没想到，两年的契约被我一语成谶。希望这只是个梦，但愿明天醒来是另一番场景。我怀着这样的愿望，逐渐忘却了背上的寒冷，又慢慢进入了梦乡。

第一天（下）

一觉醒来，已日上三竿，阳光透过身后没有拉严的窗帘射了进来，让我得以重新打量这个房间的样貌：高大的落地灯，单人沙发，旅馆典型的温馨陈设。揉揉惺忪的睡眼，穿好衣服，背起行囊。电梯是个老古董，内外两层都是商店打烊用的那种推拉门，要手动开合，上下行进中发出令人惊悚的“吱呀”声。退了房间，我推开了旅馆的门。

这是德国的一个小城市，夏末雨后湿湿的空气透露着清新，残留着雨水的石板路凹凸不平，石块却错落有致，相间处闪出些许光亮。每一份光滑都在无声地诉说，百年间，无数个细雨沐浴的上午，无数人在此静静地走过。这条路不远处的正前方，是高耸的钟楼和教堂，没有熠熠生辉，却平凡得异常淡雅。

回想昨夜下飞机，在小机场门口停靠的清一色奔驰出租车让我这个从澳洲第一次到访欧洲的土包子心里一震，而接下来驶向城市的行程几乎把我震出了心脏病。双向四车道的公路，两侧没有护栏，没有速度标识，只消十几秒，年轻的司机已开到了 180 公里/小时。“没有限速吗?”我惊惶地问，声音已带着颤抖，“没有。”果断且没有任何感情色彩的回答让我下意识地将车内扶手抓得更紧。

只见高速路上车流密集，车距都近乎一个车长，大家同速行驶，周边又没有树，就仿佛时间瞬间静止，看不清的夜色只伴随着微微的风声。到达市区时，已错过了办理宿舍入住的时间，便考虑先让司机把我送到最近的旅馆，到时候，不管三七二十一，栽倒在床上，好好休息一下……路上突然一声喇叭，我赶忙收回思绪，过了马路，向已经开门的舍管中心走去。

好不容易大包小提地搬进了新住处，房间陈设非常简单：原木色的衣柜，原木色的桌，还有原木色的单人床。简单收拾一下，窗外已然出现了淡淡的暮色，忍不住披上外衣，出门呼吸一下凉爽的空气。

说是傍晚，其实已经晚上 9 点，北欧 5 月的尾巴基本踏入了惬意的夏季，每天的白昼非常长，11 点天还亮着。借着今天即将散去的阳光，我仔细打量着我的新住所，它是一座仅有两层的公寓楼，建筑厚重且绵长，有好几个单元门，清一色红色的砖墙，典型的瑞典建筑。

几个小时前，刚从瑞典首都斯德哥尔摩的机场下机，不巧人工窗口早已打烊，自动售票机又只接受当地银行卡，面对资本主义国家有权随时肆意调整票价的私有铁路，无奈之下，只能向乘务员高价购票，去往林雪平。

林雪平号称瑞典第五大城市，名字听起来像人名，我就此跟旁边去上大学的瑞典小伙打开了话匣，他一直饶有兴趣地问我北美的生活故事。愉快的交谈让旅途过得很快，我也顺理成章地借他手机给新房东打通了电话。

瑞典小伙的漂亮女友下车前跟我微笑着挥手告别，我也随即拖着笨重的行李狼狈地踏上月台。只见不远处，一个高大、胖壮的白发老人不停向我招手。人生地不熟，我没有贸然上前，直到他主动走到我面前并正确说出我的名字，我才确认他就是房东。我是三天前在当地网站上联系到这个房东的，之前我俩从未谋面，他能单纯从我黑头发、黄皮肤的面部特征以及两个硕大的行李箱就推断我是邮件中的那个中国房客，真是睿智过人。

“我老婆是马来西亚华人。”这是他上车后的开场白，听起来很亲切。正值全年最棒的季节，绿油油的林荫道，和煦的阳光，宜人的气温，我带着轻松的心情到了家。房东招呼索马里的非洲舍友给我做了一道丰盛的意大利面，大快朵颐之后，路途劳顿的我再一次进入沉沉的酣睡之中。

以上就是我在韩、澳、德、瑞四个国家第一天的穿越。众所周知，人与人交往第一印象极为重要，并在日后很难改变，人与环境也是如此。对某个人印象不好可以敬而远之，但如果你已确定要在一个地方待上一段时间，那么与其心理上挣扎排斥，不如尝试着主观上予以接纳。在这里给大家分享几点经验：

（1）天气很能影响心情，陌生的国度配上糟糕的天气，无疑雪上加霜。而每一个国家总有一个季节相对能让人接受，如果没有明确严格的出国日期，就尽量选一个气候宜人的时节落地。

（2）最好有结伴同行的朋友，可以在最初的日子里共同分担对新环境的陌生与恐惧，可以一起参加社会活动，一起探索并适应新环境，终归比单打独斗能更轻松地度过适应期。

（3）即便没有结伴同行的朋友，也至少要有一个熟悉的人，能在目的地接应你，帮你顺利安顿下来，带你熟悉周边的生活设施，向你介绍当地的风俗习惯。

至于前文提到的红眼航班，我们没有太多选择，毕竟从一个国内城市固定飞往国外特定城市的航班很有限。当然你可以选购商务舱，让自己的休息空间宽裕很多，也可以考虑带中转的航班，中间下来歇歇脚，这远比 10～20 个小时的直飞舒适惬意。当然，中转时间也不宜太长。

关于倒时差，很多人认为要在飞机上按照目的地时间进行作息，而我强烈建议大家摒弃这种想法。人的生物钟不是你刚睡足 8 个小时，隔几个小时又能想当然地再睡 8 个小时。其实最好的方法是，在旅途中坚决不睡觉：如果你像我初到德国一样恰巧在晚间落地，疲惫不堪，正好晚上入睡，第二天上午自然醒，时差基本就自动倒过来了；如果你像我到达澳洲时落地时间是上午，那在第一天的白天，你一定要用火柴棍撑着眼皮，一直等到当地睡觉时间再入睡，同样在第二天能比较好地适应时差，否则你要额外花好几天跟白天的困意做斗争。

我至今依然能清晰地记得，从澳洲辗转飞了 35 个小时，到美国时体力已完全透支，而且心理陷入了极度的惶恐；也不曾想，四年后移居加拿大的那个下午，第一次抵达温哥华的我，从 15 点半到 18 点一个人先后办了社保账号、开了银行账户、买了电话卡、充了地铁票。这前后两次截然不同的第一天，不仅源于经验和阅历的积累，更在于充分的准备。

我事先就在网上查清了政府办理社保的流程，挑选了服务更好的银行及适合我的账户类型，比较了哪家电话公司信号更好、套餐更合理，甚至研究了上下班买什么样的公交票更划算，然后根据各自的位置与开门时间，规划出落地后的整套路线。可见，对目的地了解越多，功课做得越详细，就更可能有个良好的开端，让自己更快进入生活状态。

回到人与环境的第一印象这个话题，环境永远不会适应人，却总要人去逐渐适应它，而人类能存活至今天，谁都不能忽略和否认人类惊人的适应能力。通过我前面讲述的不同国家的第一天，你能明显看出我的逐步成长，这与其说是适应了某个或某些国家的套路，不如说是适应了漂泊的生活，与其说是适应，更不如说是习惯。这里没有积极、正面的成分，也没有消极、负面的意味，既不是美其名曰的“变坚强了”，也不是自暴自弃的“又臭又硬”，就是一个很中性的词——“习惯”：习惯了一个人独自去一个陌生的国家，也就不再对不熟悉、不了解的新环境诚惶诚恐；习惯了抛下一个国家的圈子去另一个国家重建，也就不再为别离而伤感；习惯了不同国家不同的人情世故、人间冷暖，也就不再为新奇的事情而惊讶，不再为不公的事情而愤慨。

宋冬野在一首歌《平淡日子里的刺》里唱道：“生活是这样子啊，不如诗啊。”没错，生活并不如诗，如果你是为了逃避而来到国外并期许能过上诗一般的生活，那你就大错特错了。不过，无论你出国的第一天多无助，在国外最初的日子多混沌，习惯终究会让你对一切视而不见，甚至怡然自得起来。

留学生存指南

拿到海外学校的 offer（录取通知书），继而没多久就成功拿到学生签证，买一张赶在开学前抵达的机票，全家人就开始紧锣密鼓地往你硕大的旅行箱里填东西了，还不时地头脑风暴一番：到了那边还需要带些什么呢？

1. 衣

早些年，海外的"outlets"（奥特莱斯）是高幸福指数的一个缩影，这些云集了多家品牌折扣店或工厂直销店的购物中心，衣架上摆着清一色"Made in China"（中国制造）的服装，质优价廉，完全相同的款式比在国内购买还要便宜。除了服装，日用品也大抵如此，这也是去海外旅行的国人总大买特买、大包小提地往家扛的原因。

那个时候我们购买他们国债，他们购买我们廉价到甚至低于成本的出口商品，我们用自己的辛勤成全了他们 10 年的幸福生活。再后来，出口补贴成为历史，沿海拿着补贴跟国外做赔本买卖的现象也随之消失。伴随着老龄化的加深，我们的人口红利也远不及当年，大家能明显地感觉到周围体力劳动者工资待遇的飞跃。而与此同时，在国外生活的朋友们，近些年逐渐也能感受到国外物价的攀升。

即便如此，海外发达国家的劳动力成本依旧相对高昂，有些商店里会有一个区域专门标上“本地制造”的字样，价格要比正常商品高出很多。而奥特莱斯的衣架上也越来越多地摆放着带“Made in Vietnam”（越南制造）或“Made in Cambodia”（柬埔寨制造）标签的服装，同样质优价廉。

而对于那些所谓“本地制造”的大品牌，由于关税的缘故，在海外购买也会便宜许多，巴黎老佛爷百货商店或韩国化妆品店外很多国人通宵排队，等候清早一拥而入进行抢购。

总之，留学出行的旅行箱里不需要盛放过多衣服，完全可以在到达后根据天气状况灵活添置。在当地购置衣服还能紧跟当地潮流，买当地流行的款式，在穿衣风格上入乡随俗。

如果你去海外只是一年半载的短暂求学又恰好要度过严冬，旅行箱空间允许的话，建议带一套抽了真空的被子，因为海外的被子价格不菲。如果预期要待好几年，那还是义无反顾地在当地购买吧！

即便不是冬日，在海外出门的时候，身边也总要常备一件外套。国外地广人稀，大部分城市的高楼屈指可数，高污染的粗放工业也早就外包给劳动力低廉的国家，城市热岛效应远没有国内明显，空气质量优良，早晚温差较大。海外很多城市的气温时常像过山车一样大幅度波动：下起雨来仿佛瞬间进入了冬天，太阳一出来又很快热得像夏天。

2. 食

可怜天下父母心。第一次出国前夕，爸妈除了担心温暖问题，还会害怕孩子在外挨饿，便少不了往行李箱里硬塞各类食物。嘴馋的朋友更是自发地想借此给自己即将来临的留学生活改善伙食。

于是乎，在国外开学季时常能听到这样的对话：

“你接到某某了吗？”

“还没呢！”

“不应该啊，飞机没晚点啊！”

“她说她带了一箱吃的。”

只见可怜的留学生眼巴巴地看着表情严峻、行为“粗暴”的海关工作人员，无情地拆开前几日全家精心填装的行李箱，一眨眼就将其翻了个底朝天。比如，他们拆开方便面的包装，仔细检查料包是否合规；他们对咸鸭蛋毫不留情，一一拣出，悉数没收；他们打开月饼盒，一分为二地切开每个月饼，未发现里面有蛋黄或肉馅后再放回盒中。

看着一个个被海关工作人员切开的月饼，可能本想与友人欢心分享的你敢怒不敢言，驯服地不停点着头。这样的表现是对的，毕竟你的任务是平安入境，切忌跟海关工作人员硬碰硬。但这并不等同于怯懦，如果你在海关工作人员问话时表现得非常自信和坚决，海关工作人员多半会相信你，从而放你走，而唯唯诺诺的表现反而容易引起怀疑。

当然，这不是鼓励你对海关工作人员直接撒谎。比如，海关工作人员问：“你带没带食物？”你明明带了，却斩钉截铁地说：“我没带任何食物！”一个飞机上这么多人，大家多多少少都会带些吃的。对你的话半信半疑的工作人员，很可能会真的拆开你的箱子，结果发现了食物，即便侥幸没受到处罚，场面也极其尴尬。

更好的方法是，你用很冷静平和的语气说你带了。海关工作人员会问是什么，你就大概列举几个不会违规的食物，只要跟肉类、蛋类、水果、蔬菜沾不上边的且不可能夹心或带馅的，基本上都没问题。即使有人说带了口香糖，虽然很欠打，但也算奏效。

海关工作人员开箱查验基本上都是随机选取，如果你正好赶上一波飞机降落的高峰，那么边检很可能无暇顾及你，会让广大旅客取完行李后赶快离开，反之亦然。因此，即便第一次入境时你没碰上拆箱，也没准下次或下下次会碰上，我就曾在第 N 次入境的时候中了招。

面对我用背包带五花大绑的箱子，海关工作人员有些不知所措，不耐烦地跟我比了个剪刀的手势，识相的我赶快帮他解绳拆箱。随后他把箱子翻得乌七八糟，但一无所获，头一甩，手一摆，示意我自己收拾这堆“烂摊子”。我深知装箱时的完美结构一旦被破坏就装不回去了，于是从箱子的侧包取出一个可翻折的大麻袋，把箱子里放不下的零碎物品一股脑扔了进去。因此，一个事先准备的大麻袋在你入境时必不可少，有备无患。

当然，不同国家的边检尺度完全不同。比如瑞典，在托运行李传送带的不远处，就是机场出口，除了必要的机器扫描，没人亲自查验旅客行李；而刚才描述的场景在北美偶尔会出现，在澳洲和新西兰则更为普遍。新西兰极度重视本国的生态保护，海关甚至会检查鞋底是否夹杂土壤和沙子。

等你安顿好生活，徜徉在繁华的商业街，流连于琳琅满目的超市，会发现你费劲气力搬来的食物绝大多数在这里都能买到。更何况，区区一箱食物，即便能让你吃得过初一，也挨不到十五。尽管如此，依然有两类特别的东西，值得千里迢迢搬运：一是中国的炒瓢。国外常见的锅要么是很浅的平底锅，要么是很深的煮锅，很少能见到深浅适中的炒瓢。而中国的炒瓢既能炖菜，又能用作蒸煮，更适合做大锅菜。二是小型擀面杖、蒸锅的箅子和各式各样的调料。国外的亚洲超市即便食材越来越普及，一些冷僻但必不可少的调料却时有缺漏，带齐了调料，炖排骨、卤牛肉……自己在厨房就可以大显身手了。

都说出国留学能锻炼自己的独立性，尤其在厨艺方面。大家各显其能，在菜品上不断推陈出新。之所以会出现这种局面，一方面是因为对街上的西餐还不习惯，另一方面由于初到国外，对物价还不适应。久而久之，习惯了新物价，消费也不再考虑汇率，在外面吃就变得好不快活。毕竟，再独立的生活也掩盖不了大多数人“懒”的天性，只有少数真正热爱做饭的朋友在国外依然多年如一日地享受着烹饪的乐趣。

说到国外下馆子，就不得不提到小费，作为海外文化重要的组成部分，需要你刚出国就了解清楚，以免尴尬。首先需要明确的是，诸如 KFC、汉堡王等自助服务的快餐是不需要给任何小费的。不过，在这些餐馆，海外顾客吃完都会自觉将餐盘放到收残处。而只要有服务生来桌前点餐的餐馆，理论上都要或多或少地给小费，小费的标准在各国是不同的。

美国在用餐给小费方面比较典型。我跟美国房东夫妇一起在外就餐，临结账时听到最多的就是他俩在认真、热切地讨论该给多少小费。比如，Ryan 觉得按比例给个正好就行；Shannon 反驳说，她觉得那个女服务员热情可亲，应该多给；我则始终在旁边笑着围观。

关于这个比例是多少，当年大概是15%，底线是12%，这几年有所上涨，最低15%，平均18%，如果对服务特别满意就可以给到20%以上。美国之所以盛行小费，是因为餐馆服务员往往没有底薪，每天的收入全靠小费。如果你不慎给了一个数额低于底线的小费，服务员很可能走过来请教或质问你对于他/她的服务哪里不满意。

也有很多国家对于小费不强制，这意味着即便你好心留了小费，服务员一般也不会有太大反应，毕竟他们不靠小费过活。而如果你处在中国人聚居的海外环境，那就更不用给小费了。这不仅是因为中国餐馆的服务员不向顾客收取小费，而且中国人不给小费的习惯还会逐渐影响并同化附近的区域。

当然，也存在例外，如很多海外老牌的港式餐厅会在账单中强制包含基本小费。老一辈的香港同胞出国早，他们对小费普遍有着更强的执念。如果他们的服务并不太令人满意，结账时却还向我们强制收取小费，这让人很反感。即便小费规则约定俗成，也还是要遵循顾客自愿的原则。

3. 住

第一次去海外，最好在当地有人接机，无论是学校的工作人员，还是国外的亲戚朋友，都能帮你顺利度过海外的第一天。

很多初到国外的留学生会选择“Home Stay”（寄宿家庭）。对此，有的国外大学会帮忙联系，也有的要靠留学生自己找。从某种意义上讲，这是一个有效的过渡。说它是过渡，就意味着很少有人在“Home Stay”住很久，我身边的朋友就没有在当地家庭寄宿超过半年的，大家在熟悉了海外环境之后都会另觅住处。

毕竟“Home Stay”很可能给生活带来诸多不便，既有房子本身的原因，也很大程度上取决于房东的性格和为人。具体表现在以下几个方面：

（1）“Home Stay”的位置如果离学校很远，每天在交通上要花很多时间。

（2）承接“Home Stay”的以老年人居多，房子和生活设施相对陈旧。

（3）在“Home Stay”住，原则上要与房东一起用餐。如果留学生中午待在学校不回家，房东要提前为其准备好午餐盒。外国人的午餐很简单，房东时常草草打包一个三明治了事。如果碰上慵懒的房东，晚餐可能也用三明治打发。久而久之，“吃不饱”就成了“Home Stay”的常用词。

（4）如果遇到生活节俭或性情乖戾的房东，生活会很不自在。比如，忘关卫生间的灯，会被房东严厉指责；洗澡一踏进浴室，房东就开始计时，超过十分钟，他/她就会不停催你出来。

有的人寄希望于“Home Stay”能让自己快速提高外语水平，我个人比较赞同，但这总归事在人为。如果你回了家就喜欢把自己反锁在房间里，或者你的房东是个极度内向的人，那么想练习外语肯定事与愿违。相反，如果你的房东是个极度热情的话痨，需要你每天花很多时间陪他/她聊天，时间久了，你也疲于应付。

出国留学的主要目的是完成学业，每天大部分时间理应待在学校。当你进入学习状态，甚至还找了兼职工作，待在家里的时间就非常有限，与房东的交流也随之减少，“Home Stay”本身的正面意义也就被淡化了。

跟房东同住一个屋檐下，还要每天共同用餐，对双方的契合要求很高，难度不亚于寻找人生伴侣。“Home Stay”对于个人生活自由的限制，最终还是会让广大留学生自己出来找房子。大家要么走中介，要么直接对接房东，后者在留学期间更为普遍。基于“Home Stay”的教训，更建议寻找房东自己不住在房子里的房源。

像诸如澳洲和北美这些华人较多的海外地区，华人的生活网站五花八门，房源充沛，选择空间很大。如果你更注重租房的经济性，可以试着浏览老外的网站或学校内部的租房页面，没准会有意外收获。这是因为华人网站上很多不是一手房源，有可能是留学生租下了一整套房子，作为二房东把房间再分租给别人。另外，海外留学生中有相当一部分富二代，他们起初租的房源相对高档，久而久之，海外中文网站上的房租就整体偏高。

对房间图片与房租价格基本满意的，需要详细查询交通情况，特别是上学路线。比如，附近是否有公共交通，要步行多久；公共交通的班次每天是否频繁；乘坐公交需要多久，是否需要换乘；下了公交，还要步行多久到达学校；等等。

再如，如果开车上学、回家，该房子是否配有车库，或者街边是否有充足车位，也是需要考虑的问题。如果自己还没到国外，或者刚到国外，不了解城市布局和地理状况，就要找个朋友帮你查询交通信息。

我去澳洲之前，朋友的朋友名叫春叶，极力介绍我住她的房间，她说坐电车只需 20 分钟就能到学校。我到了才发现要先从家附近坐一个多小时的火车去市区，再换乘她说的电车。我不可能每天把近两小时的宝贵时间浪费在上学路上，我相信谁都不想，所以租房前请务必查清交通情况。

当然，房子周边的生活服务也需要考虑在内，但不是重点，因为人们不会每天都去菜场买菜或去超市采购日用品，而是周末集中采购，所以生活服务不需要离家特别近。

有一段时间，我在国外经常收到网上不认识的房东发来的邮件，附件中有漂亮的房间照片及诱人的位置与房租，并声称自己常年在海外，只要我在线支付定金，就很快把钥匙寄给我。尽管这些骗术有些小儿科，但侧面证明了实地看房的重要性。亲自考察，有以下几个主要目的：

（1）确定房子真实存在。

（2）验证房间与网上图片基本一致。

（3）确认房间里的家具、设施完好。

（4）摸清房子周围的环境情况。

（5）进一步确定到达的交通路线。

（6）初步了解房东的背景、性格与为人。

假如你还没出国或已回国度假，那也要找一个当地你信得过的朋友替你去实地看房，只有朋友确认了房子的方方面面，你才能给房东交定金。

我有一年回国度假，开学前在网上找房，朋友帮忙看房，他说没问题后就帮我垫付了定金。等我开学来入住，发现他忽略了楼梯侧面由于常年受潮而致使高处发黑的墙面，所幸房子在其他方面没有硬伤。这都归功于朋友的现场看房。

给房东交定金的同时一定要签一份租房协议，明确租期、房租以及退还定金的条件。在正式入住之前，尽量跟房东协商缩短租期，因为你还没有彻底了解房子所处的社区的状况，比如每逢午夜是否会有成批量的运输车辆经过，噪音会让你无法入眠；抑或你的生活充满变动，突然有急事要回国，房子就不得不空闲几个月。

当时春叶在网上“充满善意”地建议我将房子租上一年，被我婉拒：“我想先住一个月看看，是否长住，等我到了再说。”多亏我当时很谨慎，否则就要因违约而被扣掉定金，或在那栋偏远的房子里度过辛苦奔波的一年。

当然，你千万不要认为这份协议具有很强的法律效力，这样的租房协议大多数不受法律保护，只是对双方的一种约束。

如果你觉得房东为人诚恳且不拘小节，即便没有租房协议，只要彼此遵守口头上的约定，在退房时他也会按约定返还定金；反之，即便有书面协议，他依然有上百种理由和办法在最后克扣你的定金。坏房东有中国人，也有外国人，他们知道，如果你为了定金去跟他们对簿公堂，将会得不偿失。

而如果你找房是通过中介，入住时需要特别关注屋内的家具和设施是否存在损坏。中介往往在你退房时严格验收，一旦有物品损坏，就会从定金中狠狠扣除。

不管通过什么方式找房，也不管房东本人是否同住在房子里，都要注意保持好与房东及其他房客的关系，相互尊重并迁就彼此生活习惯，共同维护生活环境的安全与卫生。

我的瑞典房东是个邋遢的老头，尽管自己房间弄得满地垃圾，却要求房子的公共区域一尘不染。我跟舍友们每天吃完饭便会自觉清理厨房，也会在周末轮流大扫除，厨房从不会出现遗留的碗盘，卫生间的马桶也总一尘不染。这都得益于房东的严格要求。

在美国租房，我每次做饭都会主动做够 3～4 人的量，除了蔬菜，还偶尔炖鸡翅、做海鲜。品尝了中国佳肴的房东，也时常邀请我吃她做的烤鸡和烤猪排。

时隔多年，我依然清晰地记得，美国房东夫妇在机场为我送别，他们还没转身走远，就已开始用手抹眼泪；而我也忘不了，在那个寒冷的早晨，瑞典房东把我送上开往机场的火车，站在月台上的他，一边挥手，一边冲我慈祥地微笑。在生活中多去成全别人，能给自己带来更多舒心惬意。在租房过程中，与房东和睦相处，也是人生必修的处世哲学。

4. 行

我相信不少人都有海外逃票的经历，我就在不检票的公交车上逃过一次。上车后，我闷头找了个就近的座位坐下，没刷票就总感觉有人在盯着自己，头也顺势埋得更低；转念一想，应该关注车门的动向，以防身穿制服的查票人员突然上车。短短几站路，我紧张得一头冷汗。到站后，我飞一般地冲下了车。

从那天起，我知道我是个不愿铤而走险的人。不过，我的提心吊胆也事出有因。我有个习惯逃票的朋友，某次乘电车，全程相安无事，然而临下车时，坐在一旁的乘客拍拍他的肩膀，问能不能看一下他的车票。他一脸错愕地看着那人从口袋中掏出了查票的证件，好不尴尬。

总之，我之后再也没有逃过票，也奉劝大家，无论有没有便衣，都不要心存侥幸，毕竟逃票行为跟偷窃没有本质区别，是对自己人格的变相损害。

在海外，城市公交系统没有检票，城际火车也时常如此。特别是欧洲的火车站，往往是完全开放式的，你可以随便出入候车大厅，可以随便走下楼梯、进入地下通道；可以随便走上任何一个站台，可以随便迈上一辆刚刚停站的火车。

如果没有事先在网上或候车厅购票，你也完全可以在车上临时找售票员付款。当然，天下没有免费的午餐，售票员同时也是查票员，会要求任何一个刚上车的旅客出示纸质或电子车票，逃票会受到相当严厉的处罚。

相比于欧洲发达的火车客运网络，北美的铁路网络则更偏重于货运，而客运的范围小、线路少，甚至有的线路仅供观光使用，让游客们坐在舒适的躺椅上，透过全景玻璃，欣赏沿途的旖旎风光。

在北美的城市中，公交线路也寥寥无几，且班次匮乏。特别是美国很多新兴城市，一改旧日的中心化理念，把城区规划成办公区、商业区、住宅区、军事基地、体育中心等职能分明的区块，致使人们即便去超市买菜也要开车前往。当地老年人最惧怕的莫过于因健康原因被吊销驾照，不能开车等同于剥夺了他们自由活动的权利。

对于汽车的倚重程度，澳洲跟北美相似，大城市也都配有充沛的停车空间。留学伊始，越早开上属于自己的汽车，也就越早步入生活正轨，让自己的海外生活变得更加便捷。

如果初出茅庐，对交规和当地驾驶习惯不熟悉，最好不要直接购买新车。国外有活跃、完善的二手车市场，交易平台众多。如果你自己不懂车，建议找懂车的朋友或雇一位修车行的技工，在网上选出几款心仪的以作备选，带他一起看车。

我在澳洲和加拿大买车都曾找过做汽车修理的中国人，每次陪同看车，都要支付服务费。他们原则性也很强，不会为了多陪你看几次车而刻意夸大车的缺陷。你不仅可以得到价格上的宝贵建议，而且还更能规避那些中看不中用的车，否则车没开多久，各种大病缠身，就成了烫手的山芋，一时无法脱手，维修费用却极其高昂。

如果你即将学成归国，车况保持良好，转手卖掉也很容易，与买入价相比，可能只贴进去很少的钱，这就是二手车相较于新车的优势。如果你决定学成后留在国外长期发展，就可以考虑入手一辆新车。国外一些具体的交规和驾驶技巧，后文会有详细的论述。

以上便是关于出国留学衣、食、住、行的发散概述，轻松的字里行间也会不自觉地透露着刚出国时的艰辛体验。好在现在有越来越多的同胞走出国门，在带动当地经济的同时，也极大地方便了一批又一批初来乍到的留学生，帮助大家更快地走上留学生活的正轨。

毕竟出国不易，且行且珍惜。愿大家都能不忘初心，不负初衷，不辱使命，为中华之崛起而读书。

半途而废的巴别塔

有一个古老的宗教传说：最早天下人都讲同样的语言，那个语言被称为“亚当语”。由于语言相通，大家便齐心协力建成了繁华的巴比伦城，高塔直插云霄，“欲与天公试比高”。不想此举惊动了上帝，上帝不允许人类质疑和挑战，便改变了人类的语言且将其区别开来，并让他们分散各处，那座巴别塔也就半途而废了。

传说终归是传说，语言各异却真实存在。莫言的作品能问鼎诺贝尔文学奖，不得不说，得益于陈安娜和葛浩文两位出色的译者。而我们读中文版的外文书也很容易看出译者水平的高低，并且在自己汉译英或英译汉的过程中能感觉到其中的难度，很多词和短语难以找到完全对应的翻译，那些带有浓厚乡土气息和文化底蕴的中文小说，能翻译得让老外心领神会更是难于上青天。可以说，一门语言，承载着一种文化，每一种文化都有各自的独特性，语言则能尽显其中的微妙。

英式英语与美式英语，在生活中使用时，其差异比比皆是。如：从餐馆打包时，英式英语说“take away”，美式英语说“to go”；表示纸币，英式英语用“note”，美式英语用“dollar bill”；斟满杯中酒，英式讲“top up”，美式讲“refill”。

通过这些，你兴许看不出谁更粗糙、谁更精致。若说美音卷舌是因为美国人说话慵懒，也有失公允，这就像我们北方人说话卷舌，南方人不卷舌，纯属地域习惯，无关乎性格。即使平时能轻松看懂美剧，然而当你观看《傲慢与偏见》《成为简·奥斯汀》等描写英国贵族生活的电影时，会禁不住慨叹自己词汇量的匮乏。

英国人用词普遍比美国人复杂，也非常注重发音。一次我在澳洲准备雅思考试，与实验室的一位澳洲女生聊天。她在澳洲长大，父母都是英国人，儿时每次说话随意，没用正统的英式腔调发音，父亲都会厉声呵斥："Speak properly!"（好好说话！）

另外，美语中存在着很多语法错误的句式，却应用得很广泛。如："I got a ×××"，意思是"我有×××"，等同于"I have"或"I have got"；"I don't know nothing"，意思是"我什么都不知道"，应该是"I don't know anything"；"Long time no see"，意思是"好久不见"。

这些用法在正统的英式英语中是不被接受的，但全球化的发展以及美国强大的文化输出也让美式英语不断"侵蚀"英联邦国家，不正规的逐渐变成了正规的。即便如此，说英式英语的人们在内心深处依然抱有"我是正统"的自豪感，并且在生活中表现得更加保守，而美国人相对开放，说话以能听懂为宜，擅长用简单的词句表达复杂的意思。

同属于日耳曼语系的德语，跟英语有很多相似之处，然而无论是语法还是词汇，德语都要复杂得多。很有意思的是，我在德国等公交车的时候至少有三次听不同的德国人跟我说汉语是世界上最难的语言，我每次都回答："我们认为德语才是最难的。"单单是德语中那些异常变态的单词，就让人眼晕。如：Donaudampfschifffahrtselektrizittenhauptbetriebswerkbauunterbeamtengesellschaft（多瑙河轮船船运电力主引擎元件制造附属协会）、Kraftfahrzeughaftpflichtversicherung（机动车赔偿责任险）。

这些长词其实是由一些不太长的单词组合而成的复合词或派生词，词汇记忆并没有想象中那么复杂。有人说这是德语的特色，其实不然，至少据我所知，瑞典语也有很多这样的词汇。

听在德国学机械的中国朋友说，德语的单词可以极其精准地描述每个细小的零部件，也能从不同的词中区分不同物品之间细微的差别。这就是德语被誉为世界最准确语言的原因。随着单词长度的增加，也自然减少了一词多义的可能性。

精准的语言，伴随着严谨的态度。我在德国留学期间，班里的德国同学并非聪明超群，但即便作业错得离谱，他们依然认认真真、有模有样地完成每道题。比起俄罗斯、土耳其等其他欧洲国家的学生，他们的认真程度强上百倍。在德国经常听朋友说："学长/学姐很厉害！是校专业第一个成功毕业的中国人！"德国的学位难拿也是世界公认的，严谨的治学与工作态度使之无愧于"机械王国"的称号。

与德国毗邻的法国，法语赋予了法国人一种天生的傲慢。去过巴黎的人几乎都体验过餐馆点菜的痛苦，在街头向法国人用英语问路更纯属徒劳。很多外国人都赞同说："法国人骨子里认为不会说法语的人是不正常的。"不仅是法国人，而且说法语的人都或多或少有这种思想。

作为欧盟总部的所在地，比利时被划分为法语区、荷语区、德语区三个区域，以法语为主的比利时首都布鲁塞尔，可以闻到扑鼻的尿骚味，可以看到脏乱差的市容，可以遇到态度粗鲁的市民；反观德语区，城区干净整洁，人们文质彬彬、乐于助人。再看同样讲德语的奥地利，拥有美丽的田园风光和高素质的国民。民族是一种可以跨越国家界限的人群分类，而语言正是一个民族文化特征的指示剂。

相比于法语国家的傲慢，韩国人的尊卑观念在韩语中则体现得淋漓尽致。韩国人在说话中经常带一个"yao"的音，它是句尾的敬语，韩语中写作"요"。尽管没有实际含义，但千万不能忽略，如果对长辈说话不带敬语，长辈会很生气，认为你冒犯了他们。即便年龄相仿的年轻人，也会彼此确认年龄，略小的要用敬语，另一位则不需要。当然，关系特别近的朋友不用过于在意尊卑关系。平时在不确认对方年龄的情况下，最好都礼貌地带上敬语。而诸如吃饭、睡觉、死亡等方面的韩语表达，除了普通词汇，还有一套专门的敬语用于老人，这更彰显了韩国人对长辈的尊重。

韩剧里耳熟能详的"欧巴"，实际上是女性称呼"哥哥"的专用词汇，而对于男性来说，称呼"哥哥"则用"hyung"。对哥哥、姐姐的称谓，会因说话者性别的不同而有不同的表达（如下表所示），可见韩语中强调男女的差异。

	男性	女性
哥哥	형	오빠
姐姐	누나	언니

在韩剧中，想必大家也经常听到“思密达”，韩语中实际念“si b ni da”（습니다），中间有个发音的“b”。“yao”是非正式语和口语，而“思密达”是正式语和书面语，用起来更加官方。

虽然韩国人认为整个世界都是韩国的，但韩语词汇中至少有一半源于汉语。韩语本身是拼音语言，可见即可读。我认识的国内学韩语专业的朋友，入学三个月里每天要在完全不知道任何含义的情况下进行大量的朗读。很多韩语词汇多读几遍，便能感受到其与汉语的渊源。如：“화장실（hua zang xi er）”（厕所，化妆室）、“병원（piang wan）”（医院，病院）、“계산（kai san）”（算账，计算）。

同时，韩语也是一门发音严谨的语言，发音不准容易导致歧义。而远在北欧的瑞典语更是如此，瑞典同事曾说：“瑞典语是一门很高级的语言，要求发音绝对准确。”如果说韩语跟汉语有很多词汇重叠，瑞典语则在词汇和语法上跟英语极为相似。

英文中的“am”“is”“are”，在瑞典语中用一个“är”全部代表；英语现在完成时标志“have done”中的“have”，在瑞典语中由“har”代替，现在完成时就是“har + 动词的过去分词”。“Jag arbetar med IT i Linköping”，这句瑞典语对应的英语是“I am working with IT in Linköping”（我在林雪平IT行业工作）。其中，“Jag”就是“I”，“med”就是“with”，“i”就是“in”，单词几乎一一对应，语序也完全一致。

在词汇上，瑞典语有很多词一旦理解错容易闹笑话。比如，进门处张贴的餐馆菜单上，有的上面带“slut”的标签，外国人看了都会感到震惊，后来才知道这是“售罄”的意思。这个词也常见于火车站的售票机，某班次的火车票卖光了，也会显示“slut”。在英语中，“slut”是对生活作风不检点的女性的蔑称，而在瑞典语里是“结束，终止”的意思。

瑞典语中问：“Hur mår du?”（你好吗?）最常用的回答是“Bra”这个词在英语中指女性的内衣，而在瑞典语就是“好”的意思。我跟瑞典同事一起打室内曲棍球，每次有人打出好球，场下替补们都会不停大喊：“Bra！Bra!”

还有许多词，比如，“kissa”这个词酷似英文“kiss”（接吻），在瑞典语里是“小便”的意思；而“gift”这个意为“礼物、天赋”的英文词在瑞典语里表示“已婚”。瑞典有一家大型连锁超市，叫“City Gross”，而英语里“gross”是“非常恶心”的意思。这些小误会为语言学习平添了不少乐趣。

除了瑞典语，有关语言的故事数不胜数。

我的高中同桌在德国待了将近10年，偶尔读起英语就会感慨道：“每句话一坨一坨地堆在那里压根分不出什么是什么。”同桌之所以有如此困惑，实是语言的差异使然，比如，在德语中，名词即便不在句首，也必须大写，会给阅读带来很多方便；再如，德语中“Z”出现的频率远大于“Y”，所以“Z”和“Y”的位置是互换的，外国人用德国键盘打字会很别扭。

有一年，我从瑞典重回澳洲，前同事偶尔说起他们跟瑞典Kista分公司开视频会议的事。我给他纠正发音说，这里的“K”念“shi”。他便想当然地认为瑞典语里“K”都读“shi”。我说，也不一定，有时候读“shi”，有时候读“k”，且毫无规律可循。

有一次，我去美国佛罗里达州的沼泽公园“Everglade”旅行，听到气垫船上一对母女在攀谈，误以为她们是德国人，后来经证实，她们是荷兰人，才知道荷兰语和德语非常相似。荷兰语可以算作是低地德语，也属于日耳曼语系，而同属于日耳曼语系的还包括丹麦语、挪威语、瑞典语等北欧语言。

我有一位曾经在丹麦生活过五年的巴铁兄弟，他说丹麦语分为书写和口语两套体系，彼此完全不同，可以当作两门甚至更多门语言。江湖传言，曾经的哥本哈根市长痛心疾首地对市民说：“我们的语言太奇怪复杂了，我们需要改革。”当然是不是真的要改革，我们不得而知，但该语言的复杂程度的确让人望而生畏。

在一次东南亚的出差中，我遇到了马来西亚一所华文大学的校长，他与几代热爱中华教育的马来西亚华人华侨，历经数十年艰苦卓绝的努力，突破当地政府的层层封锁，依然坚持推行汉语文化的教育与传承，对于母语的操守无不令人动容。

总而言之，作为有力且微妙的文化载体，语言就仿佛是一根竹管，管中窥豹，可见一斑，让我们能够看到或感受到不同国家、不同民族之间迥异且鲜明的性格特色与行为方式。德国人严谨认真，法国人傲慢自负，韩国人看重尊卑礼数，美国人崇尚自由，而英国人仍坚守着自己远去的贵族自豪感。

当然，我们不是在研究人类学；作为旁观者，也不将语言作为安身立命的手段。在试图了解异国文化的同时，语言对于我们更是一种工具，能帮助我们逐渐更好地融入异国社会。

英语（上）

还记得那是 2015 年年初的某个早晨，它让原本平凡的一天变得异常快乐。醒来打开电脑，再一次打开昨晚已刷新了无数遍的网页，看到屏幕上跃然跳动着“9、8、7、7”四个数字。虽然没冲动地跳起来，但内心仿佛一朵近乎枯萎的花朵在一瞬间绽放，那是绝望中的一滴甘露，更是冬日里的一线曙光。

迎着短暂的正午阳光，在去餐厅的路上，我兴奋地将消息分享给瑞典的同事们。尽管他们压根儿不知道雅思是什么，也未曾因海外留学或工作参加英语考试，但是依然由衷地为我庆贺。

没人知道，那是我人生第七次考雅思。其中，前五次都是为了留学澳洲。还能记得收到第五次成绩单时老妈喜极而泣的场景，毕竟前面四次过于曲折：除了有一次因为口语考试不幸被号称“三分老太太”考官百般刁难，其余三次都是因为写作单科差 0.5 分。早期上了雅思暑假班，自诩在全国英语界排不上前三但至少能排前五的老师反复告诫我们写作不需要模板，现场发挥即可。很遗憾，我们不是大牛，他说话选错了对象。第五次，我读了一本带模板的写作书，又上了几天速成班，就立竿见影地过了。

坐飞机抵达澳洲那天，过海关的我一路茫然，什么都听不懂，对官员的每一个问题通通回答“Yes”，不曾想他是在用一些前后矛盾的问题试探我。那一年我 22 岁，在国内学英语的历程算起来一共十五年。

你兴许算得很对，我小学一年级就开始学英语。启蒙老师黄老师刚从大学英语系毕业，她怀揣着一颗青春的心，在课堂上与我们如数家珍地分享听来的国外故事，于是英语便成了我最喜爱的文化课。那时候，我还喜欢在大街上向外国人羞涩却又主动地卖弄学会的新单词。

在老妈胡萝卜加大棒的鞭策下，我的英语成绩在班里稳居前三，小学时就基本学完了初中的英语课程，在初中吃老本的我还拿过全国英语竞赛的一、二等奖。高中时有所下滑，高考英语 129 分。大学时几乎把英语放下了，裸考四、六级，依然各考了 550 多分。可以说，我一直有个不错的英语基础，只是高中、大学的惰学造成了出国前连考五次雅思的惨剧。

在澳洲的第一个半年，除了刚下飞机时的尴尬，上课也几乎完全听不懂，全靠对照着老师投在大屏幕上的 PPT 一句一句地猜。跟老外同学说得最多的是“Sorry”，因为第一遍总是听不懂，常搞得同学不耐烦。同学跟我说得最多的也是“Sorry”或“What”，“What”是“Sorry”的粗暴版，因为我的发音老外也经常听不懂。

跟几位老外同学做小组作业，项目管理课的任务是书写一份虚拟的项目报告。组里土生土长的澳洲人负责采访企业主，拿录音回来大家转录成文字。听着印度人、沙特人在纸上快速的沙沙声，我眼巴巴地看着自己的本子上一片空白。

那期间，自己也因为英语闹过不少笑话。学校开学搞活动，送免费奖品，我问：“Can I have everything?”（我能随便挑吗？）对方老师一脸严肃地说：“No，you can have anything，not everything.”（你能随便挑，但不能全拿走）我才意识到是我把“everything”（每个东西）和“anything”（任何东西）说混了。

老师在课堂的黑板上写了个“CV”，我问旁边同学这是什么意思，同学说了三遍我也没听懂，最后他索性在纸上写了“resume”。我用电子词典查了半天才知道，原来“resume”不仅有“继续开始”的意思，还可以翻译为“简历”，只是发音不同。

有一次晚上在机房跟印度同学聊天，说起筷子，我说“stickchop”，只见他瞬间哈哈大笑起来："那不是'stickchop'，是'chopstick'。"

其实大部分时候，我跟人说话都在伪装，装听得懂，然后用自己的逻辑再结合场景去猜对方说了什么，也算能猜对十之八九。真到了猜不出来或猜错的时候，就会给对方造成两种错觉：一种是对方觉得我不礼貌或不开心，不愿搭理他；另一种是对方认为我智商有问题。后者会多一些，但他们从来不知道，事实是我真的没听懂他们在说什么。

刚到国外的语言适应期是漫长的，心里感觉会更加漫长。特别是被迫给电话公司、银行等客服打电话的时候，缺少可以用来猜的环境背景，就只得找中国朋友帮忙打电话，然后一句一句地翻译给我听。

求人不如求己，求己不如找老外，于是我在学校"恬不知耻"地跟老外套近乎。澳洲本地人不喜欢上大学，入学第一天，扫描班里同学就只有一个澳洲人，便硬着头皮过去跟他尬聊。尽管说不了几句，我就听不懂或接不上了，但总算获知他的名字叫 Todd，最后互相留了联系方式，混了个脸熟。正式开学，课堂上重逢，一打招呼，自然而然坐在了一起，然后放学偶尔搭伴回家或我开车捎他一段。之后班里又转来一个叫 Paul 的本地人，他们自然走得很近，Todd 也顺理成章地把 Paul 介绍给了我。后来老师布置小组作业需要分组的时候，Paul 就很自然地把我们仨的名字写在了清单上，之后来自印度和沙特的两位同学主动加入了我们组。

印度人和沙特人起初是想抱本地人的大腿，倚仗 Todd 和 Paul 的英文能力可以写出华丽的报告从而得高分，后来事实的确如此。只是我当时并没有往那方面想太多，只是想给自己制造更多用英语交流的机会，能快速提高，事后也的确如此。反观同班的中国同学，组员都是中国人，作业讨论用汉语，写出中文的报告，再统一翻译成英语，英语就很难提高。

在小组中，我清楚自己的优势——比他们聪明，他们想不明白的问题我能想明白，然后把结果分享给他们，更重要的是我比他们吃苦耐劳，每次分给我的任务都准时完成，每次会议也都准时参加，学习态度比其他国家的学生都积极主动。在日后的课程中，我问 Todd："Can we have a stable team?"这是一句非常蹩脚的英语，但意思很明晰：我们能不能固定搭伙？Todd 毫不犹豫地欣然同意。

后来我跨专业选过商学院的课。面对完全陌生的面孔，我依然通过尬聊认识了另两位澳洲人 Joel 和 Alex。Alex 爱跟我开玩笑，我俩有时候在一起讨论作业，不知不觉就变成了闲聊，一聊就是一下午，临分别时还问我今天开的是兰博基尼还是法拉利；我放假回国前给朋友捎围巾，他就说我是“womaniser”（花花公子），他的风趣总令人哭笑不得。Joel 则是个外表严肃却总把“cunt”一类的脏话挂在嘴边的人，后来也慢慢熟识了。

Alex 和 Joel 跟其他很多老外一样，写起作业来非常笨，建个模型都云里雾里地整不明白，所以那时候在技术和内容上都是我带着他们做。大家也都明白，人和人之间的交往与合作都是各取所需，如果自身没有闪亮的优势，很难凭空去抱别人大腿。

就这样，我通过不同的课程认识了不同的澳洲朋友——Todd、Paul、Alex、Joel、Peter、Ranko、Anna、Kate 等，跟 Aaron、Sankar 等印度朋友也走得很近。大家一起吃饭，一块打球，交流也逐渐没了障碍。

在澳洲的第一个学期，我没跟中国同学一起聚过会，也从未一起郊游。除了在学校上课、小组讨论以外，几乎所有时间都在家学习，无论是老师的课件、推荐的教材，还是课程相关的阅读材料，我都不分青红皂白地逐词精读，不认识的单词划下来一个一个地查，每晚经常学到凌晨三四点。每个假期回国往家搬的书和材料都有半米厚。在阅读过程中，不认识的词和独特的短语和用法，我都抄在本子上，一学期下来也能积攒两三本。

澳洲口音非常有意思，跟我们在国内上学学的发音很不一样，也是我个人觉得最好听的英语口音，于是根据日常听到的发音慢慢总结了一套澳洲发音的出招表，逐一模仿和应用。

功夫不负有心人，第一学期信息系统课的三篇小论文，我都得了全班最高分。临放假回国的前一晚，随便打开一部封存的美国电影，我意外发现自己能听懂 80％了。

后来从澳洲去德国，尽管各国的同学总笑我澳洲口音有点重，但跟他们沟通毫无障碍，也能一个人背上旅行包，轻松走遍欧洲。最终硕士毕业的时候，身边有中国同学还张不开嘴，我却能用英语自如地参加面试，并利用自身的语言优势找到了北美的实习工作。

为了申请澳洲临时居留签证（TR），即工签，我人生第六次考雅思，没有再像前五次那样纠结，像喝白开水一样一次通过。后来在瑞典考的那次雅思，算是对自己这些年英语学习的一个交代。

还记得那个冬天雪很大，我每天下了班之后，踏着雪去朋友房博士所在的大学研究所，坐在他们一楼走廊的圆桌旁复习。那里灯光明亮，晚上也安静，我常常复习到半夜，坐最后一班公交回家。考试前一天，我坐火车去瑞典首都斯德哥尔摩备考。为了让我充分休息，朋友石头把自己的房间让给我睡。最终的好成绩也算没有辜负石头和房博士对我的支持。

后来某一年回澳洲，合租的舍友找我帮忙向移动运营商打电话询问账单情况。想不到几年前中国朋友帮我的忙，几年后我又来帮助新出国的其他朋友。

又过了几年，在加拿大温哥华的早班地铁上，看到窗边站着一位背着书包的中国女孩，她一手抓扶手，一手拿本子，本子上记着密密麻麻的单词，歪歪扭扭的，但排列整齐；还能听到她口中在不停地背诵。那一瞬间，恍如隔世。

英语（中）

说到英语，不少人欢喜，更多人愁。有人拿英语当饭碗，而更多人被英语掴打挝揉得遍体鳞伤。在国内考学、拿文凭、评职称，需要英语；出国申请学校、求职、拿绿卡，也要英语。在这个英语与专业并重的全球化社会，没人能独善其身。关于英语学习，结合亲身经历，我在此分享几点浅见。

1. 酷炫的爱好

我现在在国内见到老外完全懒得张嘴，很难想象我小学时在街头见到老外总想卖弄一下的心情。但对于英语的学习，我认为酷炫的动机并不是坏事，至少它能成为你继续学习的动力，进而慢慢变成兴趣。人一旦对某个事情产生了兴趣，就很愿意花更多的时间与气力为之钻研。

2. 语法基础

英语的语法相比于德语等欧洲语言简单得多，德语的词分阴性（die）、阳性（der）和中性（das），还有各种复杂的语态。而瑞典语是用“ett”和“en”来搭配不同的名词，且没有任何规律，全靠硬记。在国外我们往往会惊叹：“为什么老外无论说得多快，语法都不会出错呢？”

显而易见，这是他们的母语，他们学汉语的时候也在羡慕我们从来不会用错。没上过学的中国人说汉语也不会出现语法错误，甚至我们从来就没意识到有语法的存在。很可惜，如果我们不是两三岁就待在国外，外语的母语素养就难以形成了，只能靠后天的努力学习去弥补。

有些朋友认为，在国内没必要好好学英语，出了国有了天然的语言环境自然就能练成，这样的想法是极为错误的。我观察很多中国同学用英文书写的作业，语法方面错误百出，而我写的几乎没有任何错误，这与我在国内上学所打下的良好基础密切相关。我也认识在国外生活了多年的大叔们，他们日常沟通完全没有问题，但口语中的很多语法都是错的。所以如果你真想达到一个比较好的英语层次，就需要有良好的语法习惯。

实际上，国内的英语学习更注重语法习惯的养成，而在国外，听外国老师讲语言课，更像是听中国人讲汉语。我们中国人讲话从来不去分辨主、谓、宾，同样外国人也不会把英语的语法拆解开来为你讲解，更多的还是凭借自己天生的用语习惯。因而外国人认为很简单的东西，你却百思不得其解；他们认为理所当然这么说，你却很难分清。这就需要慢慢培养语感，但过程极为漫长、痛苦。

因此，当你在国内底子没打牢的时候就出国学习，时常会发现捉襟见肘。在别人不断扩充词汇量的时候，你还在为语法和时态抓狂，不稳固的语法根基，也会导致几年后你说出和写出的英语依然充满谬误。

3. 词汇与阅读

国外虽然不如国内适合语法培养，但的确有利于扩充词汇。我们以往的英语学习，经常是顺着单词表一个一个疯狂地重复记忆。以这样的方式记单词，脱离了场景，缺乏有效的形象记忆，很难跟现实生活结合起来。

试想“apple”这个单词，你是看着白纸上几个黑色的字母容易记忆，还是以下这种情境容易记忆——你手里握着一个真实的苹果，面前有外国人对你说：“Can I take your apple?”（我能拿你的苹果吗？）后者很可能只需要说一遍，你就将其深深地刻入了脑海，而对于前者，你不但需要重复多遍，而且过一段时间还会淡忘。

纯英语的语言环境提供了快速扩充口语词汇量的机会，但你在国外待上一年或两年还是会遇到英语学习的瓶颈，尽管生活沟通很熟络，可打开诸如课本、小说等英文书籍，依然感觉自己像个文盲。

这就像我们在语文课上写作文，小学生可能会写："今天去了湖边，闪闪发亮的湖面上产生了波纹，我开心极了。"年龄大一点的时候可能会这么写："粼粼的湖面骤然荡起圈圈涟漪，阳光下更显熠熠生辉，我的心也随即为之荡漾，一丝喜悦感悄然而生，溢于言表。"再复杂一些，还要加上成语、歇后语、古诗、古文，可谓是引经据典、摛章绘句，文笔上显得鸿笔丽藻，甚至侈丽闳衍。

跟汉语一样，词汇丰富与否能显现英语水平的层次性，大致可以分为以下三层：

第一层，正常的自我表达。比如，曾经在飞机上结识了一位小朋友，他在国外读高中，自称英语非常好，然而在填入境表的时候，"intended"这样的词他却不认识。这样的水平在生活中很难做到正常沟通。

第二层，词汇的多样性。比如，形容"很，非常"，有人只会用"very"，高级一点的可以用"quite""pretty""bloody""highly"，再复杂一点的则是"extremely""considerably""immensely""notoriously""exceedingly"；又如，说"好"，用"good" "well" "nice"，复杂的有"splendid""awesome""gorgeous""extraordinary""marvelous""legendary""epic""majestic"等；再如，表达"足够"，用"enough""plenty"，高级一点的用"ample""sufficient""adequate""abundant"等。我认识在美国待了七八年的同学，只会用"very""good""enough"之类的简单词汇；口语的语法也是清一色的简单句，不会嵌套，也不会复杂的句式；生活中遇到不认识的复杂词汇，一般靠猜。即便在口语中很多表达可以选用简单的词汇，复杂的词汇也要认识、掌握并能在书写中灵活使用。

第三层，对词汇的深层理解。词汇量浩如烟海，领域无死角，可以抬头谈星象，低头说地质，白天聊历史，晚上讲哲学，并且能分辨各近义词之间的细微差别，能在不同场合使用最恰当的词汇。这个层次，对于绝大部分人来说，遥不可及。大家在此共勉。

丰富的词汇和表达源于阅读积累，而阅读需要刻苦的努力去提升。我依然难以忘记第一次出国去韩国的情景，晚上坐在自习室读一本纯英文教材，花了整整四个小时才读完两页。那一晚回宿舍的路上，百感交集，但满足感终归占了上风，毕竟这样的自虐与磨炼是英语学习的必经过程。

如果你时间充裕、不怕辛苦，就可以像我一样，阅读中遇到不认识的单词不要去猜、不要略过，迅速拿电子词典查一下，哪怕你时间紧迫，来不及一一整理到本子上，看一遍释义本身就很有效果。下次如果再遇到同样的词又忘了什么意思，再去查一遍。每一次查都是一次记忆，最终你会对这个词了然于胸。聪明人可能查一两次，不那么聪明的人可能需要五次，甚至十次。学英语与重复的次数有关，与智商无关。

4. 听力不用练

绝大多数人会像我一样，刚出国的时候，英语完全听不懂或半懂不懂。通过分析，我认为有以下两个主要原因：

第一，我们对大多数词汇没有真正熟练掌握。比如，单独拿出来一个单词“apple”，我们很快反应这是“苹果”，但在实际生活中，在快速对话中，我们往往无法迅速理解对方的意思。最常见的场景是：对方快速说了一句话，我们还在琢磨第三或第四个单词是什么意思；这句话已经说完了，我们还没来得及梳理出第一句话意思的时候，对方第三句已经说完了。对每个单词的慢反应导致我们在交谈中一句跟不上，句句跟不上。

第二，我们没有形成语义预期，这跟对生活场景的适应能力有关。每个国家的人说话都是有套路的，用语习惯也高度一致：在很多场景下，说了 A 词，基本上后面就会跟 B 词。刚到国外的我们，脑海里还没有形成这样的逻辑链接。

这其实也跟文化有关，很多名词在不同文化中是专属的。我去美国的时候英语交流方面已经没障碍了，但最初的一两个月经常听不懂大家在说什么，后来发现他们在谈论饭店、街道，或谈论课余活动、电影人物。比如，澳洲人就可能不知道“Wendy's”和“Taco Bell”是什么，因为这是美国的快餐连锁；相反，其他国家人也可能不知道什么是“Hungry Jack's”这一澳洲本土的连锁。再比如，瑞典人说“Floor Ball”（地板曲棍球），澳洲人就有可能不知道；澳洲人说“Footy”（不带护具的橄榄球），美国人兴许也不知道。

虽然语义预期有时候也会出错，但作为初来乍到的同学们，带着语义预期去沟通依然很高效。当能听懂大部分内容的时候，再转而加深自己听力的快速反应能力。

听不懂英语还有一个自我安慰的原因——语速过快。有一次我在电车上听当地人聊天，男人仅用了两三秒就读完了贴在电车上一条长达三行的通告，我只听清了开头、中间和结尾的三个词，而对话中的女人是完全能听懂的，她兴许也用了语义预期的方法去脑补中间说得太快的内容。不过值得欣慰的是，曾经有个美国老师给我们上课，说刚到澳洲时，她也很难听懂当地人讲话，尤其是打电话。

打电话是最考验英语听力技能的，这跟对话场景与语义预期是一回事。在面对面的现实沟通中，语义预期会变得容易：在银行大部分时间在说存款、取款、账户等信息，在公交站则会谈论发车时刻和售票充值等内容，在饭店老板会问你要吃什么，而不是问你今天取了多少钱或坐几路公交车去上学。然而电话却是一个毫无场景和语义预期的对话环境，需要听力方面有硬功夫。

我一向认为，如果你能听懂澳洲人说话，就能听懂大部分英语国家的人说话。澳洲人不仅语速快，而且说话不太张嘴，有人还为此找了一个有趣的渊源：早年风沙大，澳洲人为了嘴里不进沙，所以说话不张嘴。实际上，澳洲人说的是英国南部口音，只是发音有些夸张罢了。

那么如何在国外练习听力呢？答案就是不用练习。听力是一项被动技能，只要你整天处在英语的环境里，自然而然就能听懂绝大多数对话。可能由于我头脑反应慢，听力上经历的挫折比别人更漫长，即便如此，留学半年后，我也基本能跟上大部分当地人的语速。

当然，也有一些所谓的速成法，比如，听收音机或看电视。刚出国的朋友如果租的房子里恰巧有电视，只要保持电视开着就行，尽情去做别的事，听力也会在不知不觉中有所提高。我当时喜欢从澳洲 SBS 电台的官网下载新闻录音，拷到手机里，在骑车上学的路上戴着耳机听。个人认为效果一般，还曾因耳机阻隔了外界的声音险些出过事故。

如果人还在国内，常听收音机是很有帮助的。同班的沙特大叔在出国前的几年内常态化收听英文广播，到了国外就几乎没遇到语言障碍。既然已经来到国外，只要确保别一直扎推在同胞的圈子里就行。至于要不要刻意用特殊的方法练习听力，练与不练没有太大的差别。

5. 口语表达要自信

“听力好了，口语就一样好”，千万不要有这样的误区。听力成了大神，口语可能还是渣。口语不能在英语环境下自动练成，它是主动技能，需要不断地主动磨炼，方能有所进步。

我后来也总结过刚出国时我们讲英语为何老外听不懂：第一，我们讲英语的节奏和模式不对，断句也不对。大家都想尽快说得流利点，并把“快”当成流利的标准，但我们很多人对于怎么才算是快都理解错了。快并不是把词与词之间的间隔缩短，老外的快是把每个词念得很快，但是词与词之间以及句与句之间要留出清晰合理的空隙。然而对于刚出国的朋友们来说，单词本身不够熟练，遇到长单词就更念不快了，不得不本能地从词与词的间隔找流利，这样的错误节奏就会让老外听不懂。

大家也许会困惑，为什么印度人说的英语这么难听，老外却能听懂？从本质上讲，印度人的英语虽然夹杂着浓重的口音，但节奏、语速及断句都符合老外的用语习惯。

第二个原因关乎自信。我第一次去韩国，英语远没有现在好，然而那段时间反而在感觉上说得更加流利。我相信不少朋友对此深有同感，跟非英语国家的人用英语交谈信心满满，跟英语国家的人一聊天就打怵。我想这是因为跟前者说话，要么自信比他们说得好，要么也至少觉得大家的母语都不是英语，互相也没什么可指摘的。

当心怀自信甚至是嘚瑟、自负的时候，英语就自然说得更顺畅；反之，则会唯唯诺诺，嘟囔在嘴里，成了一锅糨糊。如同上台演讲或主持，平时私下里谈笑风生的人上了台却变成了结巴，这也是不自信的表现。因此，嘚瑟也好，自负也罢，在英语口语的练习中反而是好事。

在国外的中国同胞越来越多，你可以结交一些要好的中国死党，还可能造就一生的友谊，但切勿将时间都沉浸在中国朋友的圈子里，尤其刚出国的那段时间。它会像温水煮青蛙一样，慢慢让你放弃跟外国人接触的动力。

而“恬不知耻”绝对是主动结交外国人以不懈练习英语的关键词。在这里，“恬不知耻”跟自信殊途同归。无论你通过什么途径，上课、工作、泡吧、搭讪、结交男女朋友或哥们、闺蜜等，都要“厚着脸皮”迎难而上，否则，在国外不管待几年，你的口语水平很难有显著改善。老外普遍比较外向、不内敛，作为初出茅庐的你，“不耻下问”反而更贴近老外的性格。

很多人在意自己的英语口音，我也曾悉心总结过澳洲人的发音规则。口音相似的确可以让你感觉跟老外是同一类人，但并没有什么实际用处。当他们听到你很纯正的口音，第一反应是惊叹，但依然不会认为你跟他们是同类，甚至纵使你在国外出生或长大，口音一模一样，他们也不这么认为，只因你长着一张黄色的脸。

关于口音，我跟熟识的美国同事聊过，她反问：“有口音怎么了？”正所谓真正一起学习、一起工作、一起做事的人们，其实并不在意口音，大家在意的是如何通过有效的沟通把事情最终做好，而不是纠结于口音。就像国内大城市里的一些人，习惯用口音来区分人的优劣，就是极其狭隘和愚蠢的，殊不知大牛与大神可以来自祖国的任何角落，而口音只是每个人终生抹不掉的印记，也是值得自豪的印记。试问，一个连自己家乡都不爱、都嫌弃的人，你还能指望他去爱什么。因此，作为中国人，说英语带一些汉语的口音完全无妨，与口音相比，内容与内涵永远更重要。

6. 思维和写作

很多国人倡导学英语要培养英语思维，我想说这里存在两点问题：一是英语思维是自然而然形成的，不是培养的；二是还没出国就强调英语思维，言之过早。

现在很多有经济能力的家长将孩子早早送入国内的私立双语学校。相信这群孩子通过学习能形成一定的英语思维，但人的精力毕竟有限，他们能否也形成同等的汉语思维，我则表示怀疑。

说英语思维不是培养的而是自然形成的，也是跟前文提到的语言环境有关。我们如果从国内长大，接受的是汉语的教育体系，经历的也是汉语环境的生活。如：我们到酒店时说“办理入住”，我们在机场时说“取登机牌”，而不是说“check-in”；我们说做“演讲”，而不是做“presentation”；我们说做“展示”，而不是做“demo”；我们租房子叫“合租”，水电费叫“均摊”，而不用“share”。

出国留学、工作的人会对以上几个例子深有体会。大部分海归说话中偶尔夹带英文并不是秀优越感，而是习惯使然。在国外久了，很多事物都直接用英语表达。对于在国内熟知的事物，会去找对应的英语，而对于一些国外特有的新鲜事物，脑中只有英语，在汉语一侧则形成了空白，这就是英语思维形成的开始。当你想表达什么意思或指代什么物品的时候，第一时间想到的是英语，甚至很难想出汉语怎么说，英语思维也就逐渐形成了。

再说教育体系，我们可能会纳闷为什么很多非洲人的英语或法语这么好以及为什么印度人的英语这么好，因为非洲和印度曾经是英、法等国的殖民地，殖民者用英语或法语在当地建立了近代教育体系。这些国家的学生，不像我们能用母语学习，他们只有英语或法语的教材，英语或法语好也就不足为奇。

在韩国第一次用英语学专业课，我在其中一门会计课中拿了好成绩，可回国后跟在国内同样学了会计的同学交流，发现我不知道所学的诸如“Statement of Assets”“Balance Sheet”等专业术语怎么翻译，这正是在教育体系中自然形成的英语思维使然。

而写作就是助推英语思维的重要途径，很多朋友在国外为英文写作而犯愁，归根结底也是因为英语思维欠缺。写文章先用汉语写出来，然后逐词逐句地翻译成英语，这种方式只会让自己与英语思维渐行渐远。

前面提到过，阅读是丰富词汇量的有效途径。写作，不仅需要丰富的词汇，也需要通过阅读来对别人写的文章进行模仿，包括原汁原味的表达方式、语序、用语习惯等，进而在没有中文作为媒介的情况下，直接按外国人的习惯和思路写出英语文章。久而久之，英语思维就会形成并得以强化，还能反过来让写作变得更加纯正。这里是不是有刻意的主观培养成分我不确定，但我更倾向于这是一个自然而然的过程。“读书破万卷，下笔如有神”，阅读得多了，自然会不自觉地在写作中得以体现。

总之，关于英语学习，如果你还没出国并准备出国，请务必在国内加强语法学习，打好英语的基础，词汇、口语、听力、写作都可以留到国外去快速提升；如果你已经到了国外，那么请不要浪费过多时间和精力去练习听力，要把重点放在阅读和口语上。阅读是词汇的来源，也是英语思维的源泉，请务必刻苦查单词并认真模仿用语习惯；而口语则要积极跟老外沟通并自信地说出属于自己的英语，完全不要在意口音。

我们早已错过了两三岁学英语的黄金时期，这就需要我们靠后天的辛勤去弥补，毕竟英语是打开世界之门的钥匙，无论你要不要去打开，世界总归都在那里。

英语（下）

我相信很多朋友跟我一样，第一次到国外总忍不住问自己：之前我学的英语都去哪了？为什么在国外听到的英语跟我学的完全不一样？在此，让我们扒一扒国外日常口语的趣闻。

英语是世界上使用最广泛的语言，由于不断吸收各国语言，其自身的开放性造就了浩如烟海的词汇及灵活多样的用法，单单是问好，就有多种表达。

“How are you?”（经典、简洁）

“How are you doing?”（很常用）

“How is it going?”（读得快的时候，仿佛是“How’s going”）

“What’s up?”（常用“Nothing”或“Nothing special”回答）

当然也会有“How have you been”“How is everything”等不是特别常用的说法，而我们儿时学的“How do you do”在国外更是很少使用。澳洲人还有他们独特简洁的“G’day”，他们不仅语速快，而且还喜欢简化词汇，“G’day”其实是“Good day”的缩略语。

对于如何回答问候语，大家很容易想起陪伴我们成长的人教版初中英语教材，里面有李磊、韩梅梅、Jim等代表人物以及他们的经典对话。

“How are you?”

“Fine，thank you，and you?”

“I'm fine, too.”

相信很多人仍能在三秒内将这组对话像弹珠一样背出，只可惜国外没有这么配合的老外让你实现这一完整对话套路，他们说得更加简洁。

“I'm good.”

“Very well, thanks.”

当然也可以如实回答，比如“Exhausted”（太累了）。

表达反问对方的时候，也确实会用到：“And you?”，在北美也能常听到：“yourself?”我工位隔壁做销售的小伙，每天至少给客户打十个电话，我每天也能听到十几遍这样的反问。

当对方说他也很好之后，可以附带来一句“Good（to hear）”或“That's good”以表达欣慰。

关于感谢，在英联邦和美国就有很多差异。初到澳洲，经常听澳洲朋友在句尾或聊天结束时说“Cheers”，让我一度误认为是“再见”的意思，后来才慢慢发现是“谢谢”。很多年后陪澳洲客户在中国谈项目，期间谈起“Cheers”的使用，他说“Cheers”在电话中一般是指“再见”。

澳洲人还喜欢在句尾接上“mate”或“buddy”（朋友、伙伴），英国人也如此。有次在赫尔辛基的一家博物馆，一对情侣在进门时帮我扶了一下门，我习惯性地说了一句“Cheers，buddy”，那位男士就一直回头盯着我看，最后忍不住好奇，过来问我是否从澳洲来。其实那时候我已离开澳洲好几年了，只是习惯了澳洲的用语习惯和口音。

我在澳洲一家“7-11”（超市）当过收银员，当我从柜台递给顾客商品时，顾客常会快速地说一句“Ta”，甚至有时候“Ta”后面还紧跟着一个“Cheers”。后来渐渐明白，“Ta”不是指“他/她”，而是非正式的“谢谢”。随着国外经历的丰富，我感觉“Ta”更常用在超市或餐馆等服务业的消费过程中。

而在美国，“谢谢”更普遍用“Thanks”或“Thank you”表示。刚到美国时，跟科罗拉多大学的学生们一起去酒吧或去球馆看NBA，用惯了“Cheers”的我，常常引来他们的笑声，因为“Cheers”在美国更常用于喝酒。而在美国写邮件，最后结尾也基本都用“Thanks”，而不用“Cheers”，也很少用“Regards”“Kind Regards”或“Warm Regards”之类。

对方说完“谢谢”，你该怎么接呢？我听到比较多的是“No problem”，简写为“np”，也有“You're welcome”或“Welcome”。美国人也会用“You bet”，澳洲人用“No worries”多一些。

“No worries”是一个百搭的用法，别人说“谢谢”，用它表示“别客气”；别人说对不起，用它表示“没关系”；还可以给对方以宽心，表达“放心吧”之类的意思。也有人用“Never mind”，但我个人感觉“Never mind”多用在“算啦，我刚才说的别当回事”这样的场景。我们中学英语里学的“Not at all”，在国外几乎听不到，“Not at all”往往是在别人说“Do you mind me…”（你介意我……吗）的时候说，以表达“我丝毫不介意”。

那么别人说抱歉的时候，该怎么应对呢？有以下几种常见句型：

“That's / It's all right.”

“It's OK.”（语调上快速而下沉）

“No problem.”

我在澳洲也常听到“You are all right”，读得很快，很像“You alright”，也是表示“没关系”的意思。

而当外国人说“sorry”的时候，内涵就比较丰富：

（1）表示抱歉，等同于“对不起”。

（2）表示同情。比如，你给对方吐槽或吐苦水，对方会表达同感与理解时一般会说“I'm sorry”。

（3）表示遗憾，如“We're sorry to let you know …”；或者事关自己的时候，常说“I am sorry to hear that”，略微带有抱怨的意味。

（4）在马路上行走，我们常会听到两个迎面走来的人同时向对方说“sorry”，潜台词就是“对不起，挡您道了”。

从“sorry”丰富的用法中可以看出，英语是一门很适合“打官腔”“和稀泥”的语言：在事不关己的时候，面对别人的遭遇可以表现出很关切的样子；在需要冷酷拒绝对方的时候，也可以做到冠冕堂皇、礼貌委婉。实际上，英语国家人的思维套路跟中国人并无太大差异，同样是百转千回。

还有当别人说“Nice to meet you”时，你除了可以回答“Nice to meet you，too”，也可以用“You too”来回答。千万记住，这里是“You too”而不是“Me too”，听起来不太合常理，但确实是这样说的。

最后，简单罗列一下“再见”。

“See ya.”

“Catch you later.”

“Bye.”

“Ciao.”

“So long.”

“Ciao”起源于意大利语，我在法国、德国等欧洲国家都听到过，也偶尔在英语国家听到。“So long”也是“再见”的意思，但并不常用，你知道是表示道别就可以了。另外，很少听到完整的“Goodbye”，可能因为单词太长，大家懒得说。

当然“再见”后面还经常附带着祝福语，如：

“（You）Have a good day / night / weekend / one.”

“Take care.”

“Take it easy，man.”

“Take it easy”的意思比较广泛。比如，“别着急”“别紧张”“慢慢来”“放轻松”“看开点”“别难过”等；在告别的时候，跟“take care”一样意指“保重”。相对于“Have a good day”，北美用“Have a good one”更多一些，表示“祝你度过美好的一天”。

打工奇遇

手表的时针划过了 6 点，背对着略微发红的朝阳，用颤颤巍巍的手从饮料机接出一杯热巧克力。在这个清晨，我第一次知道原来人可以累到呕吐，可是却什么都吐不出来。回顾疯狂劳碌的一夜，我禁不住打了个寒战，赶忙披上外套。

临近晚上 11 点，忙完了学业，我开车来到社区依旧灯火通明的“7-11”。这是一家不算太大的 24 小时营业的综合超市。等阿三哥清理完自己的账务，我把属于我的收银抽屉推入 POS 机。在接下来的 8 小时，整个店铺就由我一个人看管了。

白天客人络绎不绝，晚间的“shift”（轮班）不用像白天一样忙于招呼客人，但是为了完成 24 小时的闭环，需要一个人全面地完成以下工作：

（1）擦拭所有货架。

（2）清洁全部地面。

（3）清扫办公室卫生间。

（4）由内而外清洗咖啡机。

（5）清点从卡车上卸下的成箱的饮料。

（6）结算新到的报刊和杂志。

（7）用巨型钢尺测量油罐内的剩余油量。

（8）更换和加热玻璃烤箱中的甜甜圈和小肉饼。

(9) 测量冰柜的实时温度并做好记录。

(10) 把饮料一箱箱搬入冷柜。

(11) 穿防寒服蹲在冷柜里把饮料一瓶瓶摆上货架。

当我龟缩在冷柜里摆放饮料时，还要警觉门铃声。门铃一响，就要跑出去开门，应对那些夜间奇葩的客人：

(1) 不买水却不停舔着瓶盖的智力残障人士。

(2) 在成人杂志货架前长时间逗留的夜勤警官。

(3) 一群大声叫嚷着让我打开后面办公室厕所的少男少女。

(4) 从烤箱夹出甜甜圈因嫌不够热立马将其摔在地上的大叔。

(5) 从货架上拿了面包没付账就转身往门外走的年轻人。

(6) 听我用喇叭告知夜间加油必须预付费后进店骂骂咧咧的司机。

(7) 指着同行女士的胸部反复问我"我老婆胸怎么样"的嬉皮士。

伴随着一整夜的闹剧，任务总算完成了九成，不知不觉已经早上6点，举起依然略带抽搐的手，再饮下一口热巧克力，顿时想起前几日在国内因为脑瘤离世的大学同窗，百感交集。顾不上多想，就听见窗外一声响亮的鸣笛，来自埃及的超市老板，一大早将他的大奔停在了门口，一脸严肃地走了进来。

那天是我在"7-11"最后一次值夜班。我在海外至少打过六份工，很多细节至今依然记忆犹新，内心充满了感慨。

1. 快速提升外语

说这家"7-11"是超市，不够准确，应该叫便利店，它地处 Brunswick West 社区中心，虽然商品价格有点偏高，但云集了生活中人们能想到的方方面面：

(1) 零食、糖果、饮料、牛奶、面包。

(2) 报刊、杂志、小本书籍、文具。

(3) 野餐用具，机油、润滑油等汽车用品。

（4）汽车加油，风挡清洗，轮胎充气。

（5）拖车租赁，割草机租赁，煤气罐更换。

（6）电话卡、公交卡、乐透、球星卡。

（7）打印，复印，取现，换零钱。

（8）香烟、烟草、卷烟纸、过滤嘴。

刚上岗的几天，戴着鸭舌帽的老外客人用不到两秒就说完了要购买的香烟品牌、口味或颜色（同一品牌不同口味的包装色不同）以及烟盒的规格（15支、20支、30支等），而我对烟品本来就不熟悉，一脸茫然地看着他……客人不耐烦地再次重复，我转过身看着一整墙香烟依然丈二和尚摸不着头脑。这时候他开始发飙，用污秽的言语问候我。

在如此繁杂的商品和服务面前，先前在学校里习得的通过特定场景进行对话的预期与猜测，完全不奏效。每一位排队的客人各自有完全不同的需求，我只能专心致志、用尽全力去聆听他们到底说了什么。下面给大家分享我打工时经历的几个典型事例：

客人买了饮料后，问我有没有“straw”。我站在那愣了一会，“straw”不是稻草吗？后来才知道“straw”也有“吸管”的意思。

一位抱着小孩的年轻妈妈在便利店问我有没有“napkin”，我又一次愣在那里，心想：“napkin”不是尿布吗？还没等我开口，她已发现了“napkin”并上前抽了几张，我才恍然大悟，“napkin”也有“纸巾”的意思。

三年后，我在市中心唐人街的“北京烤翅”店做服务员，老外客人问有没有“serviette”，我一脸懵懂地看着他。直到他又说了“napkin”这个词，我这才明白他要的也是纸巾。

后来在餐馆听很多客人用“serviette”，才知道尽管这个词源于法国，但是在英语国家中也广泛使用。想必很多中国朋友都知道“tissue”是纸巾，却很少有人知道“serviette”。还有很多客人买完东西会说“Ta”，付款前会说“on credit”，我也逐渐明白前者表示“谢谢”，后者是“要用信用卡支付”。

可以说，打工不仅可以快速提高外语听力，而且还能有效填补海外生活所需的词汇空缺，让你知道生活中这个叫什么、那个怎么说。如前文所说，国外是一个可以让词汇量得以扩充的优良环境，因为它能结合场景，与现实生活紧密结合，从而带来有效的形象记忆。

如果说便利店工作可以快速训练听力，那么很多打工岗位也能帮你大幅提升口语能力。

在韩国认识的一个老乡，他业余时间经常去菜市场跟韩国大妈一起卖水果，大妈们都亲切地喊他“儿子”。随后，他在语言学校的口语考试成绩一路飙升，扶摇直上。

澳洲一个学护理的朋友，去养老院兼职做护工。出国仅三个月，一张嘴已经能以假乱真，身边的中国同学再也跟不上她的英文了。

除了零售业和餐饮业，我那时还偶尔兼职参加商学院的经济实验。作为实验者，享受实验本身乐趣的同时，也学会了很多难得的商务词汇，有效地补充了我这个 IT 理工男在商科领域的空白。

无独有偶，在给校篮球队做“Score Bench”（球赛计分统计）之前，球队负责人专门送我们去接受专业培训。后来，我们既能在球队的主场零距离观看全州大学生篮球联赛，又在无形中学会了用英语表达各种篮球的专业术语。

2. 习得人生技能

在那份篮球计分员的兼职中，我们需要密切关注篮球赛场上所有人员的一举一动：快速识别和记录每一位球员的得分情况；球员犯规后，辨识裁判判罚手势，记录球员犯规次数；密切跟踪双方的换人情况及暂停次数；控制比赛计时并严格把控 24 秒；将比赛数据实时输入大屏幕显示。

一场比赛下来，几位计分成员都累得满头大汗。虽然不知道以后的人生能否用得上，但作为从小热爱篮球的我，这是一项颇具意义的人生技能。

而说到实用的人生技能，莫过于我在“Yummy”中餐店做的外卖兼职——晚间开着自己的车给电话订餐的客人送餐。啰嗦的老板每接一单，总要指着墙上的地图向我详细地讲解路线，我只是装作耐心倾听，然后提着外卖盒上车，打开汽车导航再出发。那个时候，手机导航还不普及，车载导航仍是驾驶利器。久而久之，我练就了熟识导航、夜间开车的技能，也对门牌号日益敏感。

只不过导航远不是万能的，两条相隔很近的岔路就把它愚弄了，害得我花了1小时才找到客人家，回头被老板残忍地扣了1小时工资。还有一次，接电话的伙计写错了地址，历尽艰辛摸到客人家时，被客人一通臭骂。而后某个夜晚打工结束，街上已是大雨滂沱，两侧的茶色车窗布满了水珠。当我从小路即将穿过一条主干道时，纵使看到了干道上隐隐约约的车灯，还是心存侥幸地向前探出了半个车身……伴随着响彻天空的喇叭和轰隆的巨响，我副驾驶一侧的车门严重损毁，所幸事故中没人受伤。

车修好后没多久，我就告别了外卖工作，转到了“北京烤翅”店的后厨，负责洗碗和烧炭。晚间源源不断的客人来吃自助，我每次要洗三四个小时的餐盘，还要不时应客人需要，为他们加灼热的木炭。渐渐地，我习得了虽然不怎么省水但能快速洗碗的诀窍：水龙头正下方总保持一定数量的餐具，只要开着就能时刻冲刷。

而说到烧炭，引燃炉子后要及时且适量地向里添加新木炭。放得太慢，客人要等太久；放得太快，则会造成浪费。客人要求加炭，我就戴上厚厚的手套，拿上火钳，将几块木炭先后夹到小烤炉里，再拿扁平的铁钩固定烤炉的一侧，将其提起来走到客人桌旁，小心地放入桌槽，生怕烫到客人。尽管万分小心，还是出了意外。在夹炭的时候，胳膊碰了一下炉壁，一块皮瞬间从小臂上烫了下来。涂了几个月药膏，才得以恢复，但是胳膊上却留下了永久的伤疤。

至今我都很后悔打工时没做过厨师，不然我现在一定能烧一手好菜。就像我在瑞典的福建舍友，他在丹麦的一家寿司店当了几个月学徒，来瑞典后被当地最出名的寿司店聘用，每天站在铁板后面为客人做五彩缤纷的日本料理。

此外，海外打工还能学到一些独特的黑技能。比如，我在澳洲的第二个房东（也是我的好朋友）Frank，他为了挣取高薪而去做按摩，每周末都要用尽全身的洪荒之力，为接连不断的客人推背，连续工作 6～8 小时后，回家立刻就瘫倒在床上。当然，他也借此高强度地锻炼了自己的身体。再如，假期不回国的朋友们，一放假就入驻乡村，帮农场主挖土豆、收苹果，每天带着浑身的酸疼入眠。第二天醒来，又周而复始。假期结束能习得满满的农活技能。

天下无难事，只怕有心人。在海外打工，不管高低贵贱，无论是刷马桶，还是修电脑，抑或开着面包车到处做房屋清洁，都能熟能生巧，渐入佳境，精通一项项全新的人生技能。

3. 通晓社会经验

恬不知耻、自诩为学霸的我，凡事总喜欢做笔记，打工也不例外，以下便是我在便利店打工中总结的部分笔记：

（1）客人要什么给什么，给多少钱都拿着，准确输入 POS 机找零。

（2）买报纸送副刊，如果客人执意只要副刊，照样收钱。

（3）买一送一的商品，客人只拿了一个，也要在 POS 机上录入两个。

（4）客人买的水果，结账时不要用手去碰。

（5）货架上的鸡蛋不要竖着放，容易打碎。

（6）早上刚开始营业时，不允许客人从 POS 机“cashout”（提现）。

（7）香烟有不同的规格之分，客人不特别指定就默认给他最大盒的。

（8）卖出的电话卡不能退，手机充值也不能退，如有问题，让客人找运营商协调。

（9）打印机要安插计数器。

（10）一般不能赊账，如果客人赊账，要抵押手机，不能抵押驾照。

（11）夜间如果有客人来购物，就让刚到店的供货人员耐心等候。

（12）新到货的饮料摆到冷柜侧面，不要放在中间；牛奶如果有快过期的，新到货的就不要在冷柜里摆放。

（13）夜间不鼓励客人刷卡，尽量让他们付现金。

（14）夜间卖烟时要把烟放在手边，不要离自己太远。

（15）夜间汽车加油尽量用广播喇叭让车主进店预付油费。

（16）白天没看到车牌和车主的脸，就不要贸然打开油泵；油刚加完时，POS机系统会响一声，这时一定要隔着玻璃盯着车主。

（17）多位车主同时加油，结账时跟他们确认油枪号码，要故意选那个金额最贵的询问。

（18）总部定期发布油价调整通告，当油价上升时，要先更改摆在加油站外面的价格牌，再进店修改POS机系统；当油价下降时，则要先改系统，再改价格牌。

（19）人在前台时，办公室的门一定关好，并对客人宣称："我们没有厕所。"

（20）如果客人态度很不好，就不告诉他相关优惠政策；如果客人朝你喊，就喊回去。

可能以上某些条目能让人一目了然，也有一些令人不知所以然，在进行简短的思考后，下面对其一一进行解释：

（1）客人有选择支付方式的自由，即便遇到拿着上百个硬币来买东西的老年人，后面顾客排队再长，也要当着他的面数清硬币，欣然收下。

（2）客人也有选择商品的自由，即便是偏执的错误，也要予以成全。

（3）提前在系统中额外录入一件买一送一的商品，防备客人回来要另一个；否则，无法在系统上进行补救操作。

（4）纵使摆在果篮里的水果本身并不干净，结账时也绝不能用手去碰，要让客人在心理上觉得这个水果很干净。

（5）一旦客人弄碎了鸡蛋，双方责任很难说清。

（6）POS机里初始的零钱数量有限，一早就为客人提现，会导致后续无法找零。

（7）要不遗余力地卖给客人更高价格的商品。

（8）卖出的电话卡和手机充值之所以不退，是因为无法确定客人退回来的是不是已经用过。

(9) 用计数器确定客人打印的页数，防止客人谎报。

(10) 柜台下面的抽屉里，散落着一堆居民驾照。拿驾照作为赊账抵押的客人可以免费去政府补办，根本不会回来付账。

(11) 对于供应的货物，不清点就不签字，不让供货人员离开。

(12) 摆在冷柜中心的饮料更容易被看到，要引导客人先拿快到期的商品。

(13) 银行一般会在夜间下线，结账尽量选用现金这种最保险的方式。

(14) 夜间偶尔会出现抢烟逃跑的客人。

(15) 夜间容易发生加完油、驾车逃单的事件。

(16) 刚加完油的车主最有可能逃单，所以你用眼睛盯着他，是让他有所顾忌，怕你记住他的脸，一旦逃单就会被指认，从而乖乖付款。

(17) 对于撒谎的客人，说“是”永远比说“不是”容易很多。

(18) 油价上升时，先改价格牌，客人加油前看到的是高价，却可能按系统中未修改的低价支付，客人自然开心；油价下降时，先改系统价格，客人同样会暂时性支付比价格牌便宜的价格，也会开心。如果将上述顺序对调，客人会认为自己被欺诈。

(19) 办公室里有各种重要资料和存货，容许内急的客人使用办公室的卫生间，会带来严重的安全隐患。

(20) 做服务业要有底线，要理直气壮，只要自己是对的就大声说出来，这样才能让客人信服。

除此之外，海外打工不仅能积累宝贵的社会生活经验，而且还能见识到鲜为人知的阴暗面，特别是餐饮行业。比如，为确保将菜品送到正确的桌上，有的厨房每出一道菜，都会将一张用圆珠笔写着桌号的脏纸片丢进菜里；服务员会端起菜盘，认清桌号，并在进入大厅前将纸片扔掉，防止客人看见。再如，老外点的一大盆水煮鱼，结账离开后，盆中的油汤可能会被倒入一个铁桶，每天反复使用。

你可能会声讨那些把国内套路照搬到国外的中餐馆，殊不知老外的餐馆半斤八两。老外会用不知道炸过多少遍的老油浇在新出炉的薯条上，只是为了让它们在客人面前显得更加光鲜艳丽。只要能达到基本卫生标准，免遭处罚，商家在控制成本、增加销量的手段上无所不用其极。

几年后，在国外打的最后一份工是在“Dumplings +”餐馆做服务员，那时的我已经轻车熟路：

（1）面对客人，始终保持友善的微笑。

（2）客人点菜时，给予有价值的建议，包括为酵母过敏的客人选择合适的餐品。

（3）快速领会客人召唤的意图，及时准确地完成添水、加椅子、补餐具、收餐盘、递账单等相关服务。

仅仅做到以上三点，就时常会有客人公开或私下地塞给我大额小费。而回顾那几年在国外餐饮业打工，最直接的收获就是填饱了肚子，因为在饮食方面可以有以下便利：在比萨店送外卖，能拿走成盒的比萨；在日料店做店员，能带走成卷的寿司；在甜品店尝不到冰沙，却能喝到免费的饮料；在烤翅店啃不到烤翅，却能吃上大锅的烩菜。

而海外打工另一个直观收获就是挣钱。比如，一位朋友的老公帮独居老人做清洁，清理完满地的垃圾后，在地面上惊喜地发现了海量的硬币；像Frank一样给人卖力气做按摩也能拿到不菲工资；如果整个假期待在果园辛勤劳作，没准能挣出下学期的大部分学费。

在国外充满歧视的就业环境里，打工还可以成为就业的跳板和上马石。如：本来只是修电脑，却逐渐学成并进入了小型软件公司，后来慢慢跳槽到大公司；本来只是兼职的球赛记分员，长期在球队工作，最终加入球队的管理团队；本来只是寿司学徒，经过刻苦练习，媳妇熬成婆，摇身变成日料店的主厨。

事到如今，再回首海外打工的往事，也算是吃过不少苦头，遭受过冷眉冷眼、恶语相加，还撞坏了汽车、烫伤了胳膊。面对这些狼狈与不堪，当年的我异常平静。初到国外时，我曾因内心孤独而在街头不争气地流泪，却从未因为打工的挫折而感到一丝的难过与悲愤。毕竟打工遇到的困难与不顺只能归咎于自己的愚笨和亟待历练，有些错犯了才知道改，有些跤摔了才知道疼。

我没有生在一个大富大贵的家庭，爸妈在国内省吃俭用供我出国，我在国外曾经一度这不舍得吃、那不舍得买。可是前前后后打了这么多份工，我却从未抱着挣钱的念头，因为我始终看重的是这一笔笔宝贵的人生经历，能帮我更快地融入社会，教会我人生技能和社会经验。我始终相信，这些经历终归能用在日后的某些人生节点上，而打工挣的钱很可能只是工作之后薪水的一个零头罢了。因此，我也从未在任何一份兼职中坚持太久，学成的那一天就是我离开的日子。

相比于我们这些利用业余时间打工的学生，我也见过很多全天候拼命的打工仔。

国外的网吧叫“Internet Cafe”，跟国内一样整齐地排列着高配置的电脑。朋友的朋友在网吧一周打工上百个小时，可以连续通宵工作三天，有时去卫生间洗脸用手捂着鼻子，时常弄一手鲜血。

购买我弃用的苹果手机的小伙子，拿着当地野鸡大学的学生签证，从来不去上课，以学生身份在城市的各个角落打工赚钱。

北京烤翅店后厨的张大哥、张大嫂，把自己的孩子留给老家的父母照看，全职在餐馆打工，他们吃在餐馆，住在餐馆，每周只休息一个下午。两人一心攒钱，期待回国后的好日子。

在便利店一起打工的尼泊尔人，刚来国外就住进了同乡们的集体宿舍，一套正常能住 4～5 人的房子，能塞 40～50 个尼泊尔人，他们白天做一份全工，下班再来超市值通宵夜班，无非想让家人过上宽裕的生活。

以上种种行为不仅无可厚非，而且值得尊敬，他们在用自己的劳动与汗水创造力所能及的幸福。如果你跟他们一样，挣钱心切，账面目标简单明确，那就义无反顾、起早贪黑地去劳作；如果你怀有远超于打工的野心，那就专注于学业，打工浅尝辄止，避免本末倒置。

最后，无论是出于金钱、出于历练，还是出于其他目的，在海外打工本身就是一种双向选择。敢于踏出自己的安全地带、勇于突破自己的人，才会愿意不停地积极尝试，反之亦然。对于前者，往事并非不堪回首，最后留下的除了逐渐褪色的伤疤，还有漠然的坚强与会心的一笑而过。

采菊东篱下，悠然见南山

“Hej då！”“Ses imorn！”在瑞典工作期间，我坐在靠过道的工位，每天下午4点开始就会陆陆续续听到这两句话。“Hej då”是“再见”的意思，“Ses imorn”则是“Vi ses imorgon”的简写，意思是“明早见”。

公司实际规定的下班时间5点半，你一定会诧异为什么同事们4点多就能下班回家，这便是欧洲工作文化与我们亚洲，特别是日、韩的不同之处。在日本和韩国，如果老板或主管没下班，下属员工绝不敢私自离开，即便已经完成了当天任务，也要一板一眼地坐在那里。相比于亚洲浓重的等级观念，欧洲的工作环境走向了另一个极端，以下便是一个瑞典上班族典型的一天：

（1）8：30～9：30，到公司。

规定早上8点半上班，但大家时常9点多才陆续抵达公司，只要不错过偶尔举行的晨会就行。

（2）9：30～10：30，第一波Fika。

“Fika”是瑞典语中一个象征着瑞典文化的词，意指“茶歇”，是瑞典工作中必不可少的环节，上午的Fika大致在9点半到10点之间开始，一般在10点半左右结束。

大家三五成群来到一楼大厅，沏茶、泡咖啡，挑选自己喜爱的点心和水果，坐在藤椅上聊聊天，再回楼上继续工作。

(3) 11：30～14：00，吃午饭。

11 点半到 12 点之间在周边吃午饭，可以到工业园区的食堂就餐，也偶尔开上车组团去市区吃比萨或烤肉。

没有固定的午休时间，大家也没有午睡习惯，几点回办公室以及下午几点开工，完全自己斟酌，不耽误下午工作即可。

(4) 15：00～16：00，第二波 Fika。

大致情况同第一波 Fika，只不过有的同事开始为下班做准备了。

(5) 16：00 以后，回家。

只要没有特别的额外任务，大家开始陆续提前下班，可以跟主管打声招呼，也可以自行收拾东西离开，没人阻拦；如果愿意加班，也可以无限加班。

我所在的开发部，经过几位资深工程师多年的打磨，一款内部开发的名叫“TK2”的坦克对战游戏日趋完善，大家经常在工作间隙分两组在线厮杀。这款游戏至今仍在不断更新升级中。上班迟到、早退，一天两次茶歇，中午有宽松时间享受大餐，工作中穿插着娱乐……粗略计算，瑞典每天的有效工作时间为 4～5 个小时，甚至更短。

尽管如此，在我游历过的国家中，瑞典人算是很敬业的了，至少在每天 4～5 个小时的有效时间里能保持应有的严谨与高效。归根结底，他们还是很看重任务的完成与成果的产出，只不过主管们规定的任务完成节点，相对于我们来说简直太轻松了。

在我国，对于一个需要两个月完成的任务，主管时常让你用一个月熬夜加班完成；在瑞典，需要一个月完成的任务，主管安排你在两个月内完成，甚至还会问你时间是不是有些紧张。

在我离开瑞典前，中国朋友田田刚刚入职工业园的另一家公司，他给出了一个无比中肯的描述：“每天上班，我可以干一点活，也可以随便看看别的，什么都不做也没事。”这就是我们所在的北欧前几名的高新产业园的工作状态与节奏，这里云集了数百家科技创新企业，已经在工作强度上比欧洲很多地方高出很多了。

在瑞典即便能提早下班，下班之后可选择的夜生活却并不丰富。市中心的商铺在傍晚 5 点或 6 点就纷纷打烊了，银行等机构歇业得更早，大多在 3 点以前。晚间的闹市区，只有昏黄的路灯照着街上为数不多的车辆，场面甚是冷清。毕竟除了坐办公室的白领需要工作之余的个人生活与空间，商铺的业主及服务人员也同样需要。

可见，欧洲的工作环境不仅宽松，也充满了人性的关怀，即便作为欧洲的工业强国——德国也并不例外。在德国生活过的朋友一定知道，每逢周末或其他节假日的前一天，切记去超市采购，因为第二天很多售卖食物的超市和餐馆都不开门，不提前采购就意味着只能对着空冰箱挨饿了。

此外，欧洲员工的工作安全也有切实的保障。在瑞典，雇主开除一名员工费时费力，他们需要向政府提交繁琐的材料以证明该员工完全不适合所在岗位。因此，只要员工没有表现得差到逆天并严重破坏公司产出或客户关系，公司会对其一直隐忍下去，至多在日后的招聘中更加审慎。

尽管如此，前几年爱立信还是在瑞典本土进行了大刀阔斧的裁员，单单我所在的工业园就裁了 120 人。那段时间，人人自危，公司本意是裁掉那些领着高薪却不干活的老人，从而低廉地招入年轻员工以提高效率，这从侧面展现了瑞典很多公司人浮于事的现实。最终，在与工会的协商与博弈之后，双方达成了折中的裁员方案。

说到工会，很容易让人想到欧洲另一个老牌强国——法国以及其炙手可热的工会，还有那些令我们谈虎色变的罢工、游行。在法国，这都是家常便饭，甚至是生活必需品。只要工会提前跟警察局和市政厅报备并获得许可，人们就能集体上街游行，有时警察还会为之开道、提供保护。当然，不法行为在游行中也时有发生，甚至演化成严重的街头烧车等恶性暴力事件。

诸如城铁等公共交通的频繁罢工，让上班族叫苦不迭，虽然不至于关停线路，但线路的减少也近乎让交通瘫痪。那年我携父母在法国旅行，从马赛开往巴黎的列车由于罢工被临时取消，我们不仅在车站多等了一两个小时，而且上车后原本订的座位也不复存在。由于两趟列车合为一趟，过道和连廊堵得水泄不通。无奈之下，父母在卫生间旁的折叠椅上对付了几个小时。

除了引领有序的罢工，企业的工会还能决定和调整工作时间与假期。法国有一个词叫“Faire le pont”，汉语叫“连桥”，意思是：如果周四为公共假期而周五不是，那么周五也可以不用上班，加上周末，构成一个连续四天的假期。很多人对此存在误区，以为这是慵懒的法国人集体翘班，其实不然，是否实行连桥完全由工会决定。

法国还有一个词叫“RTT”（Réduction du temps de travail），直译叫“工作时间的减少”。每周国家法定工作时间为 35 个小时，如果每周工作了 38 个或 40 个小时，额外的小时会被积攒起来，用作日后放假，跟我们的调休类似。

大家对法国人的印象多半是在浪漫之都的塞纳河畔，迎着夕阳，情侣就地铺开野餐巾，开一瓶红酒，酌两支高脚杯。然而他们并非像想象的那样慵懒，在工作中还是忙碌和敬业的，只是跟瑞典人一样将工作和生活分得比较清楚。

在我看来，慵懒与否似乎与地理位置有关。比如南欧，充足的阳光容易让人乐不思蜀，失去忧患意识和工作斗志，因为他们即便流离失所也不至于冻死街头；而生活在高寒地区的人们，如果不勤奋劳作，很可能活不过冬天。从民族性格上，我们也能看到区别，南欧人普遍热情奔放，而北欧人内敛严肃。

瑞典的某个夏天，雨多得有些反常。很多瑞典人搬出躺椅，戴上墨镜，躺在雨中，享受一年中最后一抹难得的阳光。阳光对于他们来说太过宝贵了。为此，瑞典政府立法鼓励民众在夏天休长假。

“The law gives you the right to 25 days of holiday and 4 consecutive weeks of holiday during the period of June, July and August.”（法律规定，每个员工有 25 天的假期，而且在 6、7、8 月期间有权利连续休假四周）

“25 天的假期”是指 25 个工作日，平时不支付加班费的公司，还会额外给员工 5 天假期。如果夏天休一次长假，冬天再连上圣诞节和元旦，一年大概有将近两个月的假期。

员工在夏天有权申请连续四周的假期，法律规定，只要员工申请，主管必须批准。当然，员工也可选择夏天不休假，然而上班就会无事可做，因为大部分同事都休假了，公司的客户也休假了；午休的时候下楼用餐，发现周边的餐馆也休假了，整个科技园一片寂静。

在法定年假天数上，法国跟瑞典类似，也是 25 天左右，平均每个月不到 2.5 天，而且规定每年的假期必须用完，多余的假期是不能累积到明年或转换成薪金的。法国人本身也都会充分利用假期，很少出现假期用不完的情况。

更值得一提的是，无论是瑞典、法国，还是欧洲其他国家，不根据工作年限计算每个人的假期数量，入职一年的新人拥有跟老员工同等的假期待遇，这与北美的假期政策截然不同。

以美国为首的北美，跟我国比较相似，年假天数随着工作年限的增长而增长，他们喜欢用“PTO”（Paid Time Off）这个词指代年假，并将年限与 PTO 的天数明确对应，比如，工作年限 1 年、5 年、10 年和 20 年对应的年假平均天数分别为 11 天、15 天、17 天和 20 天。

可见，美国的年假天数远不及欧洲，而其整体的工作状况与环境跟欧洲也有天壤之别。美国人更加严格遵守工作时间，准时上下班，工作时间内兢兢业业，严格把控午休长度。同时，由于年假天数少，偶尔还会带病上班，有可能将疾病传染给同事。

在工作方面，美国人严重缺乏安全感，工作失误或违反纪律，比如工作时间饮酒，都会让自己第二天就丢了饭碗；请假和休假也远没有欧洲人自由。不过，好在他们跟欧洲人一样能将工作与生活分清，比如我的美国主管，从来不在下班后给我打电话。

近些年，由于油价暴涨，美国很多公司允许员工一周有几天在家办公，英语里叫“WFH”（Work From Home）。即便如此，美国人也没有在家放羊，而是以相同的状态认真工作。相比之下，我的澳洲同事们一谈起 WFH，彼此相视而笑，外加一句“你懂的”，家庭办公的澳洲人就基本上放任自流了。

在澳洲，年假一般是 20 天，跟欧洲一样，没有年限要求。至于工作态度与积极性，跟欧洲差不多，但是无法跟北美相提并论。

综上所述，相比于欧洲和澳洲，北美展现出截然不同的工作面貌。与美国相比，我们至少在表象上有过之而无不及，在不考虑时差的情况下，我们的工作状态是这样的：我们在会议上奋笔疾书的时候，澳洲人兴许已经躺在沙滩上晒太阳了；我们因事找领导请假签字的时候，瑞典人早已买好了全家往返泰国的机票，返程是在一个月以后；我们还在不分昼夜、挑灯夜战的时候，就连美国人也已经开车进入了高速公路，吹着口哨行驶在回家的路上了。我们是真正敬业的钢铁战士。

综观那些在工作上养尊处优的国家，他们有以下几点共性：

(1) 资源分配均等，工资平均化程度高，上升空间有限，个体缺乏工作积极性和事业上进心。

(2) 有强大的工会在背后撑腰，不用担心由于工作中的欠佳表现而被开除，个人的工作安全得到有力保障。

(3) 社会整体经济活性低，生活节奏慢，工作总量少，客户的工作效率不高；而在大家普遍放假的夏天，即便保持营业也会生意惨淡，不如大家一起歇业。

相比而言，美国依然保持着较高的经济活性和较快的工作节奏，无愧为世界第一大经济体。而辛勤工作的中国人紧随其后，望其项背，奋勇追赶，以谋求更好的发展。

一个国家的发展状态，可以在每一个国民身上体现出来，每个人每天多付出一点，最终会积攒成一股强大的力量，推着整个国家、整个民族更快步地向前迈进。在羡慕国外舒适工作环境与状态的同时，我们要深知，国外的老本终归有吃完的一天，只有用我们的血肉才能推动着祖国的崛起，筑起我们新的长城。

天堂里的医疗

国外的工作状态与假期福利，或许令人艳羡，或许让人唏嘘，“阳光，沙滩，海浪，仙人掌，还有一位老船长”是很多人憧憬的天堂般的生活，本文就让我们探讨一下令人艳羡与唏嘘的天堂里的医疗。

2014 年，对于我来说，是昏暗的一年。先前没怎么遇到大病的我，在北欧暗无天日的冬季，白天在办公室盯着电脑，夜晚因无处可去还是对着电脑，终于咎由自取地患上了眼疾。

每天清早，睁开双眼，顿感无助与绝望；在公司，面对巨大的电脑屏幕，捶胸顿足。我心中除了懊恼，更有愤慨，于是毅然决然地拿起手写的英文陈情书，又一次走进了医院的眼科门诊。

下面是我第一份陈情书的大致内容：

一个半月前，我第一次就诊。医生说一切正常，没有说明问题就赶我出去。

三周前，我第二次就诊。我比预约时间提前 30 分钟抵达，等待1 小时 40 分钟，看到比我来得晚的几位病人先后进了诊室，询问护士，才知道是前台的工作失误，忘记把蓝色的挂号登记纸拿给护士。护士紧接着把散瞳药水滴到我眼睛里，让我坐等医生。20 分钟后，护士告诉我，医生家里临时“有点急事”，没法给我看了，会安排半个月后的就诊，届时给我做脑扫描。

上周五，我在家收到一封医院邮件，被告知下一次会诊安排在2～3个月之后。

说到“散瞳药水”，配过眼镜的朋友应该都知道，这种药水滴到眼睛里，几个小时内看不清东西。第一次就诊护士就给我点了这种药水。就诊后，我一个人以近乎盲人的状态摸出医院，跌跌撞撞地走到马路对面的公交站。尽管公交车已近在咫尺，我却连车头上方巨大的数字也看不清，只能询问旁边的路人。而第二次就诊时，即便没见到医生，护士依然给我滴上了同样的药水，让我剩下的半天白费了，根本无法对着电脑工作。

就诊过程中，医院工作人员的失误远不止这些，于是我又向护士长拿出了第二份陈情书，大致内容是：

5月30日，我给眼科门诊打电话，告知我接下来的整个6月都不在本市。护士说，不用担心，已经给我预约了8月1日。

我5月31日离开本市，并于7月1日返回，却收到了安排在6月12日的预约信和一张300克朗的挂号费账单。

看完这两份陈情书，护士长变得很沉默。她把陈情书给其他几位护士传阅，大家也很沉默。之后，她带我到了一间小办公室，说：“我们对于预约的时间无能为力，这完全由医生决定。”我问她，今天我能不能见医生。护士长说：“不能，因为你没有预约。”

关于第二份陈情书，我继续问：“在我跟你们提前协调时间的情况下，你们依然在我不在的时候给我错误地预约，可不可以把账单取消？”护士长说：“不能，给你预约了，即便你没来，也要收取挂号费。”

面对护士长一脸无辜的表情、斩钉截铁的语气以及不可辩驳的强盗逻辑，我一时竟无言以对，转身安静地走出了医院。回到家中，我登录政府网站，进入投诉入口，详细输入了事件始末，点击提交。然后购买了一张下个月的机票，回国看病。

时隔半年，早已把投诉这件事抛到脑后的我，无意间收到了政府的回信，上面赫然写着短短的三句话：“您已提交投诉。我们不予受理。事件处理完毕。”

就在那一瞬间，我想起了瑞典同事的话：“瑞典的医疗体系存在严重的问题，我们平时不停地运动健身，就是为了到老不会生太多的病。”实际上，瑞典所暴露出来的医疗体制与工作作风的弊病，广泛存在于海外很多国家。

1. 预约漫长

国外医疗普遍采用严格的预约制，病人需要遵循医院通知的预约时间准时就诊。我与国外的医生朋友分享上述看病经历时，他们的第一反应不是叹息，而是赞叹，夸赞我运气好，惊叹我前两次就诊能预约得这么快。我这才意识到，由于不熟悉流程，我误打误撞，直接拨通了医院的科室电话，意外地跳过了预约步骤。实际上，规范的看病流程远比这复杂得多：

（1）给社区诊所打电话，预约诊所时间，需要等 2～3 周。

（2）赴社区诊所初诊，全科医生分诊。

（3）医院安排预约，需要等 2～3 个月。

（4）见到专科医生，医生开药。

（5）如果有必要，预约住院或手术。具体时间，依病情而定，几个月到几年不等。

可见，从出现病征到见到医院的专科医生，一般至少需要三四个月，像我几周内就能见到医生纯属万幸，而大多数人根本没这么好运。比如，我澳洲朋友的朋友在公立医院排队手术，等待五年后终于给予安排。

平时遇到小症状，经常能在漫长的预约等待中自愈，所以在国外大家习惯了有病自己扛，或紧急搭乘航班回国。比如，同事耳朵不适，没去医院看病，而是去诊所随便拿了些非处方药；朋友打球伤了腿，感觉小腿骨折，想拍 X 光，医院给他预约到三个月以后，于是他果断买机票回国。

急诊是唯一不需要预约的就诊方式，却永远人满为患。当医院感觉你并没有严重到急诊的程度，是坚决不予以接诊的。即便进了急诊，也要做好从早上候到午夜的准备，这期间几乎无人问津。正所谓人生如戏，全靠演技，如果想获准进入急诊，并在急诊中优先见到医生，就要让他们认为你的病很严重、伤口很疼、嚎叫得很凄惨。下面说两个就急诊不成的事例：

澳洲的一位朋友皮肤过敏，手上起了很多大疙瘩。老公帮她使劲捏了很多下，让整个手都肿了起来，结果去急诊时依然没看成医生。

一个发高烧的小朋友，家长带着去急诊，护士说没事，结果小朋友坐着干等数小时后，不幸离世。

关于急诊，还出现过令人发指的事故。在瑞典生活的外国人打电话叫急救车，说自己快死了。接线员反问："你快死了怎么还能打电话？"急救车没有派出，病人在家中离世。因此，一心指望急诊，不仅很难看上病，而且还可能在关键时刻为之丢掉性命。在有私立医疗机构的国家，为了避免漫长的等待，有经济条件的还是尽早购买私人医疗保险或直接自掏腰包吧！

2. 效率低下

从上述我的看病经历中，可以看出医院存在着门诊前台丢单、护士与医生缺乏沟通、医生因私事擅离职守、电话接线员未有效录入信息等各种管理问题，所以他们的效率低下也就不足为奇了。

之前，有位澳洲朋友胃疼，用医院先进的仪器做了检查，苦等半年，依然没拿到检查结果。即便成功看了医生，检验结果也可能要额外等几个月，进一步延长了看病的周期。

效率低下的一个重要原因是国外医生养尊处优。医生在国外是光鲜职业，一说到富人区，除了明星和企业家，很多人还会想到医生和律师以及伴随土地财政蒸蒸日上的房产经纪人。可见，看病、打官司、买房是全世界最为昂贵的三件事。

我看病的那家医院，医生每天上午 9～10 点开始上班，下午 3～4 点下班，时常能看到医生在走廊里拿着咖啡杯以逛大街的速度散步。每看完一个病号，他们都要随性休息一会儿，再慢吞吞地出来叫下一位病人。

国外用预约制限制医生每天看病人的数量，很多人以为这样能让医生对每一位病人分配更多的时间，诊断检查会更加认真全面。然而我第一次就诊时，那名女医生没跟我说两句，就毫不耐烦地赶我出门，可见这样的医疗机制，并没有改善医疗效果，反而让医生的效率变得更加无可救药。

3. 庸医

应当说，西方发达国家整体医疗水平较高，但医生的水平却参差不齐。有些医生简直就是庸医。比如：美国一普通烧伤病人因医治不当身亡；澳洲医生手术结束后，把剪刀落在了患者肚子里；朋友经历了车祸，缝针的胳膊痊愈后去找医生拆线，拆完后回家发现还有残留，返回医院再次处理，回家后再次发现残留。

国外的医疗器械高端先进，在国外看病的朋友们时常能见到在国内不曾听说过的仪器设备。这就好比瑞典能制造出世界一流的静音潜艇，却苦于招不到合格的水兵去驾驭。

国外存在着一类叫“GP”（General Practitioner）的医生，即全科医生。我曾为申请德国签证而找过 GP 做检查，感觉即便是普通人，久病成医，也完全能胜任这份工作，想让一些 GP 发现病症纯属痴人说梦。

庸医在国外的广泛存在令整体医疗水平堪忧，这也与医生团队的经验不足密切相关。国外人口稀少，在预约就诊的体制下，以医生们佛系的工作作风和效率，每天看的病人数量很可能连我国医生的零头都赶不上，见过的病例少，经验自然就很匮乏。

4. 照本宣科

医疗手册是海外诊疗的核心利器，医生们对其有着执念般的追随与遵循。假定某项身体指标的阈值为 50，如果检查结果是 49 就没事，而 51 就被认为是症状明显。

在瑞典，儿童发高烧，必须超过五天才予以处理。曾有一位老人两年间多次赴医院就诊，均被告知没事；直到症状极为明显，才予以治疗。虽然每个月几万块钱的医药费政府全包，但是病症从早期被活活拖成晚期，器官也由此遭受了不可回复的损伤。

从另一个角度看，严格按照手册诊疗也不一定是坏事，特别是面对医术不精的庸医，手册反而是病患们的福音。其实，这更是中西方医疗理念的显著差别：国内尊崇经验，容许随机应变，国外则更相信数据和规范。更何况，依照手册办事能明哲保身，何乐而不为？

同时，国外不提倡过度治疗。相比于国内的生活环境，一些发达国家空气新鲜，食品安全有保障，人民生存压力小，一些相关疾病的发生概率相对较小，更鼓励民众依靠自身的免疫系统自愈。通俗点讲，就是有病自己扛，没事别来麻烦医院。

5. 资源匮乏

回到前面我的看病经历，你可能会质疑：为什么当初不像在国内一样换一家医院试试？答案是：我所在的城市只有一家医院，而那座城市是瑞典第五大城市，即便现在不是第五，也一定稳居前十。不管大小，也无论公立还是私立，整个城市就只有一家医院。如果你问：为什么不去首都这样的大城市试试？首都医院确实多，但居住人口也相应地增多，同样面临看病排不上队的情况，大老远跑去凑热闹，得不偿失。

当我们揭开天堂国家高福利的面纱，就能看见医疗资源与福利严重不相称。这极度尴尬的不匹配也让高福利更像是海市蜃楼，虚无缥缈。

有人把高福利国家的医疗体系形象地比作漏斗，经过不断地去粗取精，选出最需要救治的人进入诊疗。这无疑对于那些从漏斗中幸运流出的人是高福利，免费的手术，昂贵的药物，应有尽有；而对于其他人，特别是相当一部分本应得到及时治疗的患者，高福利就变成了零福利，甚至是负福利，他们不仅会错过最佳治疗时机，甚至还可能付出生命代价。

以下是几个国家的医疗福利对比：

(1) 瑞典：只收取挂号费，诊疗全部免费（牙科门诊除外）；挂号费和药费支付达到当年上限后，可以免费挂号、取药。

（2）澳洲：公立医院全民医疗，排队排到地老天荒；私立医院自掏腰包，可购买私人保险，快捷就诊。

（3）美国：仅 60 岁以上的老年人可以享有免费医疗，年轻人须购买私人保险。

（4）加拿大：牙科门诊按比例进行偿付，其余诊疗全部免费。

我们发现，实行全方位的全民医疗，反而更容易凸显医疗产能的不足与政府财政的压力。福利越好，越是免费，国家医疗体系的漏斗就收得越紧。尤其是讲求公平公正的瑞典，业界大亨、无业游民，一律一视同仁；而澳洲，给富人留了一扇私立医院的后门，允许花钱买时间，免排队；美国则更绝，没有钱，买不起保险，就不要看病了。

在国内，你可能会对人满为患的挂号大厅无比头疼和反感，但相比于国外冰冷的候诊走廊，我们的医疗已然人性了很多。我国是患者最容易见到专家的国家，我们的医生经验丰富，每天看几十甚至上百个病人，有些还要承担医闹的风险。兴许你会质疑专家的专业能力，那就不妨去看看国外坐着当大爷的庸医团队。

近几年，我们依然有可能存在因为一场病东拼西凑，最终弄得全家破产的悲惨故事。但在生活中，我们也能感受到医疗体制的变化：预约挂号在逐渐引入，小病打点滴的现象在逐渐减少甚至杜绝，如火如荼的健康医疗大数据逐渐成为广受市场看好的行业。

由此看来，我们在有意识地借鉴先进国家的医疗制度，完善医保，看重数据，不过度治疗。在此只是衷心地希望，我们不要全盘照搬，从而不幸地走上另一种极端，把自己也变成“天堂里的医疗”。

小轮椅与大宇宙

近日，有关霍金辞世的新闻铺天盖地，大家纷纷表达缅怀之情。我也跟风地翻箱倒柜，找出了尘封已久的《时间简史》与《大设计》。相信很多人跟我一样，早就将这两本畅销书遗忘在书柜阴暗的角落里。

对于霍金，我们大多只知其名，至于其人、其事迹如何，其研究、其贡献几何，还停留在一知半解甚至一无所知之中。毕竟，科学不仅外表光鲜，内里更是高深莫测。而这次的集体追思也恰恰进一步神化了科学，抬高了霍金在我们心中的形象。

年轻时就被确诊为渐冻症的他，坐了半个世纪的轮椅，蕴藏着各种逆天“黑科技”的轮椅一直有效地辅助他生前的生活与工作。脸部肌肉运动感应器、词预测的机器学习算法、语音合成器等都是霍金官网上所罗列的轮椅功能。随着他身体每况愈下，期间不断有新的技术引入以填补身体的缺陷。这些均来自科技公司的友情赞助，粗略估算，买一台目前版本的霍金轮椅要花费 100 万美元左右。

如此高昂的价格，普通人很难承受，然而没有安装高科技设备的普通电动轮椅，在国外大街小巷的使用率很高。这种轮椅最高时速可达 10～12 公里，省时省力。经常能看到有人驾驶着轮椅，“闲庭信步”地过马路，这其中以老年人居多，也不乏年轻人。

除了轮椅，在国外街头或公交上还能看到很多用义肢或拐杖的人。我就曾多次在电车上见到一位右腿比左腿短很多的上班族，他的右脚下安装了一个金属支架。相比之下，拄拐的人更是不计其数，不仅包括残疾人，而且还包括那些因在运动或事故中受伤而临时拄拐的人。

在国外待久了，就会发现，街头或公共场所很容易见到残疾人，比在国内的几率高很多。外国人老了坐轮椅的概率比较高，和他们的生活习惯有很大的关联。在他们生活中没有秋裤这样的东西，即便天寒地冻，大部分老外也只穿一条裤子。还有相当多的妙龄少女，为了赶时髦，爱穿露膝的牛仔裤。这样的着装习惯在北欧的冬天尤为普遍，在马路上能清楚地看到她们冻得通红的膝盖，不禁为她们未来的老年生活担忧。

如果你认为上述埋由过于主观，个别现象不能代替整体，下面这个理由则相对客观科学：国外专门为残疾人构建了完善的基础设施，极大地方便了他们的出行。

各处停车场都有残疾人专用车位，只有车内悬挂残疾人标牌的才能停靠，没有标牌或残疾人专用编号的车辆会被贴罚单。公交车基本上都有“kneeling”（下跪）功能。当有乘客准备坐轮椅上车时，司机会让车自动向车门一侧倾斜，使门槛降低；同时，有自动或手动折叠的金属板向外翻出，为轮椅形成一个简易坡道。

图 1　能“下跪”的公交车

在大型公共场所的入口基本上都设有残疾人通道，供轮椅沿平缓的折返坡道进入；许多居住型别墅也安装了此类设施。在大楼内部，比如博物馆的楼梯一侧，会安装自动升降机。大部分洗手间都配有残疾人专用隔间，空间比正常的大至少一倍；马桶两侧有坚固的扶栏。

在基建中充分考虑残疾人的需要，我国一二线城市已经有了突飞猛进的发展，当然我们还有很长的路要走。

无论是身体缺陷，还是精神缺陷，国外社会普遍对残疾人有较好的包容性。我看过一部名叫《方形》的瑞典电影，其中有一个场景：会场上，一位患有秽语症的人每隔一会儿就拍击双手并大声骂脏话，让全场氛围异常尴尬。这时，有人站出来，为大家解释了这种病症并坚决地维护他。对于这些患有精神疾病的人，国外允许他们出现在公共场所，而不是关进疯人院里。

让我印象最深的是在加拿大工作期间，上下班坐电梯偶尔会碰到一个坐轮椅的人，他戴着厚厚的眼镜，头发梳得很整齐，却没有四肢。我曾不止一次想给他拍照，从而告诉朋友们，我们办公楼里有这样一位坚强的人。但我终归没有那样做，我不想冒犯他。

这也让我不禁想起在国内上大学时，在公共浴室经常见到一个拄拐的同学，他洗澡时总需要爷爷的搀扶。一些好心的同学都曾问他需不需要帮助，他每次都阳光地笑着婉拒。除了为他平和的心态点赞，我也渐渐懂得，对残疾人最大的尊重，不一定是主动的帮忙，而是把他们当作完完全全的普通人，像对待其他人一样对待他们。比如，对于加拿大办公楼里那位坐轮椅的人，大家不应该一言不发，用好奇或惊讶的眼神盯着他，而是作为同在大楼上班的普通员工，彼此随意地谈着生活琐事，这才是对他最大的尊重。

说到尊重，可能会想到崇敬；说到崇敬，又会想到励志；而说到励志，不得不说，霍金给了我们一个完美的范本。坐在轮椅上度过了半个世纪的他，撰写畅销书籍，到全球各地参加会议，探访南极洲等各大洲，结婚两次且有三个孩子，参演《辛普森一家》《星际迷航：下一代》《生活大爆炸》等影视作品，甚至还登上波音飞机参与体验零重力飞行。霍金接受采访时说："我想证明，只要没有精神残疾，人们就不需要受到生理缺陷的限制。"

的确，我们的身体是有限的，而我们的精神却可以是无限的。

当我们腿脚不再灵活、无法继续从事某项运动的时候，我们可以观看，体会其中团队配合及个人技巧的精妙。

当我们手指无法弯曲，无法继续弹奏某种乐器的时候，我们可以欣赏，感受音乐给内心带来的波澜壮阔的共鸣。

当我们默默地闭上双眼，任凭思绪乱飞，我们可以前一秒站在斯德哥尔摩的雪地，后一秒就躺在温哥华的沙滩。

当我们静静地坐在书房，思维天马行空，一个个活灵活现、跃然纸上，传播到世界各地，也传递给后世的人们。

随着时间的推移，有限的身体会逐渐产生各式各样的缺陷：腿脚不灵、眼花耳背……我们每个人在寿终正寝前，都很难不患上这样那样的残疾。正如前文提到的我患上的眼疾，它叫飞蚊症。每天早上醒来看着白色的天花板，“飞蚊”就出现在眼前；出门碰到阴天，望着天上的云，眼前的“飞蚊”更加明显；看着办公桌上白色背景的电脑屏幕，“飞蚊”在不停晃动。

在无助、绝望甚至近乎癫狂过后，是时间为我治愈了一切，至今飞蚊症症状依然存在，可我已见怪不怪。我相信没有人会一直自怨自艾地生活在由缺陷所带来的痛苦之中，只要更关注生活本身，就能自动屏蔽部分残疾所带来的不便。既然已无法治愈，不如就接受它，并逐渐习以为常，将这份残缺与自己融为一体，成为常态中必不可少的一部分，坦然地让它与自己陪伴到生命的尽头，在余生中活出自己的精彩。

致身残志坚的人们。

生命在于运动

生命在于运动，在海外能见识到很多从未耳闻的新奇运动。

1. Footy

在澳洲超市做收银员的时候，最容易售罄的商品是新到货的“footy”球星卡。时常会遇见个头刚刚能够到柜台的儿童，手握零钱，站在货架前一丝不苟地左挑右选。

图 2　Footy 赛场

"Footy"是澳洲独有的运动，也是当地人最狂热的运动。它是更改了规则的橄榄球。球员们个个壮如公牛，他们没有像美式橄榄运动员那样身穿厚重的护具，而是穿着普通的运动衫，在球场上你争我夺、奋勇厮杀。两队打起架来也是家常便饭、真刀真枪。全场观众热血沸腾，为支持的球队声嘶力竭地呐喊助威。

2. Netball

当你在澳洲的街头看到没有篮板的篮筐，很可能认为篮板坏了。殊不知，"Netball"就是没有篮板的篮球，在澳洲女性中非常流行。

"Netball"是澳洲独创的运动，它比传统篮球节省空间，采用一套迥异的规则，特别是禁止队员之间有激烈的身体接触，因而更适合女性。在"Netball"球场上，时常能听到年轻姑娘们的欢声笑语。

图 3　Netball 的篮筐

3. Innebandy

说起冰天雪地的北欧，人们总能想到冰球。由于场地的限制，冰球很难成为全民运动，而“Innebandy”却在民间日益盛行。“Innebandy”是瑞典语的叫法，英语里叫“Floorball”，就是室内地板上的曲棍球。这项运动早在20世纪五六十年代就已产生，近10年得到了较快发展。

“Innebandy”用的是圆形多孔的塑料球，且颜色多样；球杆的主体材质各异，杆头像冰球的杆头，只不过是塑料的多孔结构，并有一定曲度。向内弯曲的一侧用来灵活地控球、护球、停球，另一侧则用来发力击球进攻。

这是一项对技巧性及团队配合要求极高的运动，也非常挑战体能。每个周五早晨，我跟同事们在公司对面的室内运动场分两队厮杀。即便时常拿不到球，握着球杆满场飞奔，也很快令我体力不支。

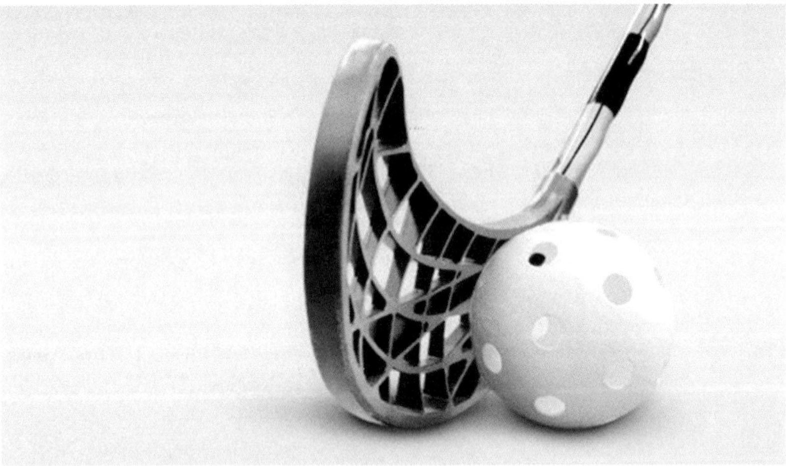

图4 Innebandy的球与球杆

4. Mini Golf

高尔夫运动需要占用大面积土地，但“Mini Golf”却不用。迷你高尔夫，在世界各地都能见到，在美国尤其普遍。

来到迷你高尔夫球场，仿佛置身于小人国，场地很袖珍，每一洞都被设计成趣味的场景，且难度逐级上升。几个朋友，每人手握一根卡通的球杆，击打着各自不同颜色的小高尔夫球，让它穿过风车的孔洞，绕过粗犷的沙丘，越过浅浅的水湾……最终，杆数最少的人获胜，老少皆宜，妙趣横生。

5. Frisbee Golf

“Frisbee Golf”也叫“Disc Golf”，直译为“飞盘高尔夫”。“球洞”是立在地上由铁链围成的筐子。将飞盘掷进球洞，总投掷次数最少的人获胜。这项运动当下在欧洲和北美都很盛行。球洞还经常安排在幽僻的森林中，无形中给这项运动增加了难度和神秘感。

图 5　Frisbee Golf 的“球洞”

每个国家都有各自特有且民众为之狂热的运动，更不乏与运动相关的趣闻：在澳洲街头或公交上，经常能看到苗条的男士牵着体型肥胖的女士，可见澳洲男人比女人更热爱运动与健身；生活在中部山区的美国人因为更热衷徒步运动，比其他地区的人更不容易遭遇肥胖问题；德国人不仅爱踢足球，而且还爱骑自行车，在这个机械王国，就连外表文静的小姑娘也能得心应手地维修自行车；延续着瓦尔德内尔与佩尔森的传奇，很多瑞典人都能打一手不错的乒乓球。

相比于国内，国外不仅有配备完善的运动基础设施，而且还更拥有得天独厚、令人艳羡的自然环境，让运动变得身心愉悦。

地广人稀的澳洲，拥有丰富的草场资源。不用走出市区，人们就能在真正的高尔夫球场自如地挥杆。美国有星罗棋布的国家公园，人们背上行囊，可以在此尽情拥抱美丽的大自然，体验长途跋涉的快乐。

在瑞典下班回家的路上，我总会骑单车经过一片广袤的原始森林，两旁尽是鸟语花香，还有上蹿下跳的松鼠、时隐时现的小鹿。而我总喜欢微闭双眼，在微凉的风中安静地感受芳草与绿树的气息。

在温哥华的夏天，我加入了划艇俱乐部，“False Creek”（福溪）沿途的风光总让人忘记划桨的疲惫，粼粼的波光中有野鸭和水獭俏皮的身影，年轻人在河边栈道上健步奔跑，岸边的孩子正向鸽子抛洒着手中的谷物，站在游艇上的人们喝着啤酒，向我热情地挥手。

而这一切的一切早已离我远去。回国后，我们在国内快节奏的劳碌与奔波中，逐渐忘记了运动的滋味，也毫无意外地变得大腹便便，平稳地走上了油腻大叔的道路。回想起那些年国外的运动与健身，给人带来无限乐趣的同时，还磨砺了意志，让自己得以变得更健康。也许是时候脱掉脚上的皮鞋，换上久违的运动鞋了。

春节二三事

一年一度的春节又到了，和两个姐姐、一个弟弟，我们四个孩子穿着崭新鲜亮的衣服，跟着各自父母齐聚奶奶家，逼仄的胡同里顿时挤满了家长们的摩托车。奶奶和大娘在厨房里忙里忙外，炸肉、炸鱼、炸藕盒、炸茄盒的香味四溢，而婶子给我们带来了香甜的吐司面包。爷爷吩咐我去巷口的小卖部买一瓶一块二的香槟。香槟瓶的贴纸上印着一位端庄迷人的美女，开瓶后则是一股甜甜的苹果味，儿童喝了也不会上头。大人们围坐在大圆桌旁，孩子们环绕小方桌，年夜饭在 6 点半准时开餐。

酒足饭饱，我们几个孩子对春晚的歌舞毫无兴趣，便溜到别的房间玩耍。春晚过半，爸爸和叔叔率领我们集体下楼放鞭炮。引信还没点燃，我就已经捂着耳朵跑到了数米开外，震耳欲聋的鞭炮声覆盖了我们的笑声和尖叫。伴着新年钟声的敲响，奶奶包的、爷爷下的热腾腾的饺子上了桌，我们在狼吞虎咽中度过了除夕。

儿时的春节总是令人刻骨铭心，而曾经久居海外的我，有至少五年没在国内与家人一起过年了。

1. 澳洲的聚会

国外没有专门的春节假期，那年春节又恰逢工作日，工作又恰巧遇到了技术问题。加完班一看表，野哥组织的聚会马上就要开始了，提上包朝楼下飞奔。

野哥是我敬佩的人，他英俊倜傥，娶了当地人为妻，便欣然定居于此。夫妻二人育有两个漂亮可爱的孩子，一家人生活美满。

姗姗来迟，别墅的长餐桌上已摆满了中国炒菜和水饺，一盘光鲜亮丽的东北锅包肉，令人煞是垂涎。席间除了受邀的一票中国好友，还有外国友人。几位老外略显拘谨，用餐中途就先后礼貌道别、离席回家了。

剩下的中国朋友们立即切换到中文模式，肆无忌惮地侃起了大山。酒过三巡，聆听沉寂已久的野哥细数着自己的国外故事，我们在唏嘘与钦佩中不断觥筹交错，不知不觉喝到了凌晨两点，互相搀扶着踉跄离开。那一晚，我们喝空了野哥家所有的存酒。

2. 瑞典的火锅

房博士是我在瑞典最好的朋友，我总习惯叫他“房子”。“房子”有一手卓绝的厨艺，还总标榜自己除了生孩子，生活上样样精通。对此，我不置可否。

我们共同的几位好友先后离开了这座城市，远赴他国，那年的除夕只剩我俩“抱团取暖”。“巧妇难为无米之炊”，北欧的食物种类普遍匮乏，想吃火锅，超市却压根儿不卖羊肉卷和芝麻酱，我们也就逐渐习惯用培根代替羊肉，用花生酱顶替芝麻酱，一样能吃得津津有味。

伴着啤酒和香烟，培根吃完了，涮菜也吃完了，“房子”出乎意料地从冰箱取出一盒鸡蛋。还没等我回过神来，他已不由分说地将盒里的八个鸡蛋一股脑丢进了锅里，“咱俩一人四个！”我石化地看着他诡异的笑容。

最终，他轻松地吃掉了火锅里的四个鸡蛋，而我用尽洪荒之力，也只吃掉了两个。至今在国内见到“房子”，我们还会提起除夕夜那八个鸡蛋的故事。

3. 加拿大团圆

爸妈第一次出国陪我过春节正值我临回国那年。在这座加拿大少有的冬天不下雪的城市，老妈在厨房戴着墨镜切洋葱，我在一旁的沙发上看电影；老爸在案板上擀饺子皮，我在旁边打 PS4 游戏。我短暂性地找回了儿时养尊处优的状态，任由二老在厨房折腾，终于不用自己亲自动手了。

除夕夜，我们一家三口吃了一顿团圆大餐。他们俩也头一次摒弃每年定时观看春晚的习惯。一家人其乐融融，总算弥补了连续几年没能一起过年的遗憾。

海外生活终归寂寥与寡淡，好在春节有一帮同甘共苦的朋友齐聚一堂、把酒言欢，抑或敞开心扉、面对面安静地涮着火锅。如果能有父母的陪伴，那就再好不过了。

无论走到哪里，我们这些在海外待了数年甚至数十年的人，总还会臆想国内过年的场景，憧憬祖国春节的氛围。这不仅仅关乎父母和家人的陪伴，不只是一份浓郁的乡愁，而是根植在我们心中的烙印与情怀，流淌在我们血液里的记忆与信念。那是一幅幅儿时鲜活的春节画面：穿新衣、炸藕盒、香槟酒、看春晚、放鞭炮、吃饺子……所有这些画面共同构成了我们与春节紧密的情结。

不过即便我们真正回到了国内，却发现春节早已面目全非：平时就常态化添置新衣的人们，已不再拘泥于春节的新衣；大家从厨房中解放出来，转而在酒店预订全家的年夜饭；印有美女图片的苹果味香槟在市面上再也找不到了；春晚不再是春节的必需，拿手机抢红包变成了王道；为了环保，大城市逐渐禁止了烟花爆竹的燃放。

步入小康社会，生活水平提高，不再为物质发愁，传统新年的好吃好喝、好穿好用就不再那么有吸引力了，毕竟一年中的其他日子也同样精彩。然而，对某一件事的希冀与期待，总会比事情的过程更令人愉悦。纵使春节本身短暂，难以让人满足，然而春节前的筹备与酝酿，承载着人们对春节的期望，也依然能带来相当的欢乐。

只是很遗憾，儿时春节的场景，再也没机会重现。随着爷爷、奶奶的离世，我们再也没机会一个大家庭坐在一起吃年夜饭了；而当年国外一起过年的朋友们，现在也已各奔东西。也许，世间唯一不变的是物是人非的苍茫与惆怅，而我们与春节的情结也只能锁在心房，禁锢在自己的血液里。

认清了这一点，或许可以让我们减少毫无必要的抱怨，丢弃毫无意义的比较，从而认真专注地对待每一次春节。生活即便再现实、再急迫，我们终归还是需要一些仪式感，而春节无论变成什么样，依然在每一年给我们这样一个机会——跟我们生命中最亲的人，温暖地聚在一起。

高速公路

雨刷快速摆动，转向虽略有湿滑，行驶依然平稳，在优质的沥青路面上没有丝毫颠簸，得以安然留意导航提示的限速监控。夜幕很快降临，不得不开远灯以拓展视野。尽管路中间的隔离带立着高高的松树或绿色的金属板，对面来车的刺眼强光仍不时透过。

深夜的服务区依旧灯火通明，如厕、加油、补热水、买零食、换司机，稍事休息后重新上路，看到反方向车道上长达数公里明亮的红色长龙，还没等额手称庆，片片雪花已飘然而至。

回国第一个春节，与爸妈开始一次典型的高速公路之旅。想必大家会对国外的高速感到好奇：它们跟国内有哪些不同呢？

1. 国外高速收费吗？

国外的高速绝大多数不收费，只有少数情况会收费。

(1) 私人高速

在墨尔本，我曾在回家的路上跟着导航走了一段高速，没经过任何收费站，半个月后却收到一封红色的催款信。我才明白那一段路名叫“City Link”的路归私人所有，入口和出口都设有自动识别车牌的摄像头。如果没在上路前或上路后的几天内在线付款，逾期会有一定的罚款。

从那以后，我在澳洲开车变得小心，逐渐学会观察前方岔口是否带有“Toll”（过路费）的标志，从而规避收费区域。

（2）过桥费

国外高速有时包含大桥。比如，温哥华 Surrey（素里）的“Port Mann”大桥，宏伟壮观，汽车一旦开上去，车牌会被自动识别，收费和运营模式跟澳洲的“City Link”相似：寄送纸质账单，在线缴款。

这座大桥是从温哥华开往东部各省的必经之路，去班芙国家公园、去温哥华东部的小镇跳伞，都要走这座桥。那年与跳伞的地勤人员攀谈，对于这座收费大桥，他愤慨地指责政府“剥削”百姓。

（3）新兴高速

有一年在克罗地亚的 Rijeka（里耶卡）机场租车，得益于其新兴的高速公路，我在 4 天内成功辗转了 5 个城市。这些年，克罗地亚的旅游业蒸蒸日上，高速公路建设也如火如荼。在完全封闭的高速上，每隔一段距离就有一个跟我国相仿的收费站，既收现金也接受刷卡，价格不菲。

此外，诸如俄罗斯等国的高速也收费。圣彼得堡一家民宿的老板娘一大早开车送我和爸妈去夏宫，用的正是跟我们国内类似的 ETC 功能，在高速入口前晃一下感应器，横杆就自动竖起给车放行。

2. 国外高速很发达、现代吗？

国外的高速普遍很发达，但并不现代。

说起高速的发达，美国当之无愧，他们早我们几十年进入汽车时代，也早在几十年前就建成了四通八达的高速路网，城市的规划与高速的建设相辅相成，并沿用至今。而火车客运在美国早已退出历史舞台，除了飞机和大巴，汽车是美国人出行的主要选择。相比于美国，德国等欧洲老牌发达国家，尽管铁路的应用广泛且频繁，高速公路也同样发达。只不过，国外高速的基础设施普遍简陋、落后。

（1）路面条件差

诸如美国和德国的高速公路，在路面上行驶能感觉到明显的颠簸，更能看到路面上的补丁一个连一个，甚至还有坑洞。一方面，他们的高速公路发展早，道路年份久远；另一方面，他们不收高速费，每一次修补都需要政府额外的财政拨款，于是就本着“新三年，旧三年，修修补补又三年”的原则，能不修就不修，不得不修的就尽量简修，也就造成了如今破败老旧的样子。

（2）车道狭窄，没有护栏

诸如澳洲的高速公路，特别是中部的沙漠地带，只有双向两车道；车道之间只有一条黄线相隔，没有隔离带，夜间开远光灯会给对面车辆带来危险。路两侧也多半没有护栏，到处能看到“小心动物”的标志，提醒司机提防可能蹦入车道的袋鼠，一旦撞上很可能车毁人亡。

在人烟稀少的瑞典，高速公路则经常是双向三车道，中间的车道会交替供两个方向使用。快车可在本方向变成双车道的时候抓紧超车，并在即将变成单车道前及时并入，也算是充分利用了路面资源。

当然，无论在澳洲还是在瑞典，重要城市之间还是会有中规中矩的高速公路衔接的，只是远没有在全国范围普及。

（3）没有服务区

想要国外高速沿途有服务区，那是痴心妄想。他们很少有专门建造的服务区，更不会有专人在服务区常态化地运营与维护。

在国外走高速，最担心的就是汽油不够，时常开几百公里见不到一个加油站。有一年跟澳洲朋友自驾去中部的乌鲁鲁，从阿德莱德一路北上到爱丽丝泉，路程总共1532公里。中间只有一个叫“澳宝镇”的地方能加油，如果错过了澳宝镇，就只能拨打卫星电话请求救援了。

即便沿途有加油站，也很少像我们的服务区那样坐落在高速路旁，可以快速进入、快速离开。尤其在北美，加油站普遍建在高速沿途的小镇，需要从立交桥下高速，进入小镇加油，然后再费劲地绕回到高速入口。

我曾独自一人从西雅图自驾15小时去“Devil's Tower”（魔鬼峰），全程一共加了四次油。每次油表指针接近一半，我就开始搜寻前方的加油站。这样慌张的长途奔波，不停上、下高速加油，耽误了相当多的行程时间。

图 6　魔鬼峰

3. 国外高速有限速拍照吗？

诸如澳洲、瑞典、德国等国家，高速上的确设置限速拍照，但每个摄像头前方一段距离总有明显的指示牌提醒司机减速。

你可能会纳闷为什么我说限速拍照的国家包含德国，毕竟在很多人的观念里，德国的高速不限速。这是一个典型的误区。德国的高速并不是全程不限速，而是有区间式限速，在有限速标识的区间里同样需要遵守规则。

另外，诸如美国等国，他们认为拍照取证是对肖像权的侵犯，所以不允许限速拍照，而是靠警察在高速上直接对车辆进行速度监测。要么警车停在路边用测速枪探测过往汽车的速度，要么警车按限速在路上行驶，一旦有谁超过了警车，自然被认定为超速。北美警车抓超速的高招有很多。比如，有的会藏在隐蔽的胡同里，你在行驶中很难察觉。我在美国奥林匹亚国家公园就被这样的警车逮到过。再如，有的会伪装成一辆普通的家用车，正常停在路边。当你超速经过时，它会突然打开警灯、拉响警笛，呼啸追来。我跟朋友就曾在阿拉斯加被这样的警车逮到过。还记得，那辆黑色的 SUV 并没有把警灯安在车顶，而是将条状的红蓝灯装在了挡风玻璃内的上下两侧。从后视镜中看到闪烁的警灯，我们就知道在劫难逃了。

美国高速公路时常穿过小镇，70 英里/小时（约为 112.65 公里/小时）的限速，会在小镇入口突然要求变成 30 英里/小时（约为 48.28 公里/小时），司机们自然很难快速从 70 英里/小时降到 30 英里/小时。而此刻小镇的入口很可能停着一辆警车，等着你就范。我就曾这样被警察叫停，所幸他看到我加拿大的车牌，嫌手续繁琐就放了我一马。

这里就要给大家分享一些重要的安全须知：

（1）超速后被警察逮到，我们一般叫被警察“pull over”，意思是“将车停到路边”。每当你听到警笛声，并看到后视镜中闪烁着警灯的警车跟在正后方，你必须乖乖将车停到路边，不要试图快速逃跑；否则，后果很严重。

（2）把车停到路边后，不要下车，要安静地坐在车里等警察走过来。否则，警察为了预防你带武器，很可能拔枪瞄准你；如果你再做一些让他认为有安全威胁的举动，他有权直接朝你开枪。

（3）你可以在警察来到车旁时，适当礼貌地求情与辩解，但对于他们能否改变对你的处罚，不要期望太多，切忌跟警察粗鲁地争论或争吵。

（4）你可以事后为罚单交款，也可以选择与警察对簿公堂。届时，警察会作为你超速的目击证人在法庭出席。

（5）行驶过程中，不要把音乐开得太大，并时常观察后视镜，避免警车已经在后面穷追不舍很久了，你却全然不知。

在加拿大，我发现大多数人习惯无视 90 公里/小时的限速而开到 120 公里/小时，无视 110 公里/小时的限速而开到 130 公里/小时，让我一度以为加拿大没有像美国那样的警察测速，开车便可以肆意妄为。直到有一天，在去班芙国家公园的路上，我终于阴沟翻船，不仅被开了罚单，而且还险些被吊销驾照，以至于多年后回国开高速，看到后面有警车，我依然心有余悸。

4. 国外高速也堵车吗?

答案是肯定的。国外高速堵车的原因很多，下面几个方面可以作为佐证：

(1) 国外大部分高速公路不收费，变相鼓励了人们开车走高速。

(2) 路面狭窄，车道少，前方一旦出现交通事故、管制等意外情况，容易造成交通瘫痪。特别在双向两车道的高速上，遇到前面开得很慢的司机，只能跟在屁股后面干着急。

(3) 国外某些城市的布局和生活方式决定了高速公路会被频繁使用。以美国为例，包括我生活过的科罗拉多州，城市规划根据不同职能分区，每个区域间隔很远，所以即便人们在市内活动，也需要每天借助高速公路，高峰期的拥堵更是在所难免。

(4) 每逢日常的各种节假日，重点城市及周边的高速也总会拥堵。有一年我从火山湖国家公园北上，途径俄勒冈州和华盛顿州，就分别在波特兰和西雅图附近的高速上各堵了一两个小时。温哥华也类似，每到周五下午，出城会变得非常困难；而周日下午，回城也同样拥堵。

相比于国内，国外高速也有好的方面，比如晚间道路上不会出现大量的大型货车。之所以会出现这种情况，是因为：首先，国外的货车生存压力小，没有严重超载的必要，也就不需要夜间出行以躲避重量检查；其次，国外对大车司机的工作时间有严格的限制。

在加拿大，大车上会安装电子的“Log Book”（日志本）。汽车一启动，就会被自动识别。政府明文规定，司机每天工作时间不得超过 14 小时，在道路上实际行驶的时间不得超过 13 小时；一旦超时，大车就只能以每小时 5 公里或 10 公里的速度行驶。在高速公路上负责给大车称重的关卡，也会随机抽查司机的工作时间。这一举措与瑞典十分相似，瑞典的大车上会装有能插卡的设备，一旦工作超时，汽车会停滞不前。这种对安全、对生命的负责态度，值得我们学习。

尽管传统发达国家汽车普及较早，高速公路建设也较早，然而现今的发展却进入了停滞状态。相比之下，我们拥有着全世界最好的高速公路及配套服务。俗话说，要想富，先修路。高速公路无疑拉近了城市间的距离，盘活了区域经济，也丰富、便利了人们的生活。人口是红利，而需求是驱动力，除了继续完善基础设施建设，我们的高速公路依然在朝着更加四通八达的方向蓬勃发展。

我们由衷地希望，我们的高速有一天能像国外一样不再收费，畅通无阻。我们也坚信，我们的高速会一直朝着信息化和智能化的方向进步，更有效地提升我们出行的安全与效率。

马路杀手

每到年底，交警大队和车管所的窗口总会异常繁忙，前来消分的人们接踵而至，万人空巷，这其中能扣掉几十分甚至上百分的司机大有人在。

违章是小事，安全是大事。在我国城市交通整体拥堵的现状下，除了城市规划、道路设计等宏观层面的原因，如何让交通更加畅通，如何让行驶更加安全，也是我们每一位司机在微观层面必须反思的问题。下面就让我来细数一下国产马路杀手的“七宗罪”。

1．起步慢，行驶慢

曾有朋友吐槽我开车，因为我起步踩油猛、加速快，所以坐我车总想吐。其实我在出国前接受过严格的驾驶培训，后来在澳洲看当地人开车像匪徒，每次起步都伴随着浓烟，还能听到轮胎在地上空转的剧烈摩擦声。时间久了，我就不自觉地变成了他们。

澳洲人开车虽然狂野，但的确有合理之处。比如，在瑞典，考官就会以考生道路不熟为由判驾考不及格；而在加拿大考驾照，超速自然不行，开得太慢同样不通过。这几个国家都体现了相同的驾驶思想：快速行驶，保证交通的畅通。

反观国内，司机普遍起步慢，不仅提速慢，而且绿灯亮了会有几秒的停顿才启动，很容易导致后面至少两三辆车过不了绿灯。在车流量大的时候，车龙会越来越长。

国内还有相当一部分司机之所以行驶慢，要么在打电话，要么驾驶不熟练，要么习惯了谨小慎微。这就让身后的车只能无奈变道超车，而变道就会导致旁边车道减速，影响道路的整体畅通。

很多学过车的朋友都听过一个比喻："油门像棉花，要轻轻地踩。"这样做，无非是为了路口安全并节省汽油，可现今的路口状况较十年前已大有改观，不看信号灯乱闯马路的行人也大幅减少了。而经济节油的根本在于交通的整体畅通，只有大家共同快速、不拖沓，才能真正带来节油。

澳洲的道路驾驶为我们展现了一种比较理想的状态：绿灯一亮，大家尽量用最短的时间达到限速，并在行驶中始终保持限速。因为大家都达到了合法的最快速度，无需任何徒劳的变道，交通畅通且安全。

2. 不必要的变道

国内司机每天进行着太多无谓的变道，看到左前方有一个空档，迅速切过去，开了一会又觉得右边的车道反而更快，再换回到右边，如此循环往复。在宽广的路面上，大家争相交叉前行，最终谁也没比谁更快。

越拥堵的交通，变道越普遍，仿佛要去签千万级的合同，人人表现出对时间的强烈紧迫感，见缝插针，不放过任何超出半个或一个身位的机会。目光短浅、自作聪明的变道导致全体浪费了时间，远不如在各自的车道上笔直前行。

在国外考驾照，教练提到一个标准：变道的根本原则是不影响后面车的正常行驶。后车因为你的变道，需要踩刹车减速以避免追尾，这就等于影响了后车的正常行驶。所以在合理的变道过程中，需要留出足够的车距并且至少要保持跟后车相同的行驶速度。

相比之下，国内司机近距离斜插、用车头别后车的行为非常普遍。如果前车不够果决或后车慌乱，都会导致事故发生。即便没发生，也可能招致后车的记恨，双方开启斗气模式。

3. 不按规矩让行

除了“变道”，“抢道”也是国内开车的关键词，而国内司机的字典里压根没有“让行”这个词。“让行”在英语中叫“give way”或“yield”，“give way”用得比较多，它是国外开车的核心概念。不懂让行，就无法在国外开车，因为它像一颗定时炸弹，随时可能危及自己和他人的生命安全。让行的规则可以简单概括如下：

(1) 相向行驶，意欲左转的一方要让直行的另一方先行通过。

(2) 同向行驶，从小路、支路切入的一方，要让大路、主路的另一方先行通过。

(3) 没有红绿灯的路口，小路的一方要让大路的一方先行穿过路口。

这实际上并非国外专利，国内交规也有类似规定，只不过司机们很少遵守：左转车时常抢道直行车，切入主路也总横行霸道。因为都不按规则驾驶，大家就不得不放慢车速，随机应变，视情况临时决策。这样不仅累心，也很难实现真正的安全。

相比于国内，国外司机大部分踩着油门过路口，他们默认大家都会遵守规则，所以很少刻意减速，行人和其他车辆也随之不敢造次。正因如此，国外一旦出现事故，多半是车毁人亡的大事故。不懂得“give way”的中国同胞，在国外贸然驾车，也曾付出过悲剧的生命代价。

4. 不谦让他车

有一次，我需要左转进入马路对面的大院，对面来车都莫名其妙地贴紧前车不让我过去，我在那干等了 20 分钟。可实际上，他们的车道已经堵得水泄不通，让我一下并不会耽误自己时间，这就是典型的损人不利己。

类似的情景还包括在不熟悉的道路上走错了车道，比如想左转却不小心走在了直行道上，如果你的车道在缓行，是否可以谦让一下那个司机，而不是让他一直卡在路中间，阻碍身后的车辆通行。

我曾经住在温哥华市中心的“Robson Street ”(罗伯逊街)，这是一条繁华的商业街，路两边停满着汽车，只留出中间两个车道。我经常开车去街边的音像店淘唱片，也总要在狭窄的街上调头，两个方向的车每次都会自觉地让我。遇到两道并入一道的情况，国外司机也表现出高度的一致性，他们井然有序地左右交错进入，左边一辆，右边一辆，不急不躁。

人与人之间是相互的，今天别人开车让我，明天我也会让别人，社会就会在一个融洽的互动中实现良性循环。当然，外国人在驾驶中也不是毫无原则地谦让，遇到恶意插队的司机，他们坚决不留缝隙。

5. 不礼让行人

几年前回国度假，在路上遇到斑马线，我习惯性停车礼让行人。行人面带惊诧地盯着我，而后胆怯地快步走过。不想几年后，礼让行人在城市逐渐司空见惯，从外地来出差的朋友禁不住引用诗句向我感叹：“忽如一夜春风来，千树万树梨花开。”可我深知形成这一全新面貌的不是人们飙升的道德水平，而是一个个安装在斑马线旁的监控。但行为终归能促成习惯，习惯也会逐渐变成人们道德标准的一部分。

在国外，车让行人早已深入人心。跟爸妈在挪威的小城旅行，仅站在路边踌躇片刻，路上的汽车从远处已开始减速，停在了我们前面。为了不辜负他的好意，我们硬着头皮过了马路。

凡事也有例外，美国芝加哥的司机就普遍缺乏耐心，他们粗鲁到恨不得轧着行人的脚驶过。礼让行人这件事受城市规模和生活节奏的影响，也与一个地域的文化相关。

6. 路口盲目驶入

去年在哈尔滨出差，正值傍晚高峰期，十字路口原本就拥挤，司机们却一意孤行地往路中央涌，最终堵成了一坨，谁也别想离开，浪费了半个多小时才逐渐疏通。

在国外，当司机看到路口滞留的车辆很多，会自觉停在白线以后，直到前方车辆已全部驶到对面并空出一个车身的位置，方才起步进入路口。盲目自私、不顾后果地驶入只会导致来自四面的车都无法通行。

7. 夜间开远光灯

每次我晚上开车，总想在车上装一个朝后照的大灯，从而告诫那些夜间在城市开车的司机们：跟在别人后面行驶，请不要开远光灯，前面的司机会因为你的强光而无法看清路况，造成安全隐患。

以上就是国产“马路杀手”的七宗罪，仔细想想，开车犹如做人：

(1) 需要坚决果断，不能优柔寡断，用速度和决心给对方释放明确的信号，方能让对方不敢越雷池半步。

(2) 对人要留有余地，切勿将对方逼到死角，适当让一让，给他转弯、切入的空间，避免冲动而造成不必要的摩擦。

(3) 要有视野和胸怀，过度关注自己的小利，一意孤行，却最终导致全盘皆输，浪费所有人的时间。

(4) 明辨是非，如果不是前方的责任，就耐心地在后面等待；如果是他的问题，要响亮地鸣笛及时警示他。

(5) 道路不是自己的，而是大家的，要有社会公德心，不因自己的缓慢而阻碍别人，不我行我素、横冲直撞而危及他人。

而最重要的是严格遵守社会的规则和秩序，各司其职，让社会成为一台上足了润滑油的机器，高速地运转，实现整体的效率最大化。

地上规则守护者

在美国当地时间 2018 年 3 月 18 日晚，一辆 Uber（优步）公司的自动驾驶汽车在亚利桑那州的 Tempe（坦佩）撞死一名手推自行车、横穿马路的女子，这是全球首例自动驾驶汽车造成行人死亡的事故。

在警方发布的事故录像中，当时车速大约为 40 英里/小时，即每小时 64 公里。路灯光度有限，且间距较远，夜间可视距离很短，等操作员看到这位行人，为时已晚。通过视频，能看到操作员最后万分惊恐、手足无措的表情。

在这样的能见度下，以这样的速度行驶，纵使换成人工驾驶也躲闪不及。有经验的老司机会稳妥降速并尽量保持远光照明，以扩大可视范围。而这辆自动驾驶汽车（后简称“无人车”）用的是近光灯，且始终机械地保持 40 英里/小时的速度。根据纽约时报的技术解读，车上的“lidar”感应器，即光探测及测距系统，本应在夜间探测到数百米外的物体，当晚却没有正常工作。

众所周知，自动驾驶技术基于人工智能，而人工智能涵盖机器学习。机器学习也可以说是一种实现人工智能的方法，它用算法解析数据并从中学习，然后对真实世界里的事件进行决策与预测。

第一步，基于现存海量数据，对机器进行训练。这里的海量数据就是我们常说的“大数据”，不是成百上千，而是以万计、以亿计的数据量。数据量越大、数据质量越好、准确度越高，机器训练的效果就越好。而算法是在给定模型下，基于数据不停地迭代，最终给出一个局部最优的多维参数结果。

第二步，通过第一步训练出来的带有参数的模型进行预测，这也是机器学习的目的。放在自动驾驶的场景中，就是机器在学习了人类驾驶的海量经验之后，自己在真实道路上根据外界复杂的实时情况，不间断地进行高效决策与应对。一辆刚上路的无人车可能已拥有数十年全国各地甚至世界各地的驾驶经验。尽管如此，它还需要在道路上不停地跑，学习并应对更多场景。

相比于人类，无人车天赋异禀。雷达、摄像头、激光雷达一直在实时监控周围 360 度的路况，而人类脑袋后面没有眼睛，运算能力也远远达不到每秒 4000 万次的普通计算机。计算机还能 24 小时全天候运转，不像人类会疲劳，需要睡觉。

尽管如此，某些特定场景还是给无人车带来了严峻考验。比如，道路上各式各样的交通标识，它们可能破损，也可能严重生锈，甚至被树木遮挡或被冰雪覆盖，这些都会给自动驾驶汽车带来判断方面的困难。对于这样的问题，通过运用诸如神经网络算法的深度学习，也能逐渐提升机器的举一反三能力。但很多时候，无人车没有经得住考验，出现了失灵：Google 的无人车曾经为躲避路面上的沙袋，撞到了公交车上；一辆特斯拉 Model S 在我国邯郸的高速入口追尾了清扫车；同款车在美国佛罗里达撞上了一辆 18 轮大货车，顶部被掀翻，驾驶员当场死亡。

在这次亚利桑那事故后，来自消费者观察组织“Consumer Watchdog”的 John M Simpson，在呼吁收紧对初生技术管控的同时，声称：“无人车无法准确预测人类的行为，真正的问题来自于人类与无人车的交互之中。”

我非常赞同 John 的说法，无人车道高一尺，人类魔高一丈。纵使无人车能快速习得各种不同路况，也应付不了人类司机或行人在道路上千变万化的即兴举动。这次事故中的女士在夜间出其不意地横穿马路，按照交通规则，事故主要责任方应该是她。

说到规则，国外无论是司机还是行人都比较遵守规则，并默认道路上其他人同样遵守。这就是为什么国外轻易不出交通事故、一出就是大事故的部分原因。下面举两个因不遵守规则而造成的交通事故：我曾在雨夜驾车，没看清路况便擅自从小路插入主道，另一侧车门瞬间被高速驶来的汽车全部撞了进来；我的澳洲朋友特里，横穿马路时没走人行道，还不巧被路边停靠的大车遮挡，致使快速驶过的汽车躲闪不及，将他迎面撞飞。

由于我没有合理避让，事后不但要自己花钱修车，还要用第三方保险为对方修车。而特里福大命大，除了一点皮外伤，身体没出大问题，政府的医疗保险负担了他住院的全部花费。同样作为事故责任方的他，需要赔偿车主汽车维修费。这就与国内不同，国外行人被撞，如果行人违规，司机不仅不需要赔偿，而且还能向行人索赔。

在以上两个事例中，我和特里都是没有守规则的人，而恰恰就是在人人都守规则的道路上偶然出现了例外，才酿成了大祸。而无人车正是被设计成遵守规则、规范驾驶的典范，甚至有些盲目、固执地守护着规则，也正是因为地面上绝大部分主流在严格遵守规则，反而使无人车失去了习得一些偶然、极端驾驶情境的机会。

人并不完美，容易分神、大意、侥幸、冲动。还有很多人对空间、对速度的感知不敏感，即使驾龄很长，依然开车马虎、顾首不顾尾。因此，未来道路上无人车和有人车混杂依然充满隐患。真正能做到清一色全部是无人车，且行人与车彻底分离，兴许能大幅度地提高无人车的安全性。

亚利桑那这次事故，除了质疑和拷问的声音，还有很多人表示不能因为一次事故就否定无人车的研究成果，更不能因此让这一领域的发展停滞不前。他们认为每年或每天死于车祸的人数远远超过无人车带来的事故，无人车无疑能提高全社会整体的驾驶安全性。

无人车能在宏观上降低事故率，我对此深表赞同。然而从微观上讲，每个个体的车技和事故率是不同的：有些人遇事果断，并给他人留有充足的余地，一生不出事故；有些人没有驾驶天赋，年年出事故。对于一个人工驾驶事故率为零的老司机，在自动驾驶中出现了事故，于情于理都很难接受。因此，无人车不仅要提升整体的安全度，而且还要全面接近老司机的水平，方能获得全社会的认可。

无论如何，自动驾驶技术的研发和进步是大势所趋，是民心所向，尽管会因为事故的发生而变得曲折，但不会停滞不前。相比于国外，我国有更密集的人口、更复杂的路况、更多变的交通，大数据的数量级相对于国外来说有先天的优势，希望我们的无人驾驶技术能够收获更飞速的发展，更快地在全社会普及并走向世界。

最后愿逝者安息，愿这样的悲剧不再重演。

诉诸武力 vs 逃避现实

近期，周立波在美国涉嫌非法藏枪，还有涉毒，被美国警方逮捕。后来被无罪释放，据说是因为证据不足。他回国后再掀风浪，故事一波三折，情节跌宕起伏，最后却草草收尾。在整个事件中，居心叵测、人性险恶、黑白颠倒、真假难辨被表现得淋漓尽致，我们没有逐渐逼近真相，反而与之渐行渐远了。在这种情况下，《局面》节目组能挖地三尺、刨根问底，精神可嘉。

在我们的生活中，爆炸性新闻层出不穷，却时常虎头蛇尾，对热点的报道与议论热火朝天，短暂热度过后，后续的追踪却销声匿迹，事件的结果与真相也就不了了之。即便有心人留意观察分析，但由于信息严重不对称，始终不得要领。大众总能看得到事情的表面，却摸不清背后的本质，目击了开头，却猜不到结果。真相从来不属于大多数人。

同一事件，不同的解读会通向完全不同的结论，而大众普遍乐于听取自己信奉的观念，因而舆论极易在短期内出现大幅度反转。大众的认知和思维也很容易被引导和利用，比如日常人们总是更倾向于以下命题：科学家一般是伪科学家；国外的有钱人多是贪二代；律师大多数是无良律师；海外华人都爱坑害同胞……

这些都在周立波夫妇回国后的故事中得以映射，尽管带有偏颇与片面，但诸如此类坚定的判断和语气，在生活中为大家省去了太多繁琐的思维过程。遗憾的是，真实的世界很复杂，一贯使用过度简化的思维方式，会丢失很多可能性。

对于毒品和枪支，我们的大众对以美国为代表的北美也存在着一些传统的认知：毒品唾手可得，跟抽烟一样普及；枪支人人持有，街头充满了危险。

由于美国各州有自己的法律，对毒品和枪支管控的规定各有不同，咨询了分布在美国各地的美国和中国朋友，他们的说辞和理解也千差万别。在此，我结合自己的经历，与大家简略分享一些北美的真实情况，看看国人对此是否存在误区。

1. 毒品

美国很多州禁毒，这意味着公开或私下制毒、供毒、卖毒、买毒、吸毒在这些州属于违法行为。尽管如此，依然会有人铤而走险，进行着隐秘的毒品交易。

美国也有诸如加利福尼亚、科罗拉多等 8 个州，法律认定大麻是合法的。大麻是目前在美国唯一可以被认定为合法的毒品，因为是轻量级，它对人体的危害以及戒断的难度都相对较低。大麻可以像烟丝一样放在卷烟里抽，跟普通烟丝混在一起更容易点燃；它也可以放在烟斗或水烟枪里。

抽大麻会产生一股浓烈的臭味，在空气中可以滞留很久。我第一次闻到大麻味是半夜走在好莱坞的星光大道上，之后也曾在拉斯维加斯的很多角落以及温哥华的老唐人街闻到过。这种气味会第一时间给人以治安混乱的不安全感。

不要天真地认为大麻是轻量级毒品就不会上瘾。刚去美国的时候，大学的学生组织经常带我去周边旅行，学生会主席 Cam 有一次深夜开车送我回家。在近两小时的车程中，起初他活泼健谈，但逐渐变得沉默寡言，并开始不停地抽鼻子，不自主地用手去搓，还伴随着轻微的流泪，这正是我们在电视上看到毒瘾发作的表现。那晚路途遥远，大概超出了他需要吸食毒品的周期。

Cam 是个瘾君子的事实在那一票学生中并不是什么秘密。除了 Cam，Sam、Bryan 等相当一部分我认识的大学生，也都或多或少地吸食毒品。美国大学生吸毒之普遍让我惊叹。每次跟他们谈起这个话题，他们也从不讳莫如深，更多的是一副司空见惯的坦然。曾跟 Bryan 谈起荷兰阿姆斯特丹的游客合法吸食大麻，他不以为然地说：“我家里的存货更为充足。”

当然也会有像 Greg 这样的正派青年，义正词严地表达自己认为毒品有害的观念，但这丝毫不影响他们同学之间的友情。可见，吸毒这件事在美国年轻人眼里远不是什么谈虎色变的大事，也不是对人评判的标准。我不喜欢吸毒，而你愿意吸就去吸，跟我没有关系，这是美国文化中人格独立、个性化、自由化的一种体现。

时隔 6 年，打开 Messenger 给 Bryan 等人问好，他们都很快有了回应。大学毕业后，大家都找到了体面的工作，有的甚至已经结婚。这与我们国内的大学生颇有些相似：大学期间疯狂浪荡地挥霍青春，毕业后回归正轨，成家立业。

而我美国房东的儿子 Justin 则没有这么好的际遇，天资聪慧的他厌倦并放弃了高中教育。不得不说美国某些地区的初等教育理念是促成他辍学的一个因素，老师以照顾差生为主，不注重有潜质学生的培养，让他觉得课程过于简单、缺乏挑战，跟一群愚笨的同学在一起毫无趣味。即便如此，这些理由并不能掩盖 Justin 浮躁、不踏实的天性。

Justin 逐渐结交了一批跟他一样从学校辍学的狐朋狗友，偶尔还邀请我跟他们一起去附近的小学玩耍，或晚上在自家后院用篝火烤棉花糖，或和伙伴们轮流抽小烟斗里的大麻。他们对毒品实际上并没那么上瘾，只是没有在该去上学的年龄待在学校里上课，也没有像其他同龄孩子去考大学，这是问题的根本。

Justin 从小就没见过父亲，我的女房东后来结婚找了一个比自己小 10 岁的年轻人。物以类聚，人以群分，Justin 的小伙伴清一色成长在单亲家庭，且神奇般地全部由母亲抚养，他们的母亲平时不是不在家，就是带着儿子不认识的男人回家。这倒印证了派克医生在《少有人走的路》中提出的观点：“从小缺爱，长大变坏。”Justin 和他的小伙伴们，童年生活中缺失父亲的身影，缺少能给自己做标杆与榜样的男人形象。

这里要强调一种逻辑关系，并不是因为沾上了毒品，Justin 和他的小伙伴们才不去上学，而是因为他们不去上学，反而强化了对毒品的使用。再往深层说，Justin 尽管天资好，但性格中缺乏坚韧，做事浅尝辄止，不能持之以恒，因而会逃避现实，并将逃避诉诸毒品带来的短暂欢愉。

不仅美国高中生存在沾染毒品的问题，而且美国的小学生也存在类似问题。当我国的小学明令禁止学生带手机上学的时候，某些美国小学正在禁止学生在课堂上藏匿毒品。

在美国，即便是大麻被宣布合法的州，也并不容易找到堂而皇之的实体店铺，大部分时候要通过私下的渠道购买。用 Justin 的话说："只要认真探寻，大部分场所都时刻准备着为客户供货。"

而在同样大麻合法化的加拿大温哥华，只要与学校保持足够的距离以减少对青少年的负面影响，就可以开设像模像样的店铺。我居住的公寓楼下就有这么一家，起初经过的时候我还纳闷为何这个商店只有一个简单的柜台，后来才知道它是大麻商店。

2. 枪支

我出生在军人世家，从小长在部队大院，一直怀揣着射击的梦想，不曾想这一愿望竟在北美得以实现。带上自己的身份证或护照，来到湾区的室内射击场，经过短暂的培训，便能自己压上子弹，举枪向目标靶射击了。相比之下，温哥华的射击场政策更宽松，服务更周到，各种长枪短炮随你尝试；还有专门的服务人员帮你压子弹，恨不得你快点将子弹打完，给下一位正在等候的客人腾位子。

在射击场，如果没有持枪证，一般不能带自己的枪械射击，只能租用射击场的枪械和子弹。而就大众广泛的认知而言，拥有持枪证才可以购买枪支弹药，但美国的实际情况并非如此。

由于极高的持枪犯罪率，诸如纽约、芝加哥等大城市对枪械实施了严格的禁令。除此以外，美国 90％的地方无需持枪证即可在沃尔玛超市买到枪械，只要你没有犯重罪的案底，也没有因暴力行为在医院接受过治疗，只需要一个并不复杂的背景调查，就能合法拥有不限数量的枪支。

关于枪支的种类，人们可能认为长枪比短枪更危险，但实际上沃尔玛售卖枪支的年龄曾限制为：长枪，18 岁以上；短枪，21 岁以上。后者之所以会大于前者，是因为长枪体型大，很难明目张胆地带到公共场所，而包括手枪在内的短枪方便携带，难以让人察觉，从而更可能给他人造成近距离的伤害。不过，2018 年年初的佛罗里达校园枪击案，让沃尔玛将年龄的限制统一调整为 21 岁。

相比于毒品门店，枪支的售卖就高调得多，除了沃尔玛，人们还可以在随处可见的体育用品商店买到自己心仪的手枪或步枪。城市还会偶尔举办枪展，巨大的宣传海报就高高悬挂在路旁，提醒人们前来参观。

国人可能对美国枪支如此普遍感到神奇，这主要归因于我国严格禁枪，我们从小对枪缺乏概念。然而相比于很多控枪国家，美国社会的安全性已经非常好了。

我在遥远的北欧生活期间，所居住的社区曾在短短三个月内发生过两起枪击案件：一次是房东坐在社区咖啡厅看到窗外有人持枪追逐另一个人，并连开数枪；另一次是在住所旁边的停车场，两个帮派在凌晨激烈火并。此外，还有一次在离家不远的教堂，移民们在婚礼中拿冲锋枪向天空鸣枪以欢庆新婚，至于他们的枪是从哪来的，不得而知。

再看看美国的邻居墨西哥，被美国人戏称为“比地狱更糟糕的地方”。在街头随便问一个来美国打工的墨西哥人来美国的原因，对方很可能回答：“我不想在墨西哥被枪打死。”

有如此高的持枪率，美国还能达到这样的安全程度，实属不易。生活在美国就仿佛坐飞机，绝大部分时间很安全，一旦遭遇事故，死亡的概率却很高。毕竟，枪具有很高的致命性。

在美国历史上，1789 年提出的《权利法案》中，人民持有武器的权利被列在言论、出版、集会、结社之后。自此，持枪权被认为是最重要的个人自由权利之一，并延续至今。其背后政治、经济的博弈，我们暂不深究，但我们可以自信地说，我国严格禁枪具有无与伦比的优越性。

百姓即便拥有枪支，充其量是业余爱好者，在使用熟练度上根本无法与经受过反复训练的歹徒相提并论，能成功自卫的可能性不大。卖枪之所以有年龄限制，是因为年少者不善于控制自己的情绪而容易做出冲动、过激的行为。每个人都有情绪失控的可能，谁也不能保证身边的人哪一天不会将枪口对准自己。

发达的经济生活水平、强大的民族自豪感、更胜一筹的人口文化素质是美国能够保持社会相对安全的保障；否则，必将引起灾难性的混乱。只是美国的世界霸主地位还能持续多久？安全又还能维持多久？让我们拭目以待。

在生活中，毒品和枪支相当于啤酒和斗殴的升级版。在遇到挫折或矛盾时，要么用酒精或毒品短暂麻痹自己，逃避现实；要么诉诸武力，举起手里的枪发泄到别人身上。

一些娱乐圈腰缠万贯的明星，面对所谓巨大的“工作压力”，选择了毒品，这同样是逃避现实的表现。其他行业的工作压力并不比他们小，更何况应对压力的方式也远远不止毒品一种。

从另一个角度看，毒品与枪又是一个关乎家庭与社会的综合问题：童年在家庭中缺爱，缺乏正确的引导，人会变得性格消极或激进；社会教育的缺陷、社会发展的低迷以及不平等、不公正现象的广泛存在，会让人一蹶不振、自暴自弃，或揭竿而起、报复社会。

回到国人对北美的两个传统认知，事实与认知的确存在出入：毒品并不能唾手可得，也没有像抽烟一样普及；枪支没达到人人持有，街头也并非充满了危险。

毒品在低层次的青少年中相对更加普及，人们在步入成年后更多地走上人生正轨，过上体面生活；枪支尽管很容易买到，但人口整体素质较高，枪支主要用于娱乐和自卫，大家没有强烈的动机去伤害他人。

最后要感谢我们的祖国，是坚决禁枪、禁毒的英明决策和强大执行力，让我们得以生活在这个全世界最安全的国家。在为祖国自豪的同时，我们也应该认清，对毒品和枪支的依赖都是懦弱的表现，在生活中要从容应对压力、坦然面对不公，追随内心而不借助外物，才能实现完整的自我。

大千奇闻轶事

“大千世界”本是佛教用语，也称作“三千大千世界”。一千个小千世界，谓之中千；而一千个中千，谓之大千。三千大千世界即包含了小千到中千再到大千的组成。世界之大，人世无边，踏上异域，无奇不有。本篇容我简单地罗列海外遇见的奇闻轶事。

1. 算术篇

海外的日常生活中，除了刷卡支付，依然有很多人用现金支付。老外的算术能力在此得以充分展现。15 元的商品，如果没有正好的零钱，中国人习惯掏出 20 元和 5 元的纸币，就会看到外国收银员一脸茫然的表情：有的呆若木鸡、不知所措；有的干脆退回 5 元，再从 POS 机中找零 5 元；也有稍微机智一点的，比如有一次在英国，收银员琢磨了一小会恍然说道：“噢！你是想要一张 10 元的！”

7 元、8 元跟 15 元类似，给 12 元、13 元，对方多半只抽走 10 元，然后找回两三个硬币。当然，大千世界中总有特例，那就是希腊人，他们在找零方面驾轻就熟，比国人反应还快。这兴许缘于古希腊数学的辉煌，但数学跟算术毕竟两码事，日常不擅长算术的国家也能诞生世界著名的数学家。

算术不精可能是因为国民初等教育的侧重不同或生活习惯存在差异，但绝不代表愚笨，单单北美服务员的“强识”就足以令人瞠目结舌。10 个人一起就餐，各点各的食物，不同食物的价格不同，服务员不用做笔记便可将每个人的食物准确送到各自面前，并在用餐结束时再一次无误地将各自账单一一送到。

离开加拿大的前一天，部门同事为我送行，结账时服务员没给我账单，而是将我的餐费平均加到了每个同事的账单上。这一系列操作仅仅缘于餐前主管与服务员之间一个不易察觉的眼神交流。

除了找零，老外数钱的方式也很独特。国人习惯用左手的食指和中指卡在一沓钞票的中间位置，顺势将钞票向外翻折，右手的拇指和食指灵活配合，将钞票一张张快速捻出并摊开。而老外的方式则过于简单，一只手握着一沓舒展的钞票，另一只手将其一张一张拽出并摊在台面上，形成一摞或几摞。更有甚者，将每张钞票并排平铺在桌面上。

国人在纸面上计数喜欢写“正”字，一个正字代表 5 次；老外则喜欢画竖线，并排画完 4 条后再横着划一道以贯穿前 4 条，也代表 5 次。

第一次出国去韩国，买东西时店主问我要几个，我将右手的中间三指弯曲折叠，比了一个“6”的手势，只见韩国人瞪圆了眼睛，旁边的中国同学禁不住拍我：“你傻啊！国外看不懂这个。”

国人有一套能用一只手表达数字 6 到 10 的手势，而老外总需要两只手。刚才的故事所幸发生在韩国而不是西班牙，在西班牙，“6”的手势被理解为“魔鬼”，暗指你在诅咒对方。

2. 饮食篇

东西方生活习性的差别在饮食方面体现得更加明显。国外超市的货架上能见到各种肉类，但见不到动物内脏，也就是我们俗称的“下水”。老外不吃下水，会将其直接丢弃。想吃下水，无论是生的还是熟的，都要去华人超市采购。瑞典首都的华人超市甚至还出售熊掌，但需要提前预约。

在国外能吃到很多当地独特的食物，比如鳄鱼肉、袋鼠肉。袋鼠是澳大利亚特有的动物，很多人认为袋鼠是国家保护动物，而事实恰恰相反，因为它们泛滥成灾，澳洲政府鼓励猎杀。无论在高速公路还是在风景宜人的海滨山路，隔三岔五就能看到被车撞死的袋鼠。人们日常的盘中餐，更少不了袋鼠肉，特别是袋鼠肉做成的香肠，夹在面包里当热狗吃，膻味十足，味道虽算不上鲜美，也算中规中矩。

老外超市的蔬菜种类相对单一，诸如茴香、韭菜、蒜薹、蒜黄、大白菜等具有中国特色的蔬菜都是见不到的，嘴馋了还是要去华人超市。在海外，华人超市是刚需，如果所在的城市没有华人超市甚至连亚洲超市都没有，那就尽快收拾行囊，另觅去处吧！

在瑞典工作期间，公司大厅总摆着一个果篮，供大家茶歇时食用。只是无奈果篮里的水果，无论是草莓，还是鸭梨，都长得歪瓜裂枣，不仅样貌丑陋，身材也很娇小。这些水果放到国内是贵贱没人买的，一旁的瑞典人却吃得津津有味。偶尔哪天果篮里放了一些面容姣好、尺寸正常的水果，反而无人问津。

后来，同事向我道出了缘由，自产的水果因为当地气候严寒，就会长得可怜，而那些外表光鲜的大水果大多来自西班牙这个欧洲农业大国。瑞典人认为西班牙的水果定是施了很多肥料或添加了其他成分，不如他们自产的水果绿色。反映在超市的价签上，自产水果也的确比进口的昂贵很多。

3. 天气篇

年轻的俊男靓女们，三五成群、全身赤裸地从室内跑到被厚厚白雪覆盖的草地上，嬉笑着在雪地里打滚。在瑞典天寒地冻的冬天，如果恰好居住在大学宿舍区，就有可能看到这样的景象。那些年轻人从高温桑拿房跑出来，为了专门体验和享受冰火两重天的刺激；他们在雪地里裸奔、打滚，然后再回到桑拿房，蒸一会再出来，如此往复几个回合，乘兴而归。

很多国人必定认为这是年少轻狂的作死，但据说如此极端的冷热交替，可松弛关节、缓解疼痛，还可将身体中的污垢最大限度地排出，促进新陈代谢，增强身体御寒能力。暂且不考证这一言论的科学性，单单这一活动，国内不少年轻人就势必吃不消，毕竟我们的身体素质赶不上老外。

老外普遍火气旺、阳气盛，最典型的表现就是怕热，在任何封闭的环境都要开冷气。冬日坐长途大巴，空调毫无例外地被开到了最大；公司办公室更是常年寒冷，在工位上常备外套的我，看着老外正穿着短袖、短裤悠哉地工作，禁不住感叹：与碳水化合物相比，牛肉和奶酪在成长中对体质的影响究竟有多大？

老外不仅不怕冷，还不怕淋。温哥华全年多雨，街上的人们对不算太大的雨熟视无睹。若在绵绵细雨中撑开雨伞，或许会引来路人的嘲笑。

4. 情感篇

如果说加拿大人不爱打伞，那么韩国人对于帽子却有着执念般的狂热，戴帽子成为他们生活中的一大爱好与习惯。在所有颜色中，我最喜欢绿色，当年便忍不住在韩国街头买了三顶，回国还桀骜不驯地戴着上街，回头率极高。后来在国内网络上还催生了一个绿色的同义词——原谅色。

原谅色的帽子在中国的内涵，韩国人并不知晓。他们有严格的兵役制度，很多大学生要中途休学去当兵，服役期限最短的兵种也要两年。长期的艰苦训练好不容易结束，很多复员的男生还要面临女友离开的现实。听完中国学生对原谅帽的解释，韩国人醍醐灌顶："难怪跟我分手啊。"

文化差异在中韩之间尚且存在，远在千里之外的欧洲就更不用说了。特别在婚姻观念中，跟国内日益盛行的单身主义有所不同，欧洲不结婚却能同居一辈子的现象比较常见。两人一起生活，共同抚养孩子，却保持财务的相互独立，这样的关系很令国人费解，但的确有很多人执手偕老。而反观北美或国内，那曾经浓缩着一生家庭责任的一纸婚约，现今早已束缚不住人们的想象。

都说每一个抖腿的男人，心里都有一台缝纫机，在包括挪威在内的北欧国家，这再正常不过了。男人一丝不苟地坐在缝纫机前的画风，跟 20 世纪我国传统女性做针线活一样平常。诸如“男主外，女主内”这样的传统角色分工，在北欧早已被打破，兴许这就是社会发展到一定层次之后男女之间所形成的全新关系模式。

总而言之，不会算账的老外只是算术不精，并不愚蠢；食物种类的匮乏并没有让他们放弃对食品安全的重视；在极端恶劣的气候，他们凭借天生优良的体质，反而活得更加粗放；在高度发达的地域，男女平等的观念深入人心，即便不做眷属，有情人也能白头偕老。

这些海外奇闻轶事共同构成了与国人生活习性及社会文化差异的缩影。在这个多元、纷杂的大千世界，我们与国外，也许会殊途同归，也许会背道而驰，各自延续着自己的故事。

国人常见误区

在整理书柜的时候，无意间发现一页手记，当时用藏蓝色的水笔随手写在了一张撕得不怎么整齐的本子纸上：

（1）去了韩国才知道，原汁原味是一种虚妄。

（2）去了德国才知道，火车准点是一种奢望。

（3）去了澳洲才知道，种族尊重是一种幻想。

（4）去了瑞典才知道，沐浴阳光是一种渴望。

（5）去了加国才知道，街头乞讨是一种流浪。

1. 原汁原味

学生时代不仅爱听韩语歌，也对韩国电影情有独钟。脑海中闪现着各位女神姣好的面容，满怀期待地踏上韩国国土，看到的却是截然不同的景象。

纵使近些年韩国整容业的先进与发达人尽皆知，但仍不曾想，在韩国的街头或校园，韩国男女的整体水平实在令人大跌眼镜。据说，家长们都会在女儿 18 岁前努力存钱，在她进入大学之际，送上一份“整容”大礼，让女儿能在大学自信地交际，享受大学生活。当然，外貌只是韩国男人择偶的其中一项标准，会腌一坛美味的泡菜才能保证一辈子不亏欠自己的肠胃。

在感叹韩国演艺界精于包装偶像的同时，我们也相信后天环境因素能逐渐反向改良基因，几代人过后，韩国必将诞生大批原汁原味的俊男靓女。

2. 火车准点

如果韩国人注重包装，德国人则表现得务实，他们没有美女，只有高大威猛的女汉子。德国在世界上一直是严谨和准时的代表，然而但凡在德国生活过一段时间，都会对此产生异议。首当其冲的是，德国的火车太不准时了。

独自一人坐夜间火车出行，原定晚上 10 点开往慕尼黑，站在月台等到凌晨 2 点依然不见列车踪影。忍不住尿急，跑去车站地下道的卫生间，匆匆赶回月台时却看到迟到的列车已经远去。万般无奈之下，只好重新购票，凌晨 4 点方才出发。

另一次，与在汉诺威留学的朋友去汉堡旅行，返途中，车驶出汉堡不远便停了下来。我们在车厢苦等 6 小时，列车才终于重新启动，半夜 12 点到达目的地。

德国的客运很大程度上依靠火车，繁杂的铁路网兴许是火车经常晚点的原因，但动不动就毫无征兆地迟到好几个钟头，让人不得不对德国人的工作作风产生质疑。而德国社会的生活服务，更令人失望。

刚到德国的时候，需要去当地移民局将临时签证更换为正式签证。第一次去，官员以缺少某项材料为由让下次再来；第二次去，另一位官员根本没要那项材料就办完了手续。同一个移民局，不同窗口的要求竟不一致。

在德国总共要生活半年，抵达后的第二天，我就去网络公司的柜台办理了宿舍宽带，预约的上门安装时间是上午。为防止工作人员找不到房间，我坐在一楼大厅从早上等到中午，由于下午 1 点有课才不得不赶赴校园。后来我又去了无数次柜台，先后预约过三次安装，工人不是放我鸽子，就是严重迟到。三个月后，已经基本放弃的我，在宿舍午睡中突然听到了门铃声，安装工竟然不请自来了。

欧洲整体懒散，而德国人所谓的“严谨”和“准时”，很可能是相较周边国家而言的。抑或他们只注重机械制造的精密，不太在意生活的细节。

3. 种族尊重

相比于德国令人发指的社会服务，澳洲人则尽职高效很多。在海外旅行最常遇到的就是澳洲游客，他们曾跟我开玩笑："Sorry，there are too many of us."（抱歉哟，我们人太多了）澳洲人热爱旅行，在海外也总给人以开朗、友善、健谈的形象，话痨也不在少数。

然而在本土，他们却完全换了一副嘴脸，可鄙的白人至上主义盛行，生活中处处排外。无论西装革履的高级白领，还是衣衫褴褛的拾荒老人，在街头或公交上，都可能像泼妇一样指着亚洲人大声呵斥："Get out of my country!"（滚出我的国家！）

作为西方阵营里的底层国家，澳洲人出门在外所表现的友善也带有选择性，他们只对比自己强的白人国家的人卑躬屈膝，对其他人则嗤之以鼻。

4. 沐浴阳光

在种族主义上，北欧人远没有澳洲人露骨。在巴尔干地区等东欧诸国旅行，每当我说住在瑞典，对方总会投来羡慕、崇敬的眼神。而就是在这样一个在世界享有良好声誉的国家，没人会告诉你这里的冬天有多难熬，这里的阳光有多珍贵。

在长达半年的漫长冬日，人们早上踏着黑夜上班，傍晚又从黑暗中回家，只有在大致上午 11 点到下午 1 点之间的午餐时间，能享受片刻微弱的阳光。由于这里社会的平等与发达，街上的店铺不等公司下班就已纷纷打烊，导致人们很难在市中心找到夜生活，在晚间只能从事一些像游泳和乒乓球这样的室内运动项目。

好容易熬到了周末，可还是同样有苦难言。本来不热衷购物的我，周日破例去市中心闲逛，到达商业街已经 10 点半，看到的却是一片死寂，店铺的玻璃门上写着：“周日营业时间为 12～15 点。”坐等到 12 点，肚子饿了，索性与朋友在市中心唯一一家中餐馆就餐。吃完午饭不到 13 点，重新走上街头，路灯已开始闪耀。没逛一会儿，店铺就打烊了。只见那些平时雷打不动给商场当门神的中东乞丐，都忙着收摊下班了。

下午 2 点多，我就这样漠然地坐在回家的公交车上，看着窗外几乎黑透了的天空，无助与绝望在心中犹如洪水般倾泻。面对常年稀缺的阳光，还有五脊六兽、百无聊赖的生活，有些瑞典人难以忍受就自杀了，来瑞典旅居的外国人有些也患上了严重的精神疾病。

世上没有免费的午餐，人口少、福利好也必然伴随着巨大的代价。在众人向往的发达国家，生活远没有想象中那样美好。

5. 街头乞讨

人们兴许不会相信国外有很多乞丐，而实际上，国外乞丐不仅泛滥，而且还很职业化。比如，在瑞典，乞丐们每天在固定区域上下班，并按时与同事轮岗交接。

而在加拿大，很多乞丐并不认同这个称谓，他们把自己界定为选择自由生活的流浪者。他们的家极像“绿色办公室”，屋顶是蔚蓝的天空，地板是凹凸的水泥，一截树木是他们卧室的衣架。如果是流浪情侣，两人还会养一条狗，在这开放式的“客厅”里，川流不息的路人都是他们的客人，一家三口就这样过着热闹的原生态生活。两口子也会偶尔因为生活琐事激烈争吵，男人会走出半个街区，赌气地倚靠在另一棵树旁。

当这些流浪者不在“家”的时候，你很难在街头将他们区分出来。在白天的超市门口，你不会想到，拄着拐杖、身穿整洁格子衬衫的中年男子会像老朋友一样，热情地问你今天身上有没有零钱；在晚间的热狗摊上，我也没想到，身穿冲锋衣、背着登山包的年轻姑娘会在一旁拽我的衣袖，问我能不能额外给她买一个。

温哥华市中心的唐人街，是流浪者的天堂，也是整个城市最阴暗的角落。满街充斥的不是恶臭与尿骚，而是浓郁刺鼻的大麻气味。政府服务中心在此定期为流浪者们免费注射戒毒药剂，于是每个周末都能看到他们沿街排起的长龙。

此外，温哥华先前一直未允许打车软件在城区使用，人们仍在很原始地给出租车公司打电话，颇费口舌地告知自己的地址和用车时间。在本文截稿前，终于有一个名为“Kater”的本地约车 APP 即将投入运营，而在我国四年前人们已广泛使用约车软件。此外，在日常消费中，电子支付依然没有普及，大家还在清一色地刷着自己手中的信用卡和储蓄卡。

尽管国外开发了很多高精尖科技，但在生活中往往找不到应用的市场。国外不仅人口少，而且大家的心态好似流浪者，安于自己的现状，不太考虑尝试新奇的事物，生活中的科技也就相应落伍。

总而言之，海外的光鲜亮丽，很多缘于精致的包装，并非原汁原味；老外也没有想象得那样严谨和准时，社会服务的质量和效率远不及我们；他们表面的友好礼貌掩盖不了全世界随处可见的种族主义；而所谓的高福利更像是空中楼阁，背后是死气沉沉的人生和对阳光的翘首企盼；大家也在生活中逐渐习惯了故步自封，习惯了安于现状。

纵使各国发达水平参差不齐，以上仍是海外普遍存在的状况，也是一直以来国人心中的常见误区。看待海外生活要保持客观的态度，与其死守着对海外的美好想象，不如舍弃心里毫无必要的自卑。毕竟，外来的和尚不一定更会念经，外国的月亮也不一定比中国的圆，只不过在世界上有人的地方，大家千里共婵娟罢了。

非洲的兄弟们，Mwari anewe!

瑞典有几个比较出名的居民区。比如，首都的Rinkeby，烧车、毒品、枪击、抢劫、强奸等恶性事件层出不穷；而林雪平Skaggetorp区的知名度也很高，逐渐成为典型的难民区，朋友叶师傅称之为“瑞典的小巴格达”，而我就住在这里。

早年，在Skaggetorp居住的绝大多数是瑞典人，这里离城市最大的购物中心最近，宜家、大超市、酒商店一应俱全，日常生活很方便。只是后来碰巧有难民搬到这里，并相继介绍同乡或朋友。久而久之，难民在该区的比例越来越大，进而加速了当地人的迁出进程，这个区于是就逐渐成了难民的天下。

说是难民，也有些偏颇，其实泛指除当地人之外的各类有色人种，这里包含故乡处于战乱中的或没有经历战乱的中东人和非洲人，也包含来自世界其他地区的各路黑人。我的房东Michael是个开明、宽容且毫无种族偏见的瑞典老头，而我的历任舍友正是清一色的黑人。

这是一套三室一厅的公寓：我的房间在卫生间旁边；在公寓的另一侧是两个正对着的房间，住着Ismail和Mahder；公寓的中间则是客厅和厨房。在瑞典，很多客厅都有门，Michael就住在这个带门的客厅里。

Ismail来自索马里，就是大家熟知的“海盗国”。长着一头卷发的他是个瘦高个儿，加上深棕色的皮肤，远远看去，酷似一根伫立着的电线杆，消瘦挺拔。我抵达的第一晚，Ismail 就无私地将自己的床架搬入了我的房间，他自己则睡在了地上的床垫上。我心中的感激还没顾上表达，第二天一早他又带我逛街，帮我熟悉周边的生活环境。

Ismail 是个有洁癖的人，每天晚上都会在卫生间沐浴至少半个小时；如果心情好，还会在浴缸里泡澡。这时常让临时内急得我苦不堪言。同时，Ismail 坚持维护集体的环境卫生。每逢周末早晨，他都会叫醒沉睡中的我和 Mahder，我们三人共同清洁走廊和厨房。这让在生活中不修边幅、一贯放纵邋遢的我，颇感汗颜。我相信，Mahder 更是如此。

Mahder 来自埃塞俄比亚——非洲最发达的工业国家之一。他拥有普通人的身高，跟 Ismail 一样瘦削、一样卷发，但肤色却深了很多，黑得很彻底，加之本人酷爱黑色的夹克，在夜间行走，完全像个透明人。Mahder 是如假包换的学霸，正在林雪平大学攻读博士学位，因为忙于自己的课题研究，时常早出晚归、神龙见首不见尾，在生活上不拘小节也实属正常。

由于 Ismail 找了新工作，且工作的超市离 Skaggetorp 距离太远，不得不搬出了公寓。而 Mahder 是他的好友，也就随他一起搬出，两人在超市附近合租了一套小公寓。正如前文所说，难民介绍难民，黑人也会介绍黑人。Ismail 和 Mahder 走后，另两位黑人 Dickson 和 Bala 接踵而至。

认识 Dickson 以前，我天真地以为 Ismail 是世界上最爱干净的黑人。直到一个周末，Michael 叫我参观 Dickson 清洁的卫生间，我才知道自己大错特错了。那是我平生第一次看到浴缸可以擦到闪闪发亮、亮到晃眼。后来才知道，Dickson 以前在西班牙做过专业的保洁。

Dickson 不仅擅长保洁，还是个资深大厨，能快速变出一席饭菜，并慷慨地邀请 Michael 和所有室友一同进餐。Dickson 酷爱用白薯当主食，但他们的白薯却跟我们的味道截然不同；他还喜欢用粗糙的玉米面和成一坨糨糊，然后蘸着鱼汤吃；他也经常将大芭蕉切片，放在油锅里煎炸，而大芭蕉跟我们平时吃的水果香蕉也完全不一样。

遗憾的是，Dickson 只是一个非洲菜的大厨，有些菜并不适合我们的口味，但我总还是礼貌性地吃上几口。我们也明白他手头并不宽裕，也渐渐不再让他破费给大家做饭了。

Dickson和Bala都来自加纳，就是那个能把中国足球队踢到找不到北的西非弹丸小国。Dickson也是普通人的身高，但身材是圆圆的，体型略胖，还有啤酒肚；而Bala长得略矮小，体型也是圆圆的。虽然我对黑人的统计样本极为有限，但还是禁不住贸然总结了他们不同地域的身体特征：索马里人身材高大，但普遍瘦得像竹竿；埃塞俄比亚人也很瘦，皮肤却黑得地道；西非人略胖，身材普遍是圆圆的。

Dickson的勤劳不仅体现在家务上，他刚来就找了一份夜间派送报纸的工作，每天凌晨两三点出门，早上六七点收工，薪水微薄却依然风雨兼程。他还引荐Bala去做。Bala干了没多久，他自己在市中心又找了份中餐馆后厨的工作，还跟华人老板学会了炒饭。只是好景不长，不堪辛劳与重负的Bala最终离开了瑞典。

Bala走后，Parfait入住。Parfait来自卢旺达，就是1994年发生过种族灭绝大屠杀的东非国家。Parfait是个彬彬有礼的绅士，穿着得体，谈吐儒雅，为人老练，想必是这些社会技能与个人魅力让他得以在毕业后很快获得去首都实习的机会。他也随即搬离了林雪平。

接替Parfait的是Rodgers，一位来自津巴布韦的大男孩。身材高挑的他与Parfait都是留学生，他本科时在尼日利亚留学，毕业后来这里攻读硕士学位。Rodgers与Mahder同属学霸，只是后来与一位同样来自津巴布韦的女生相识，两人在家乡属于同一社会等级。Rodgers便时常远赴德国与她相会。Michael和我都曾劝诫过他，让他以求学为重，但Rodgers还是遗憾地荒废了学业。

值得一提的是，我的这些黑人舍友，英语都很流利。尽管由于生活环境和背景不同，他们的口音有很大差别，但丝毫不妨碍我们交流。认识久了，他们也免不了给我讲起自己的故事，原来他们各有来头：Rodgers所属的家族是津巴布韦等级阶梯中最高的一级；Parfait来瑞典之前在法国生活了将近十年；Bala从小成长在英国，是英国国籍；Dickson手持西班牙的绿卡；Mahder是埃塞尔比亚纯粹的富二代；Ismail的业余爱好是拿着大单反相机去野外踏青。

尽管如此，他们并不都是大富大贵，也并非人人生活宽裕，但都保持着极高的素养与礼貌。彼此遗落在房子公共区域的个人物品，其他人绝不触碰；纵使我房间的门经常不上锁，也从不会有人擅自进入。大家共同让这个房子充满了信任与安全感。

同住在一个屋檐下，我们彼此逐渐成了兄弟，生活里少不了嘻嘻哈哈、胡打乱闹，更少不了互相帮助与彼此陪伴。

总是戏谑地喊我“China Man”的 Ismail，每隔几个月就会在家帮我理发，他的技艺也因我而逐步提升。他总是说，认识我之前，他只给非洲人理过发，亚洲人的头型和非洲人完全不一样，让他很不适应。

我和 Mahder 的通勤时间相仿，瑞典公交车的频次又少，两人便总在车站会师，经常一起探讨工作以及搬到哪个国家生活的问题。我们最后达成了一致——加拿大，不想后来我竟真搬去了加拿大。

在 Dickson 做的众多菜里，我独爱吃“洋葱番茄鸡蛋汤”。在他的口述下，我将工序一步步详细记录在本子上，亲自实践并改良了多次，每次做上一大锅，配上意大利面能吃一周。Dickson 还教了我一些加纳的日常用语。他本国朋友来家做客，听到我用加纳语问好都惊愕万分，谁也不会想到一个外国人会主动学习非洲语言。

Bala 是个好动的人。瑞典夏天的白天很长，我们时常傍晚去社区的运动场踢球。到了周末，按捺不住寂寞的他硬拉着我去市中心的夜店玩耍，于是大半夜的马路上就多了两个蹬着自行车驰骋的家伙。

Rodgers，浪漫多情且热爱音乐，他经常从房间里传出鬼哭神嚎。他向我推荐了一首名为 *Neria* 的津巴布韦歌曲，我甚是喜欢，便让他假期回国时帮我买这张 CD。这首歌里反复唱着一句歌词“Mwari anewe”，意思是：上帝与你同在。

只是很遗憾，他们大多数人没能在瑞典久留。天寒地冻的北欧，社会生活氛围也很冷漠，让非洲兄弟们寂寞难耐，这是他们离开的一个原因。周五晚上，我跟 Bala 去夜店。自称在英国是“夜店之王”的他，在瑞典却折戟沉沙、铩羽而归。我整晚看着他接连搭讪不成的窘迫，不禁笑破了肚皮。在发达的北欧，女性刚强独立，普遍存在女权主义思想，Bala 在瑞典没了市场也在情理之中。

相比之下，落后的非洲依然流行着极度的男权主义思想，我这几个非洲兄弟总希望在异国他乡找到另一份情感寄托。Dickson 就曾为了讨好自己的同乡 Zahara，让她带着女儿搬进了自己的房间；只是 Zahara 一直不从他，后来还找了男朋友。

他们难以久留的另一个重要原因是他们的工作机会被严格限制，生存空间被残酷挤压。当初他们来的时候满怀期待，以为能找到属于自己的一席之地，没想到这里跟其他欧洲国家一样不尽如人意，甚至还不如其他地方。

如果你认为这只是针对外来人口的地方保护，那就错了。我在斯德哥尔摩参加雅思口试的时候，偶遇了一位在瑞典长大的非洲人 Moses Giwa，他瑞典语和英语都很流利，在瑞典拿到了工程类的学士学位，毕业后却没有公司要他，就业服务中心又总推荐他做清洁工的工作。不甘于体力劳动的他，忍痛离开了瑞典。

在英国长大的 Bala 也有过类似经历。做同一份工作，却要承担等同于六名同事的工作量。为此，他向主管提出异议，主管便拿辞退要挟他。每每提起这段往事，Bala 总是义愤填膺。

这不禁让人想起奴隶时期非洲黑人的悲惨遭遇以及那些与土著相关的黑暗历史，两者颇有相似之处。

加拿大的土著居民被称为“First Nations”，直译为“第一民族”。除了欧洲人带来的各类传染疾病造成的大批死亡外，他们还将 First Nations 的儿童强制推入寄宿制教会学校，半天学英语，半天干苦工。学生在校一旦使用土语，就会遭到毒打。他们还将父母与孩子长期分离，不让他们相见以完成彻底的文化清洗。

澳洲原住民相比北美土著居民更为原始与落后，甚至没有形成真正的部落。而登陆澳洲大陆的英国移民，有很多是用船从拥挤不堪的监狱运来的不法囚徒，他们屠杀原住民就像追逐野兽一般。生活在毗邻的塔斯马尼亚岛居民更加悲惨，在短短数十年间，他们被消灭殆尽，最后一名男子死于 1869 年，最后一名女子死于 1876 年。

美国对印第安人的残害在此不用赘述。初到美国的时候，不止一个美国人给我讲，他们不喜欢祖辈对印第安人所做出的那些非人道的恶行。然而无论他们怎么洗白自己，无论多么冠冕堂皇地批判祖辈的所作所为，我确信，再给他们一次机会，他们依然会那样做。因为他们信奉的是残酷的丛林法则，在他们看来，枪炮是唯一的生存权与话语权。

说起非洲人，总有人谈及劣根性，说非洲人慵懒且缺乏时间观念。其实劣根性，每个人种、每个民族都有，只是体现在生活的不同方面。当我们拿自己的优势去与别人的劣势比较的时候，就自发地带上了偏见与不公，这本身也是一种劣根性。

更何况，集体不能完全代表个体，而个体的发展更符合物竞天择的规律。NBA 球星、奥运田径名将，甚至还有美国总统，同样的人种，却存在着截然不同的人生际遇。

我这些非洲的兄弟们，都在各自家乡拥有着相对优越的出身，也比大多数人有更多的机会走出家乡，一览外面的世界，甚至还能移民欧洲、定居北美，抑或带着自身的学识与技能，反哺家乡，发展非洲，从而更大可能地改变自己及后代的人生命运。

我很庆幸在瑞典能住在 Skaggetorp 这个难民区，白天在白人区的科技园工作，晚上回到黑人围绕的家庭，能在一个国家同时体验两种或多种文化，不失为一种幸运。临走，我将书桌送给了 Ismail，还将朋友留给我的一大包计生用品送给了 Dickson，只见他脸上露出了桃花般的笑靥。

时隔多年，在网上与 Dickson 聊天，才意外得知：在我走后没多久，他就不幸中风了；在瑞典接受救治后，返回非洲休养；以前总是衣锦还乡的他，现在却躺在床上不能活动。这一悲伤的消息，让我有朝一日去非洲看看的愿望变得更加强烈了。

非洲的兄弟们，我们非洲再见！祝你们一切安好，Mwari anewe!

间奏：深秋

在日渐凛冽的深秋
晌午的太阳透过窗打在我的书桌上
打在我的小臂上
映衬着我眼前的飞蚊
这是我要的一缕阳光

看着无数大小不规则的沥青颗粒
伴着白色的车道分割线向脚下涌入
打开两侧的一半车窗
任凭风肆虐在脸上
也不停摇动着悬挂的 Dream Catcher
这是我要的一阵清风

两只小鸟落在栅栏上
活泼地摇晃着小脑袋
短暂的驻足
只留下背后明亮的画布
像一湾静谧的湖水

这是我要的一片蓝天

定是风吹走了阴霾
迎来了太阳
太阳照亮了蓝天
唤醒了鸟儿和我

是寒冷中涌出的一股暖流
还是裹挟着温暖的一丝寒意
是无情的刺骨的鞭打
还是耐人寻味的温凉的记忆

热情似火的觥筹交错，笑逐颜开
深夜台灯下对着书本一个人发呆
是酸楚中挤出的一隅快乐
还是劫后余生般的欣喜若狂

我，迎着朝阳前行
我，在月色下漫步
任凭心灵在天际越飞越远
也放任它在谷底摔得粉碎

空灵与恍惚
悲喜与忧乐
交织缠绕在一起
这是我过的一种生活

第二部分

心路旅程

FOOTPRINT

天空日益湛蓝，交通愈加拥堵；
身材越吃越胖，皮肤愈晒愈黑。
不知疲倦的高架，欲求不满的蚊子，
村口烫一头卷发，骑车摔一身鲜血。
天凉了，这个火热的夏天却过出了不相称的心情。

王子“复仇”记

最近比较流行一款名叫“旅行青蛙”的日本游戏，主人公是一只热爱旅行的青蛙，面容并不姣好，也不呆萌，唯有那顶绿色的草帽绚丽夺目。

青蛙住在一个面积不大却温馨紧致的石头房子里，格局就是我们国内俗称的“loft”。一楼有放置着烛台的餐桌，有炉灶，也有放满容器的储物架；旋转云梯通往二楼，上面有铺着蓝色四件套的床、红色的脚毯、书籍、便签，还有悬挂在头顶的地图。麻雀虽小，五脏俱全，基本满足了青蛙日常起居和餐饮的需要。

图 7　青蛙的家

一说，游戏作者的本意是用青蛙指代丈夫。随着与青蛙朝夕相处、感情日深，我们反而逐渐感觉自己在扮演父母的角色。每天进入房子，看着青蛙正不紧不慢地享用午餐，我们会开心一笑；晚间，看到青蛙坐在二楼的床上安静地阅读，我们也能安心地入睡。

回想儿时，我们的父母也没少为我们吃饭着急上火，拿着勺子威逼利诱地将饭塞到我们嘴里，完成每一顿午饭都要用尽浑身解数；而一个个夜晚，父母为我们掖好被子，起身关掉电灯和房门的同时，总伴随着一句轻声的“晚安”。

与曾经风靡一时的开心农场颇有些类似，我

们每日按照惯例收割着青蛙石房子门口种的三叶、四叶草。而曾几何时，我们的父母也在周而复始地工作，为了全家的生计劳碌奔波，即便并未夸张到起早贪黑，也算得上按部就班、兢兢业业。

我们用积攒的三叶草，为青蛙购买食物，烤饼、三明治、南瓜饼、乳蛋饼等，一应俱全；我们给青蛙的包里放上四叶草或幸运铃，作为出行的护身符；我们准备好包袱，让青蛙上街闲逛；我们让青蛙带上帐篷去野外露营，带上碗去泛舟划水，带上灯在山洞中就不容易迷路。

而我们的父母逛遍城市的大小超市，中秋节的月饼、元宵节的汤圆，各种汤粥、各类方便面，还有来自天南海北的各路调料，生怕我们在国外吃不饱饭；没有包袱和帐篷，我们的父母往我们的行李箱中奋力塞入四季的衣服、四季的被褥，还有厚厚的羽绒服、厚厚的鸭绒被，生怕我们在国外着凉感冒；我们的父母把求来的护身符、开了光的法物偷偷放到我们的背包中，保我们在旅途中一路平安。

偶尔会收到青蛙在旅途中寄回的明信片，时而抬头仰视伊势神宫的壮丽，时而寂寥地守望着名古屋城的肃穆，也会在草津温泉边独享便当的热气腾腾。我们的青蛙交友甚广，与鼠兄弟包围在绳文杉的高大古老之中，跟螃蟹哥们共赏谷泉阁的温泉，和蝴蝶妹妹在野外安营扎寨，等候夜幕闪亮的星空。

我们自己也曾跨过高山和大海，穿过人山人海。起初我们不爱拍摄，却逐渐习惯记录旅程的点滴，像青蛙一样给父母传来世界各地的旖旎风光，与父母分享镜头下我们新奇的见闻。

青蛙不在家的日子，看着空荡荡的房子，我们也会期待门口的邮筒上出现信件的标识，看看青蛙寄来了什么特产礼物，是澳洲的鱼油、加拿大的枫糖，还是德国的啤酒。

总之，父母是我们的启蒙领航员，以他们有限的视野，用尽全力向前推我们最后一把；我们接过他们递来的船桨划水，也用他们不算明亮的手电照射前方不远的路。

人生仿佛逆水行舟，面对越来越快的生活节奏和爆炸式的信息增长，我们已捉襟见肘、力不从心，而让父母在格局和视野上时刻与时俱进更是不切实际。随着年龄的增长、时间的推移，加之生理条件的限制与退化，他们被逐渐推到社会的末端。而对于我们自己，也终将在某一天为时代所淘汰，或早或晚。

我们的父母也从来不是完美的人，他们时常会糊涂，会狭隘，会冲动，也会自私。他们希望我们帮助他们过上他们想要的生活，也总希望我们能按照他们期望的方式去生活。无论是为了劝我们留在国外而拼命鼓吹国外是天堂，还是为了催我们回国而对国外肆意抹黑，我们的父母都忘了问我们自己的心理意愿与感受。我们终归活不出别人的样子，也活不出别人期望的样子。

所幸的是，在父母最初的引导帮助下，我们没有变成“井底之蛙”，而是一只只“旅行青蛙”。孔子曰：“父母在，不远游，游必有方。”在努力实现面包与陪伴平衡的同时，我们坚强地走向远方，坚定地走着属于自己的路。

有人诙谐地说，儿子是父亲上辈子的仇人。在“复仇”的过程中，我们从未忘记与父母相处的点点滴滴，也从未丢失过对父母的感恩之心，只是相比于儿时，我们少了些许敬畏与依赖，多了些许责任与担当。

即便如此，“与父母和解，与自己和解”，对于我们，甚至对于父母，仍然是一件近乎不可能的事。我们兴许要在持续的爱恨情仇的纷争中度过与父母共同的岁月。

希望一句“辛苦了”或“我错了”能够一笑泯恩仇。

论亲儿子的自我修养

作为儿女，很多人都有带父母海外出行的经历。特别是在国外留过学的朋友们，爸妈几乎都来参加过自己的毕业典礼或趁假期前来探亲；哪怕没留过学，带着爸妈一起报个出境团或一家三口背上行囊来一次大胆的自由行，也并不鲜见。

全家海外出行本是一件值得期待的事情，然而曾先生携年迈父母畅游北欧的计划却止步于瑞典的首都斯德哥尔摩（后简称“斯京”），他们不仅没能入住酒店，而且还被警方驱逐并送至郊外。在国内自媒体铺天盖地的炒作放大中，网上出现了截然不同的两种立场：一方以“怒了”“暴打”“粗暴对待”等说辞力挺曾先生，另一方则以“向瑞典警方送锦旗”和“大国巨婴”为主要关键词给瑞典警方点赞。而在我看来，这次事件的关键词应该是“穷游”和“亲儿子”。

下面容我快速梳理一下事件的过程：

(1) 一行三人乘红眼航班（有的说是普通航班）抵达斯京，于傍晚/晚间/半夜/凌晨到达青年旅社，无意/有意订错入住日期，不能立即入住。

(2) 决定在旅馆的大堂坐等天亮/下午，并以可以支付一点费用为由，与旅馆工作人员交涉，被拒绝后依然逗留。

(3) 旅馆工作人员报警。纵使曾先生向警方出示父母服用的药物，警方也依然强制/粗暴地将三人驱逐。三人赖坐在旅馆门口的地上。

(4) 警方按照流程将三人送往市郊的一处公墓附近。

1. 订错入住日期

在曾先生一家抵达旅店的时间上，出现了两个版本：

"当天凌晨，曾先生和父母抵达斯京市区的一家旅店准备住宿，然而预订的房间需要白天才可以入住……"

"这家人在傍晚时分（原文用了'kväll'这个词，一般瑞典认为 kväll 大概是 18～22 点，22 点之后就叫'natt'了）就到达了旅馆。一直到了 12 点之后，工作人员才决定给警察打电话的……"

一个版本是凌晨，一个版本是傍晚。而旅馆老板表示："他们订错了日子，但我们当晚已经订满了。"

订酒店有个常识，国内和国外一样：如果 2 日凌晨到达，想即刻入住休息，须预订 1 日晚的酒店，而不是预订 2 日的。而且像曾先生订的这家廉价青年旅社，往往需要提前告知工作人员凌晨才能抵达，因为小旅店的前台不一定 24 小时值班，不事先沟通有可能半夜无人办理入住。

如果曾先生一家是凌晨到达，订错了日子的他很可能犯了愚蠢的常识性错误。酒店预订网站往往会在客人选择入住和退房日期后显示入住天数。想必曾先生对于在斯京计划停留几晚心中有数，否则，以这样的水平带着年迈的父母出行，略显鲁莽。

如果曾先生一家是傍晚到达，却订错日子，就带有故意之嫌和耍赖的意味。国际航班显示的抵达时间永远都是当地时间，不是出发地时间。网上有人说，可能是因为时差计算错误导致了误会，这完全不可能。即便曾先生确实无意间订错了日期，他也依然有充足的时间在附近找到另一间酒店，安排父母及时入住休息，而不是在一棵树上吊死。

因此，无论一家三口是凌晨还是傍晚到达，曾先生的行程规划能力及临场应变能力都存在明显问题。出境游毕竟不是国内游，父母跟这样的亲儿子出行，遭罪在所难免。

2. 大堂过夜被拒

旅馆工作人员拒绝曾先生一家在大堂过夜的请求是本次事件的根源与症结所在，网上有如下两条评论：

“对于中国人在任何国家酒店看起来都合情合理的要求，却被如此粗暴对待……”

“可笑的是，在中国，竟还有不少人为瑞典的行为辩解称：‘西方酒店不同于国内酒店，人家的大厅要求整洁，不允许逗留。是自己不懂规矩，坏了人家的规矩，所以要怪就怪自己。’”

没有预订当晚房间的客人能否在大堂过夜？就这个问题，我咨询了在酒店管理行业从业九年的朋友，他自己开过酒店，也曾在四星、五星酒店做人才培训。朋友的结论很明确：“考虑到安全隐患，不允许没有预订房间的客人夜间在大堂逗留。”

我紧接着问他：“像高级大酒店，夜间的大堂一般灯火通明，也不允许吗？”他回答道：“规范的高档酒店更严格，坚决不允许大堂夜间逗留，这是大家都知道的行规。”

看来，这种夜间大堂禁令是酒店业内的行规。这在一定程度上也颠覆了我的认知。我曾经认为越高端的酒店，服务越好，也更宽容；但实际上，越高端的酒店越注重保护住宿房客的隐私与安全，进而对闲杂人员夜间逗留大堂表现得更加“零容忍”。

无论是西方还是国内酒店，曾先生想在大堂过夜完全不是“合情合理的要求”，上面的两条评论都是歪曲事实的无知表述。

3. 强行抬出酒店

此次事件中，瑞典警方的“暴力”执法是中国驻瑞典大使反复强调的问题，我对此表示赞同。瑞典警方本可以有更好的解决方式，但他们缺乏耐心，简单粗暴地诉诸流程与规定。谈到暴力执法，我下面给大家分享两个故事：

在澳洲，朋友的朋友开车带自家狗狗出去玩，由于违章被警察叫停。当警察看到后座活蹦乱跳的狗狗，大喊“这是什么”的同时，瞬间从腰间拔出手枪对准了狗狗。

在美国，由于超速被警车从后面叫停，缺乏经验的我打开车门，试图走向警车，被警察严厉喝止。事后才知道，一定要老老实实地坐在车里等警察过来，而且手要一直放在警察能看得到的地方。因为他们一旦感觉到危险，有权当场击毙无辜的你，而且不承担任何法律责任。

相比于动不动就朝你拔枪的澳洲和美国警察，瑞典警察算是很温和了。大家之所以认为他们小题大做，是因为我们生活在严禁枪支、没有难民的中国，体会不到西方警察日常面对的凶险。因为时常会遇到持枪的暴徒和无赖的难民，他们的神经总保持高度敏感。

年迈的母亲坐在旅店门口的地上哭嚎，而作为亲儿子的曾先生，警察没有推搡就自行倒地，跟母亲一样哭闹不起。这样的做法在我们逐渐进步的国内已经为人们所嘲讽与唾弃，更不用说在国外历来照章办事的法治社会。不仅徒劳无功，还会适得其反。

“警察先是凶巴巴地盘问曾先生一家是否是难民……”网上这句描述再一次印证了警察和曾先生一家的误会。曾先生一家的无理取闹让警察误以为他们是难民，而不是游客，于是按照规定采取了下一步行动。而近些年，面对猖獗的难民问题，瑞典人没有坐以待毙，正在实行各种反制措施。被错误地划归为“难民”类别，后果不言而喻。

4. 送到郊外坟场

“斯德哥尔摩市区几十公里以外的一座坟场……”网上这个“几十公里”的描述明显失实。通过地图搜索，从曾先生一家逗留的 Generator Hostel（青年旅社）到 Skogskyrkogardan（公墓）的行驶距离为 7.8 公里。公墓在市区以南，如果单从市区最南端到公墓最北端计算，两者的距离则更近。

至于为什么瑞典警方要“穷凶极恶”地把一家三口送到这个地方，我咨询了在瑞典生活了九年的朋友。他精通瑞典语言，了解瑞典万象，算是个瑞典通。他说：“这是瑞典警察在照章办事，像平时对待醉汉一样把他们送到带收容所的教堂，而且位置在 Skogskyrkogardan 地铁站附近，方便乘坐公共交通。”

这其中存在着一个中西方差异：国外的基督徒死后会安葬在教堂周围的墓园。墓园环境优美，甚至有的就地处市区，并没有我们想象的恐怖。然而，自媒体还是对其进行了过度解读、煽风点火。

“眼前所发生的一切，却又不得不让人疑惑：这真的是传说中的‘天堂’吗？这就是所谓的人权高于一切的西方社会吗？传说中的平等、人道都何去何从了？”

“对于瑞典的此番行为，我们必须明确态度，强硬并且有骨气地说：‘瑞典，你必须道歉，中国人不是那么好敷衍的！人权和人道不是挂在嘴边的，是要付诸行动的！’”

在国外，要理性辨别他人带有种族偏见，还是自己的做法确有不妥，违背了当地的社会规则和秩序。对于曾先生，我确信属于后者，而为此上升到社会平等、人权人道、大国关系，则完全没有必要。

中国驻瑞典大使馆就此事件向瑞典政府提出交涉，未得到正面回应。同时，瑞典警方明确回应：“不会对案件进行调查。”而海外的媒体也对此轻描淡写，他们认为：“事情很简单，正常的做法是再去找一家酒店入住。”而这简短的一句话恰恰戳中了我评价曾先生事件的关键词——“穷游”与“亲儿子”。

首先，请注意曾先生携年迈的父母出行，预订的是“青年旅社”。青年旅社有像宿舍一样的单个床位，也有不跟别人混住的几人包房，很多没有独立卫生间，价格普遍低廉。

留学期间，我在欧洲旅行经常住青年旅社。还记得第一次是在慕尼黑，我惊讶于青年旅社可以男女混住。那晚我不得不始终穿着衣服，还要枕着自己的钱包，时刻提防同屋的窃贼。

我们假设曾先生订的是不需要跟别人混住且带独立卫生间的包房。尽管如此，青年旅社的条件和舒适度仍远不及正式酒店。同时，由于穷游的年轻人普遍青睐青年旅社，所以旅社的环境往往格外嘈杂。我就曾在澳洲入住一家一楼带酒吧的旅社，一群年轻人深夜笙歌，我不得以打电话报警。另外，外国人对旅行的观念是社交与享乐，喜欢昼伏夜出，每天在当地酒吧喝到烂醉，大半夜回来叫嚷吵闹，经常影响他人睡眠。

睡眠不足会严重影响第二天的行程，让旅行体验大打折扣。久而久之，我出行不再选择青年旅社，同时也深深感到“青年旅社”这样的住宿形态跟它的名字一样，主要面向青年，并不适合中老年人。

因此，曾先生如果一人出行，找个青年旅社凑合无可厚非。但是，曾先生，带着年迈的父母不远万里来北欧“穷游”，作为亲儿子的你，于心何忍？

其次，无论一家三口是傍晚还是凌晨到达，一路劳苦奔波，全家都需要睡眠，年轻人如此，老年人更甚。哪怕真的预订错了日期，不及时想办法补救，还打算让年迈的父母在大堂对付一晚，曾先生你又是于心何忍？

当警察到来时，你却“拿出了父母正在服用的药品”给警察看。曾先生，你知道吗？你的父母需要吃药，需要休息，需要的是宽敞舒适的大床，而不是大堂冰冷的沙发。

最后，当警察把你们驱逐出旅社之后，你依然执迷不悟。看到母亲坐在地上痛哭嚎叫，你没有像一个男人一样去扶起她，而是仿照她一屁股坐在地上哭闹。曾先生你作为亲儿子的责任与担当又在哪里？

我每去一个国家学习或工作，父母都前来探望，我会亲自带他们看遍海外的大好河山。自己一个人出行，可以住条件简陋的酒店。但是，跟父母一起，纵使他们一辈子习惯了勤俭持家，我也从没让他们住得不体面、不舒适。

我们做子女的纵使跟父母有太多生活观念上的不同，一路上免不了口角，但我们也认同“穷家富路”的道理。在故乡吃泡面没人拦你，但一家人出门在外、路途劳顿，就不要吃不好、睡不好。老人一旦生病或意外摔跤，子女难辞其咎。如果你活到这把年纪还带父母出来穷游，就不如老老实实地待在家里。

论亲儿子的自我修养，带爸妈走一场富足的海外旅行吧！

婚姻保卫战

这个年末热闹非凡，大家都在忙着通过微信向腾讯公司索要圣诞帽等圣诞礼物。求人不如求己，朋友用工具帮我P了一张带圣诞帽的头像，纵使这原谅色的帽子在朋友圈分外惹眼，我还是认为不羁的坦荡终归好过伪装的崇高。

公众人物的花边总能一石激起千层浪，这个圣诞被娱乐圈的一桩出轨抢尽风头。可实际上，这类事情在我们身边每天都在发生，不足为奇。相比之下，外国人对于情感与婚姻的态度是什么样的？让我们从很多国人可能会疑惑的两个问题开始：

（1）外国人是不是都很冷漠？感情比较淡薄？

（2）外国人是不是私生活都很混乱？

1. 情感

关于第一个问题，我的回答是：要分情况。外国人表现得冷漠可能有两种原因：一种可能是他对你有歧视，心存芥蒂；另一种可能是外国人在公共场合习惯保持缄默，很少跟陌生人产生交集，不太存在自来熟的情况。

面对公共场所的陌生人，中国人其实表现得比外国人更加冷漠。老人摔倒了是不是有路人来扶，这样老生常谈的场景我没有在国外遇到，但亲身经历过一些令人感动的小事：

放完暑假回到澳洲，发现自己的电瓶车没电了，打不着火，百般无奈之下敲开了车子旁边一栋房子的门。开门的中年大叔不但拿出工具帮我充电，还主动递来一把雨伞，让我别淋在小雨里。

独自在美国游乐场游玩，然而飞车项目附近不能存包，背着包坐飞车又不安全。看到我的窘迫，一个四口之家的母亲主动表示要帮我看包。从小被教导不要相信陌生人的我，那一次选择了信任。

在加拿大，我一个人费力地将床垫从一楼搬往三楼，就有同公寓楼的陌生人主动过来帮忙，一直送到我房间才挥手离开。

如果外国人对陌生人都是以上态度，这远不是冷漠，而是相当热情。尽管如此，跟外国人做朋友却不是一件容易的事，外国人确实比较慢热。在这方面，德国人非常典型，前期你主动示好、盛情邀约，很难立竿见影；但随着时间的推移，一旦对方认可了你这个朋友，你们会是终生的朋友，甚至他会像膏药一样黏在你身边。

对于配偶，外国人比较注重感情，也比较注重忠诚，整体上以一种专一的形象示人。跟中国人一样，他们也对出轨深恶痛绝。记得有一次在阿姆斯特丹的酒吧，跟吧台旁的挪威人闲聊，他痛心疾首地讲起好朋友跟自己女友偷情的经历。发现后，他毅然断绝了与两人的来往。

在国外，无论男人还是女人，在选择配偶的过程中，大家更看重情感的需求，而没有过分强调物质。

2. 婚姻

关于第二个问题，在我看来，外国人的私生活并不乱，他们只是在婚前比较开放，比如，有些年轻人将大把时间都花在了泡吧。在我们中国人看来，他们的业余生活实在匮乏得可怜。酒吧喝喝酒、夜店蹦蹦迪，基本上就是他们对于娱乐的界定。我们难以理解，同一个酒吧或夜店，他们是如何做到一周光顾几次并总能待到半夜的？又如何能跟同一帮朋友连续泡几个晚上还能有话题可聊？

外国人的酒量整体上并不是很好，曾见过围坐的几个人，每人守着一杯酒能坚持到半夜才离开。相比之下，中国人就豪放得多。大家喝到位了，掏心窝谈谈感情、吹吹牛，纵使第二天全天萎靡难受，过几天精力恢复也还会卷土重来。

酒吧也好，夜店也罢，或在某人家里集体开派对，诸如一夜情这样的事的确存在，但绝没有电影里那么常见和混乱。有一次，美国朋友约我参加大别墅里的派对。酒过三巡，一对素昧平生的男女就莫名其妙地抱着啃了起来，让我几乎惊掉了下巴。

不过，外国人跟我们一样，都相信眼缘。如果彼此第一印象好或认定喜欢对方，肢体上就会比较迅速地进入亲密状态，但不代表没有原则。美国的朋友 Meg 曾向我倾诉自己苦于在她喜欢的 Bryan 和喜欢她的 Tanner 之间要做出选择。她曾酒后与前者“make out”（接吻），但平时也不忍拒绝后者的邀约，以朋友身份一起“hang out”（出去玩）。最后，她斩钉截铁地向我澄清：“I am not a slut!”（我不会脚踏两只船！）这种心理与思维其实跟我们中国人很像，纵使外国人婚前相对开放甚至浪荡，骨子里也依然有些保守与传统，也会偏执地坚持原则，常常会扪心自问：“是否心里真的喜欢对方？”

除了国外特定的聚会，在酒吧或夜店很难遇见已婚人士。外国人在结婚后，家庭观念变得很重，每天下班基本上都立即回家，老婆孩子热炕头。对于这一点，很多国人有误区，总认为外国人浪荡成性，但实际上外国人更顾家，家庭责任感更强。

“Family comes first”（家庭第一），这句话在外国人心里不是一句空谈。他们骨子里认为非工作的时间理应陪伴自己的家人，也很享受跟配偶和子女在一起共度的美好时光。比如，我的澳洲朋友 Todd，下午三四点提早下班的时候，总领着两个可爱的女儿去沙滩看海；瑞典的同事 Erik 一家人戴上矿工帽，拿起手电，周末去荒山野岭的山洞探险。

即便在工作时间长、强度大、节奏快的美国，他们也会和家人一起乐享闲暇时光。我的房东 Shannon 和老公 Ryan 常常利用周末一起打理后院的菜地，整个下午两人会忙得不亦乐乎；他俩也定期在工作日的晚上一起去练习“kick boxing”（可以用脚踢的拳击），还会隔三岔五地在地下室一起观看从Netflix租来的电影。有一次，我和Ryan两人晚间去酒吧看球，我跟Shannon打趣道：“不怕我跟Ryan出去乱玩？”Shannon说：“At least he comes home to me every night.”（他至少每晚都回到我身边）纵使她比Ryan大了整整10岁，两人那时却相互信任。

国外当然也有出轨和离婚现象。Shannon有个不争气的儿子Justin，在教育问题上，夫妻一直存在分歧，两人的婚姻也最终以Ryan的出轨而遗憾收尾。去年去美国探望Shannon，她整整瘦了50斤，在依然坚强工作的同时，还要照顾癌症晚期的母亲和已彻底丧失行走能力的继父。Ryan不是Justin的生父，至今Justin的生父下落不明；而Shannon的生父早年在芝加哥被人用枪打死，故事活像一部电影。这些都是题外话，Ryan和Shannon毕竟共同走过了十年快乐的婚姻生活。

说到一纸婚约，瑞典等北欧国家的很多夫妇过着同居而不结婚的生活，不再拘泥于红本和仪式。同时，双方一直保持财产的独立：各自的收入存入各自的账户；生活中需要购买大件的时候就AA制，今天你出钱买洗衣机，明天我刷卡把冰箱搬回家；吃饭上相对随性，今天你请，明天我掏。

这种状态在我们国人眼中有些不可思议，总感觉这是时刻准备分道扬镳。但是，在现实中很多瑞典人可以这样和谐地共同生活几十年，他们的孩子长大后也很有可能会效仿父母。都说只有两个人保有各自的独立性才能让婚姻健康，瑞典人算是把独立性发挥到了极致。有人会问：“不正式领证的婚姻岂不是说分就分？”可回头看看国内现状，一纸婚约又真的能拴得住什么？

久居国外的中国人也会入乡随俗，在瑞典就有同胞不再领证结婚。而更明显的变化是：那些结了婚或有了孩子的中国朋友们，很难再约出来一起喝酒、吃饭；他们跟外国人一样，把时间和精力都放在了配偶和孩子身上。

总之，外国人比较重感情，时常愿意向陌生人伸出援手；一旦成为朋友，他们会全心付出。对于配偶则相对看重专一与忠诚，感情为先，物质靠后；在婚姻方面，纵使婚前相对开放，但婚后也基本能保持全心全意顾家，充满家庭责任感。

反观我国现状，存在一些不容乐观的现象。比如，有的女性，相亲时往往先问存款和房产，物质为先，感情靠边；有的男性，婚后无力顾家，要么半夜还在伏案工作，要么在酒场应酬，喝到烂醉。曾经有一位 90 后的青年翘楚自鸣得意地说自己知道需要什么样的人，一旦对方显现出自己不喜欢的方面，就立马换人。我不完全否认他的观点，但作为 80 后，我们还是更倾向于先认定一个人，然后彼此相互调整，逐渐向对方靠拢。毕竟世上没有完全严丝合缝的一对齿轮，一言不合就放弃，最终只会发现跟自己最合适的只有自己。在这一方面，相比于外国人，我们多了些浮躁，少了些耐性和坚守。

文章的最后，很私心地为那些无力顾家的中国男人正名。经常加班到半夜的他们根本无暇健身和享受生活，还要在不得不参加的应酬中喝掉成箱的酒。他们不是不顾家，而是在为这座城中能有一座遮风避雨的小房子辛勤甚至不得要领地努力着，往家里拿的都是用自己鲜血团成的人血馒头。这般无言的辛劳胜过千言万语，也胜过一切用语言表述和夸赞的情感和责任感。

情感要用心去维护，婚姻要用行动去捍卫，不得不承认外国人相比于我们在婚姻保卫战中表现得更加成功。兴许短时间内我们达不到他们的发展层次和水平，但我们终归可以试着在情感上少一些套路，多一些真诚；在婚姻中少一些推诿，多一些担当。

嫁去国外

谈到“嫁去国外”，我们像学习小学语文一样把它拆开解释：“嫁”，与“娶”相对，主要用于女性，也不排除男性倒插门的情况；“去”，意思是“出去”，表示从一个地方到另一个地方；“国外”，不是“老外”，因为去国外不一定只跟老外结婚，也可能跟久居或定居当地的华人或华侨结婚。

把这四个字连起来，“嫁去国外”意味着从中国搬到另一个国家，并跟一个久居国外的人长久地生活。都说“跟谁在一起，也就选择了一种生活方式”，嫁去国外也正是如此。

生活方式的选择，中国男生和女生有着天壤之别。这首先体现在心态的差别上，男生普遍比女生需要更长时间才能适应国外环境。遇上好山好水好空气，女生如鱼得水，会很快喜欢上国外；而男生对周边环境不那么敏感，对空气质量也没那么在乎，反而更在意自身的孤独感和归属感，更在乎深层的社会环境。

同时，选择国外等同于选择了轻松闲适、简单容易的生活节奏，这对于注重生活体验的女生来说无疑是个不错的选择；而男生则大多不喜欢唾手可得的面包，更愿意努力和奋斗，尽管他们知晓存在徒劳无功的风险，仍试图追寻可能是虚无的理想主义。

很多中国男生为此在国外愁眉苦脸、自怨自艾，而女生们却个个兴高采烈、笑逐颜开，提着大包小包结伴从工厂店款款走出。这也是临近毕业季很多男生想回国而很多女生不想回国的原因。对于前者，家人会反对；对于后者，家人也会反对。透过这一越来越主流的现象，对于社会、对于理想，两代人之间也存在着微妙的认知分歧。

另外，男女在国外的境遇存在着明显差别。越发达的国家越尊重女性，小姑娘犯了错，卖卖萌，大家基本上都能一笑而过、宽容对待；但对于男生，尤其是外来男生，外界抱着异常严苛甚至零容忍的态度，出了错不仅不耐心指导，反而严厉指责。再加上亚洲男生性格普遍内敛，与外国人的开放格格不入，显得极不合群，女生则普遍更受欢迎。

因此，对于中国男生，选择在国外终老，明显缺乏动力；而中国女生恰恰相反，她们在国外容易获得生活的愉悦和感情的丰收。

嫁给老外也好，与华人喜结连理也罢，只要情投意合，无可指摘，并不关乎道德。很多人认为恋爱是需要“谈”的，如果连外语都说不利索，怎么跟老外谈恋爱？他们忽略了人与人的交往除了对话还有眼缘，还有各种肢体和行动的表达，实在沟通不明白还有电子词典、线上翻译甚至同传设备，只要你情我愿，一切都不是障碍。就像毕飞宇的小说《推拿》所描述的，聋哑人也能拥有甜美的爱情，很多东西可以意会，且不需要言传。

在婚恋方面，老外的确略胜中国男生一筹，他们身材高大、面容姣好、文质彬彬、温暖体贴，这样优厚的外部条件有什么理由不让女生心动。而站在老外的角度，亚洲女生对于他们也有无法抗拒的优势——内敛与贤惠。同样是内敛，在崇尚张扬的老外看来，在中国男生身上却是缺陷。

国家发展越成熟，女权主义就越普及，男女也越平等。比如，北欧的挪威，男人可以心安理得地在家踩缝纫机，而女人则可以去打猎，还可以上钻井平台。再比如瑞典，家庭添丁，丈夫与妻子共同使用 480 天的带薪产假，每人至少休 90 天，剩余天数由两人酌情分配，平等承担照顾后代的义务。

然而，女性在走向完全独立后不免略显感情淡薄、不近人情，家庭生活的分工也变得格外明晰。这当然无可厚非，但欧美男人即便认可男女平等，内心深处也依然希望自己在家庭中能有足够的话语权；特别是看到百依百顺、小鸟依人的亚洲女生不辞辛劳地在厨房忙得不亦乐乎，这样的想法与诉求更加强烈并呼之欲出。就像我的瑞典房东，他的妻子就是马来西亚华人，他也曾不止一次地跟我表达过这样的思想。可见，亚洲女生跟老外男生的组合在客观上是匹配的。

相反，中国男生的内敛在外国女生眼里是弱爆了的表现，而且由于先天因素，中国男生普遍身板较小，身体素质较弱，进而更难找到外国女朋友。不过老天终归是公平的：黄种人体质上不强，然而却拥有较高的智力。所以我们中国男生没必要对自己失去信心，只不过我们在国外受制于当地的标准与规则罢了。

更何况凡事并不是没有特例，我认识的一位朋友，就跟丹麦女人生了孩子；还有加拿大的朋友，几任女友都是当地人。相比于物质，外国人更看重感情，所以如果中国男生不那么唯唯诺诺，不沉溺在自己的圈子里，适当让自己外向一些，也有可能找到有眼缘且能谈得来的外国女生。

当然还是那句话，只要情投意合、真心相对，找老外还是中国人做配偶都无可厚非，就跟国内自由恋爱一样，只不过在国外多了些其他人种的选择。我在国外确实见过很多心地善良的老外，也见过不少心眼很坏的中国人，所以我们不能根据人种或国籍以偏概全地给他人贴标签、扣帽子。

然而，感情中一旦掺杂了利益与金钱，就会变得不纯粹。在国外，这个利益是指绿卡，是指永居的身份，是在国外轻松生活并享受优厚福利的入场券。这是一笔难以量化的不菲财富。只要对方有外籍身份，嫁给老外或华人没有差别，都能实现移民的目的。

对于结婚或配偶移民，各国政府的把控程度不同。澳洲管理得很严格，一般会在五年内不定期家访，以确认两个人住在一起；还不时地给远在中国的亲属打电话，旁敲侧击地了解情况。负责打这种电话的人一般是在移民局工作的华人，颇有些为虎作伥的味道。而在瑞典，政府为了保护同性恋者的合法权益，配偶移民不局限于结婚的夫妻，只要证明双方是同居关系，且同居满两年，就可自动获取永居身份。男女朋友、男男朋友、女女朋友都适用，政策相对宽松。

为了拿到永居身份，是可以做纯粹的金钱交易的，如：瑞典的一个朋友，向一位瑞典女人支付了几十万元克朗，两年后成功拿到永居；美国的一位女性朋友，也曾花费几十万元人民币，跟华人男子假结婚，快速拿到了绿卡。纵使澳洲审查比较严格，也依然有很多人造假成功。

我有一个在澳洲金融大公司就职的朋友，她的一位女同事以卖身份赢利，每五到十年跟人假结婚一次，首付收 50 万澳元。她有权随时终止婚姻，从而剥夺对方的移民身份，所以男人只能百依百顺，逢年过节乖乖买礼物。后来，女人想要孩子，就跟他生了一个，生下来也不容许男人见孩子。那个男人就这样被彻底套牢了。这是个真实又奇葩的故事，毕竟能掏得起百万澳元的人，何必要走假结婚这条路呢？

国内也有专门做国际婚姻的中介，他们帮忙联系国外有意向的老外；双方达成一致后，给客户办手续并将其送到国外。除了透明的金钱交易，国外也有不少人选择了欺骗。某些女生的移民目标明确，手持旅游签、学生签或其他临时签证抵达国外后，就在当地马不停蹄地找男友，几周后便开始同居生活，然而拿到了绿卡就立刻跟对方说再见。这样的操作还曾在国外引发过惨剧：成功拿到身份的女人果决提出离婚，甚至筹备与他人的婚礼；对方气急败坏，极其残暴地将她杀害并碎尸。

有单纯善良的老外，也必然有阴险邪恶的老外。有些人摸清了上述女生的套路，就很不负责任地戏耍她们。比如，政策规定满两年能拿到绿卡，他们就在同居到一年半的时候甩掉女生，再去找下一个目标。竹篮打水一场空，女生不仅欲哭无泪，而且还被老外戏称为“Easy Girl”。当然，这也是咎由自取，人生中很多事一旦初衷不纯粹，在根上就错了，后面再怎么做都是徒劳。毕竟，为了感情决定留下来，和为了留下来而去找感情，两者的性质差之千里。

有一年中秋，我跟几位热心的同学共同组织中国人联欢会。联欢会收尾后，几人在会场闲聊，我不经意间提起女生跟老外在一起的事。仅仅短短一句话，时任学生会主席的牛姓女生，突然暴起，指着我的鼻子，厉声骂道：“你这个穷屌丝，最恨你们这些男生穷屌丝的思想……”她迅雷般收拾好自己东西，径直朝门口走去，让我丈二和尚摸不着头脑。

当晚，我带着好奇心在网上友好地问她下午为什么生气，牛同学终于打开了话匣子："很多人是很可怜的，生来没有选择的，就比如我认识的一个阿姨，她来自海南，想到国外来找个好男人，然而……"

她讲了很多道理，听得我云里雾里的，最后忍不住问："那你也是找了个老外吗？"

"对。"

"那我明白了，你什么都不用说了。"

事后我跟当地一个博士聊起此事，他很惊讶地问我："大家都知道，难道就你不知道吗？你是触到她痛处了。"

虽然我没大度到遭受别人侮辱还能若无其事，但对于她的敏感我能理解。多年后，我在社交网络里一个关系不错的女同学的"动态"下评论，本没有恶意，第二天却看到她对我长篇大段的指责，尤其是其中一句"我这么多年没想到你是这种人"，着实让我胆寒。我用简短的几句话回复，她才恍然明白这是场误会，并承认自己过于敏感了。而她的老公也是老外。

牛同学那件事，让我感到有些人心中的女权主义是只享受权利而不履行义务的片面的女权主义，一面要男女平等，另一面又不独立，只想着依靠别人。

我们的生活中存在着很多这样抱着双重标准的人：找中国男人的时候，非常现实，要车、要房、要条件；找老外的时候，就抛开金钱，变成一心追求真爱。有些女生如此，有些男生也是如此。这全然不是真爱，因为这样的两面性就已表明了背后有利益驱使，他们追寻的是背后能改变生活现状的无形利益。

总之，嫁去国外这件事本身无可厚非，如果是真心实意，理应得到所有人的祝福，毕竟为了爱情而选择留在国外需要一种崇高的勇气。而那些为了留下来而不择手段、选择欺骗的人，最终欺骗的是自己，不仅迷失了方向，浪费了青春，而且还可能丢掉性命。

同一屋檐下

初到墨尔本那年，正值七月，南半球的冬日分外湿冷。一个周末的晌午，忍受着寒风给身上的每一根筋骨所带来的刺痛，我来到了住处附近一座大型的菜市场。

巨大顶棚覆盖下的菜场，嘈杂声中透着浓浓的生蔬菜的气味，除了能听到“One dollar! One dollar!”（一元特卖!）带有中国南方口音的叫卖声，还有辨识度极高的不同口音的汉语。定睛一看，卖菜的大多是华人面孔，而在拥挤的客流中，也鲜有黄头发、白皮肤的老外。只见华人模样的人们在各摊位耐心地左挑右拣、精挑细选，而卖菜的人只是偶尔用简单的英语报价格，“One dollar”“Two bucks”（两块钱），等等。

我被眼前这个画面惊呆了，没想到远在异国他乡，在这个号称墨尔本三大市场之一的 Preston 菜场，我可以见到如此多的华人齐聚一堂，这俨然就是一个中国菜场。带着惊恐、惶惑甚至失望，我草草拿了几样蔬菜便悻悻地离开了。

很快就为自己初来乍到的幼稚与不接地气感到自嘲，随着海外生活的慢慢展开也逐渐习以为常，甚至还从中发现了规律。比如，我曾经打工的烧烤店，顾客绝大多数是中国人；而我后来打工的饺子店，顾客就以老外为主，几乎看不到中国人，即便有零星中国顾客，也往往是陪老外前来就餐。

经过亲身验证，我发现这一现象极具合理性。我们和老外的口味存在差异，我们大多不能接受纯西餐，而老外也无法接受我们的纯正中餐。那些经过精心改良的中餐，深受老外欢迎，送到我们的嘴里却显得不伦不类。

因而，一家餐馆很难做到两者兼顾，定位在老外客户群，就不要希望中国人来捧场，反之亦然。像温哥华这种华人密集的城市，中餐馆的老板甚至有底气只摆中文菜单。“我就只做中国人的生意，零星的老外就不照顾了。”曾有老外为此投诉，后来被政府驳回；反之，像北欧的小城市，全城可能只有屈指可数的两三家中餐馆，理所当然要重点顾及老外的口味，而没有太多选择的中国人只能在此委曲求全。

时间荏苒，从澳洲临走的时候，两位老外朋友请我吃饭，带我去 Lygon 路上的一家西餐厅。我恍然意识到，在澳洲生活三年有余，不仅没来过这家餐厅，而且连整条街都没怎么来过。我只记得时常坐车路过，看到部分路段的两侧是陵园。这次才发现，到了夜晚，这条路灯火通明，老外成群结队地聚集于此，中国人的身影却很少能见到。晚餐临近尾声，老外问我：“What do you think about the food?”（觉得好吃吗？）“Real good”（真好吃），我从脸上硬挤出一个微笑。

留学期间的一个中午，印度同学邀我一起去吃印度餐，我带着好奇心欣然跟随。原来是一家就在校园对面而我却从未注意过的印度小餐馆。被传说中的咖喱深深折服的我还要言不由衷地竖起大拇指，印度人哈哈大笑着逗我：“下次还来吗？”我只好用“Possibly”（可能吧）来回复他的调侃。

在国外，除了买菜、就餐，老外和中国人在生活的方方面面都有相互独立、各自完备的职能体系。在澳洲，维修一个浴缸，有专门的中国修理工；在美国，别墅加盖一层，有专门的中国施工队；在加拿大，考驾照有专门的中国教练，年底报税有专门的中国会计。这也逐渐惯坏了中国大妈，在温哥华列治文的银行排队，前面的大妈正巧碰上柜台唯一一位非华人柜员叫号，完全不懂英语的她赶忙把号让给了我。

不仅生活必需的职能相互独立，大家的娱乐生活也存在着明确的圈子。比如，瑞典的射击俱乐部，就倾向于本地人加入，很少有中国人参加；我在德国、加拿大参加的篮球社群，每周在固定场馆打球，外国人也几乎从不加入。在周末放松的夜晚，外国人在夜店随着 DJ 的音乐摇头晃脑地跳舞，或几个朋友守着各自的一杯酒畅聊到后半夜，而我们几个中国哥们已经在家里酒过三巡，白酒、红酒、啤酒喝了一个遍，正天马行空地互诉衷肠或抱着马桶呕吐。

不过，未尝没有人试图融入对方的小社会，我的朋友叶师傅就刻苦练习瑞典语，最后获准加入了射击俱乐部。当然，也有融入失败的案例。比如，我打工的澳洲中餐馆，也曾有外国年轻人前来应聘服务员，被老板爽快地拒绝了。理由很简单："我们在工作中用汉语沟通更高效。"老外的餐馆也常用同样的理由拒绝应聘的中国人。

外国餐馆一般严格按照政府所规定的最低工资标准为员工发工资，也严格报税。服务员的小时工资能达到 20 澳元，甚至更多。而中餐馆的服务员绝大多数是黑工，他们不向政府缴税，工资一般在 10 澳元上下。即便如此，中国留学生也依然前赴后继，孜孜不倦地辛勤工作，毕竟你不干终归有不嫌钱少的同学愿意干；相反，如果中餐馆老板招一个老外，特别是遇到有正义感的老外，还要冒着被他们投诉举报的风险。

渐渐地，凡事我们都本能地求助和依赖自己的同胞、种族或种群。尽管我们知道自己人并不一定可靠，外族人也不都冷漠无情，但我们依然习惯如此。久而久之，大家终究选择回归各自集体，抱团取暖。当地外国人、中国人、印度人、东南亚人等不同群体的人，虽然处于同一城市、同一屋檐下，却生活在不同的世界，彼此很少产生交集，在英语中这叫作"silo"。"silo"的原意是"导弹发射井"或"储存货物的高塔"，同一屋檐下的不同群体就仿佛一个个发射井或高塔，伫立在一个个孤岛上，相互分离，没有联系。

造成这种现象的原因，不乏语言方面的障碍。然而，在国外生活了数年、数十年的同胞大有人在，当地语言早已精通。所以这不是简单的语言问题，而是文化、习俗、思想的格格不入。

我们可能就是爱吃外国超市里买不到的韭菜，就是爱在业余时间一起打打篮球或乒乓球，就是爱在周末跟朋友开怀畅饮。这些都是我们从儿时就耳濡目染、在心中根深蒂固的风俗习惯，即便举家搬迁到新的国度、新的城市，仍难以改变，也没有必要改变。

而谈到思想，在瑞典工作的两年半期间，固定跟几位当地同事一起吃午饭。我们用英语聊天十分顺畅、毫无障碍，但在很多话题上很难谈拢。我惊异于他们看待事情的角度，他们也很难理解我。出生的故乡以及成长的环境塑造了我们面对世事截然不同的思维方式，这不是单单学会了外语就能有所改变的。

说到故乡与成长，那些出生在国外的华人面临怎样的情形呢？英语中，出生在美国的华人被称作“American Born Chinese”，简称“ABC”，这个词后来用于泛指出生在国外的华人。他们也被称为“香蕉人”，长着跟我们中国人一样的黄色的脸，但由于从小在国外长大，接受西方教育，内心却是跟白人一样的思维和自我认同。外黄内白，“香蕉人”由此得名。他们心里不认为自己是中国人，跟那些成人之后移民到国外的中国人不可能走得很近，然而当地老外却根据肤色总把他们误以为是中国人或华人。于是，在国外经常能看到“ABC”扎推在一起玩耍，他们形成了自己独特的群体。

人们总习惯以貌取人，或许带有种族歧视的成分，但也可能仅仅是人们直觉上对不同群体的分类使然。就比如我们接受不了印度餐馆的咖喱饭，选择不吃缘于个人的口味和兴趣，这不是种族歧视。然而如果认为印度人低人一等，进而说他们的食物都是肮脏的，不能吃，这是种族歧视。

无论是不是夹杂着种族歧视的意识，因为迥异的肤色和外表以及巨大的文化差异，人们之间有意无意地产生了显著的群体区分。

诸如墨尔本这样的国际化大都市全世界有很多，它们总以多文化、多元素的包容性标榜自己。的确，不同群体的人可以在马路上相互点头示意，也可以在公交上彼此相视而笑。大家表面上相互尊重，实则敬而远之，在同一屋檐下，不停地打造着各自的世界，修筑着各自孤岛上的高墙。

人是不是应该遵守自然法则，一直留在属于自己的地方？我有时会不自觉地冒出这样的想法。然而，地球是大家的，任何人都该拥有自由选择和改变生活环境的权利。面对群体隔阂，只希望这不是可笑的一厢情愿，希望千差万别的人们能在同一屋檐下和谐相处，最终走向世界大同。

归属感

对于生活在海外的人们来说，“归属感”似乎是一个与其相伴而生的词汇。归属感，又称为“隶属感”，是指个体与所属群体间的一种内在联系，是某一个体对特殊群体及其从属关系的划定、认同和维系。归属感是这种划定、认同和维系的心理表现。

对工作缺乏激情，责任感不强；社交圈子狭窄，朋友不多；业余生活单调，缺乏兴趣爱好。这种种归属感的缺失与我在前文提到的不同群体在海外的貌合神离、与当地社会文化的格格不入等现象不谋而合。实际上，人们在海外归属感的缺失往往影响着他们的去留。

位于温哥华市中心的“Coal Harbour”（高豪港）树立着一个锈迹斑斑、充满孔洞的纪念牌，是为了纪念 1914 年滞留在离岸 1 公里处的一艘蒸汽船而建。这艘船当时装载了 376 名印度人，即便他们声称自己也是大英帝国的公民，仍未获准登岸，并在两个月后由加拿大军舰护送出港。那次事件后来激发了加拿大移民法案的改革。

一向对移民要求严苛且惯于区别对待的澳大利亚，在 100 年后的 2014 年，由于国内对埃博拉病毒的恐慌，宣布立即停止来自西非埃博拉疫区国家的人道主义和移民签证的受理。而地处大洋彼岸的美国，总统特朗普在 2017 年初签署政令，禁止向 7 个中东国家发放签证。抛开国际贸易战和经济制裁不论，纵使经济全球化在一定意义上确实存在，推不倒的国家墙和免不掉的签证障碍却永远存在。

对于众人趋之若骛的绿卡、枫叶卡、永居（PR）签证，很多人怀着两条腿走路或多一条退路的盘算，费尽周折地拿到了永居身份。与其清高地转身离开，不如留下安心生活，毕竟付出了太多时间、精力和金钱。至于是不是自己真正想要的，能不能获得真正的归属感，就不得而知了。

初到国外，大多数人都有或多或少的孤寂涌上心头，崭新的环境、陌生的脸孔，让本不太独立的人惊惶失措。“一个人孤独，不如大家一起孤独。”于是，一群同样缺乏归属感的人，有理想的、没理想的，心怀不同的愿景与期望，像抓住了救命稻草，在一起狂热地吃喝谈笑。他们在厨房里一起制作甜美的大蛋糕，围桌而坐，夜夜谈论着一成不变的话题。置身于满是同胞乡音的环绕之中，至少能暂时忘了自己是在国外。

前文中提到，中国男生和女生对待国外生活的态度有天壤之别。女生注重生活体验，遇到好山好水会很快爱上国外；而男生有些理想主义，对外在环境并不敏感，更在意深层的社会环境，这其中就包括归属感。

另外，在这个阴盛阳衰的时代，女生的独立性比妈宝男生强，心比男生宽，胆比男生大，性格比男生果决，凡事比男生看得开。加之亚洲女生本身较受外国男生青睐，普遍生活得更加轻松、惬意；反观“羸弱”的亚洲男生，在国外的处境相对尴尬。

在国外心态和际遇的不同，也代表了他们对于归属感的两种态度：有的人只关注自己的生活物质状态，有意无意地淡化归属感；有的人则倾向于扪心自问：“我是谁？我跟这个社会到底是什么关系？”

只不过很多时候事与愿违，女生的父母大多希望女儿回到身边，在国内过安稳日子，男生的父母反而更希望儿子扎根国外。从出国的第一刻起，我们承载了父母太多无谓的期望和虚妄的骄傲。

可这些父母之命，时常有失公允，甚至偏颇离谱。父母多半在国外进行过为期十天半月的短途旅行，未曾有过一年半载的生活经历，对国外生活的理解停留在旅行所带来的肤浅、虚幻的美好想象之中，对归属感更是未尝有所感知与体会。

说到诸如“十天半月”“一年半载”这样的时间概念，凭借这些年在国外的见闻感受，我认为“三年”是国外生活的重要分水岭，时间太短难以真正融入当地社会。

第一年，更多的是在适应与调整，前半年充满好奇与新奇感，后半年逐渐步入生活正轨。

第二年，深入走进社会，发现阴暗弊病，产生一定负面情绪。

第三年，逐渐习惯社会运行体制，形成固定社交圈和稳定生活轨迹。

我在国外认识的朋友能在当地连续挺过三年的，最终基本上都留了下来。这里要特别强调的是，要在同一个地方连续待三年。比如，我在澳洲总共待了三年多，但中间分了三段，就达不到效果。而当我在瑞典待到两年半，要离开时，感到些许不舍，这就是对当地逐渐适应的一种体现。

最终，我还是没能在国外任何一个国家连续生活超过三年。这不，此时此刻在故乡的村庄里，我正望着窗外烈日下的麦田，听着随风摇曳的大树沙沙作响，坐在皮椅上打字，大汗淋漓。

我们生活在一个永远不会平等的世界，又来到一个远没有那么美好的陌生国度，我们可以用追逐绿卡的过程麻痹自己，也可以在跟同乡的觥筹交错中暂时忘掉那可笑的归属感，更可以没心没肺地只关注自己逍遥的小日子。然而，面对可能来自千里之外的压力，面对去留的抉择，我们或许忽视了人类强大的适应能力；时间就像流水，冲刷着种群与文化，冲刷着所谓的归属感，最终能将一切洗成漠然。

孤独感

送走了石头和三木，我的胃里已是翻江倒海、万马奔腾，来不及冲到厕所，便一股脑地倾泻到了客厅的地板上。一团团紫色，想必是那一大桶红酒。大家今晚辛辛苦苦穿的肉串就这么浪费了。顾不上房子一脸嫌弃的表情，我一头栽倒在他的沙发上。

一觉醒来，记不清昨晚在梨味的“绝对”伏特加及带龙头的那桶红酒之后，到底喝了多少瓶嘉士伯、喜力和健力士。只听说，除了海量的房子安然无恙，昨夜领女儿回家的三木将饭悉数吐在了路边的草丛里，而石头因为硬挺着没吐，一整天卧床不起。

这就是我们时常在瑞典开展的周六晚间活动。我们四个中国人都住在号称“瑞典小巴格达”的难民聚居区，也总喜欢聚在一起推杯换盏，一醉方休。

酒是个好东西，让男人间的情义变得简单。愿意坐下来跟你喝几杯，还能推心置腹的，哪怕不是老铁，也能基本算作比较亲密的朋友；反之，能喝酒却不愿意碰杯，绝对做不成兄弟。

与不吃东西、握着一杯酒尬聊一整晚的外国人相比，我们这种大口吃肉、大碗喝酒的做派，显得有些格格不入。“何以解忧？唯有杜康。”即便是出生入死的兄弟，我们也不得不承认海外每个人内心都有一种孤独感。

国外人少，日常爱好也与我们截然不同。习惯了中国热闹的朋友们，对于国外的单调，多少都有些不适应。特别是初到国外，一阵莫名的孤独感油然而生，浸染全身。

依稀想起我初到澳洲的日子，某个周六下午，我提着一篮菜，远远看到回家的电车马上就要到站了，于是用尽力气飞奔而去。在我已到达电车尾部的时候，电车又重新启动了，我只得一边拼命朝车头的后视镜招手，一边拍打车身厚厚的铁皮。然而那辆电车依然无情地关上门，开走了。那一刻，我站在那里不知不觉地流泪了。并不是因为赶车这件小事，而是沉积在心底已久的孤独与抑郁，在一瞬间迸发了。

时隔多年，在澳洲时的舍友小四千里迢迢坐高铁来探望我和小祺子。酒过三巡，他嘴里不停念叨："霆哥，你带我坐车，带我办银行卡，带我签手机合约，你就是我们澳洲的引路人。"

那时候他俩初到澳洲，人生地不熟，又张不开嘴说英语。我不仅带他们熟悉环境、办各种手续，还建议他们在街上要勇敢地走直线，不给那些趾高气扬的老外让道；也告诫他们，老外喜欢欺软怕硬，遇事只有强硬地怼回去，他们才不敢造次。

想当年我一个人大早上坐在冰冷的厨房，一勺勺舀着泡在芝麻糊里味同嚼蜡的麦片。舍友于胜利可能看不下去了，不由分说就拽我出门。我俩坐了一小时的火车，在市中心的中餐馆点了两大碗热腾腾的牛肉拉面。

后来是胜利带着我走街串巷，跟我不停地唠叨当地老外的趣闻，帮我度过了最初最无助、最艰辛的那段日子。而我日后能为小四和小祺子做的，也只不过是把前辈对我的好继续传承下去。

毕竟，我们在国外都经历过话费意外爆表，给运营商打电话却听不懂也说不通的尴尬与无奈；也体会过伤风、感冒、高烧，大半夜独自在被窝里硬挺着打抖的凄凉与孤寂。所幸的是，我在不同国家遇到了广大善良的朋友：澳洲的大姐、超哥以及隔壁 IT 专业一起吃饭、一起自习的兄弟们；德国的汪总、蒋姐以及一票周末一起打篮球的球友们；瑞典的叶师傅、师父以及一群热爱做饭、喜欢聚餐的小伙伴们；加拿大的胡叔叔、Andy、Anthony 以及一帮一起打够级的老乡们。

兴许朋友们无法彼此消除掉海外生活的孤独，但至少能抑制由孤独造成的重度抑郁。特别是北欧近乎极夜的漫长冬天，让很多人精神出现了异常：一名中国学生，与家人失联一个多月。家人报警后，警方在封闭的实验室找到了蓬头垢面的他，紧接着送他回国进行精神治疗。另一名中国学生，同样与家人失联。警方最终在街头找到他的时候，他已经精神恍惚，还在不停闲逛。一名来自西班牙的男学生，光天化日之下，手握菜刀，一丝不挂地站在宿舍楼的走廊里发呆。同学们看到后赶忙报警。

孤独所引发的精神疾病，也可能缘于归属感的缺失。对个人在社会的身份认同等问题的刨根寻底，更容易产生强烈的孤独情绪。如果沉浸其中，你将会无法自拔。我们偶尔还会做这样的白日梦："在国外风景优美、没有雾霾的环境里，如果四周全是中国人，大家都用汉语交流，那该多好啊！"

在国外这些年，我纵使能在公司飞速阅读厚厚的英文材料，下班回了家也依然乐于捧起从国内搬运过来的中文书籍。语言的隔阂也是造就海外孤独感的重要原因。人们在家乡惯用家乡话交流，而在海外，周遭满耳的外语，无时无刻不在提醒自己是个外国人。

在海外待久了，很多话憋在心里，总需要找一个出口去释放与发泄。前文提到过某一年春节，与当地人结婚生子的野哥邀请我们去他家里过年。饭后，他津津有味地讲起自己的故事。这一聊就聊到了凌晨 2 点。而今年春节，敬爱的胡叔叔从加拿大回国度假。我见到他的时候，他的嗓子已经很哑了。他笑着解释，回来这几天没日没夜地聊天，快把一年能说的话都说完了。

在定居国外的朋友看来，来当地大学留学、交换、访问的国内学生络绎不绝，就仿佛一茬一茬的麦子，有一年一熟的，有一年两熟的。一年年应接不暇地迎来一批批新朋友，同时又送走一批批老朋友，就仿佛候车月台，看着无休止的人来人往，内心疲惫不堪。

然而，孤独感终归跟归属感一样，会随着时间让人逐渐习以为常。与国内生活其实无异，纵使满大街都在说汉语，真正经常走动的要好朋友也就那么几个。而略显冷清的国外，只不过是换了底色的另一种生活背景。中国朋友们从熟悉的国内环境走出来，孤独感就容易凸显。

更重要的是，人生来孤独，在国外孤独，在国内也会孤独。没有独立的性格，在哪里都会感到孤独。只有用自己爱做的事去填满空闲，实现自身价值，才能避免孤独。通俗地讲，人一旦忙碌起来，就不会有时间和精力去品味孤独，孤独是忙碌与充实的奢侈品。

价值的自我实现，既可以是事业，也可以关乎家庭。比如，不甘于眼前的苟且，要在工作中标新立异，勇攀高峰；给予孩子悉心的陪伴，为之塑造一个健康的成长环境。

说到家庭上的自我实现，就不难理解为什么有家室、有子女的中国朋友更能长久地留在国外。在国外注重幼儿教育和人文关怀的大环境下，这些家长也花费了大量的业余时间，积极陪伴孩子成长。从此，我们这些单身狗再张罗大吃大喝，他们的闭门不出就总有一个无法辩驳的理由：一切为了孩子。

实现自我就能有效摆脱孤独，是不是就意味可以告别社交呢？有一部名叫《不留痕迹》的电影，讲述了一位患有战争后遗症且不幸丧偶的老兵的故事。他一心追求避世的生活，凭借野外生存技能和女儿一起隐居山林，然而他们的大部分食物还是需要定期去城镇采购，遭遇严寒或摔伤等意外情况时还是要寻求他人的救助。因此，在这个劳动高度分工的文明时代，还想做鲁滨孙已不太现实。社交是生活中必不可少的一部分，它不仅是生存必需品的交换，更是彼此在自我积淀后的思想碰撞、精神上的互通有无。

不去经历世事，每天聚在一起重复地尬聊，带不来任何社交价值，只会导致大家一起孤独，进而更加盲目地抱团取暖。这就像做生意，每天要见不同的人，吃不同的饭，画各式各样的饼，讲花里胡哨的模式；如果光说不练，项目迟迟不能落地，终究一场空谈。想真正战胜孤独，还是需要一番实干的，事业需要努力拼搏，家庭需要尽心经营。

因而，在国外的去留问题，与孤独无关，而是关乎自我实现。如果你觉得所处环境承载不了你对自身事业的远大理想与抱负，那就果断卷起铺盖离开；如果你认为这个地方完全符合你对家庭生活的美好期望与憧憬，那就坦然留下，在这里一样可以安居乐业。

总而言之，孤独感并不是国外生活的专属名词。如果因为在国外感到孤独就贸然回国，那么很可能国内也会让你大失所望。无论在哪里，当你揭开了孤独的面纱，你终会发现它所承载的，远远更多。

信任感

“信任感是指个体对周围的人、事、物感到安全、可靠、值得信赖的情感体验。在个体感到某人、某事或某物具有一贯性、可预期性和可靠性时产生。”这是百度对信任感的定义。纵使很多人在海外缺乏归属感，且日常倍感孤独，也不得不承认海外生活环境安全、可靠、值得信赖。

在澳洲留学，每门课程都有小组作业，小组规模 2～5 人。学期伊始，我向班里唯一的当地老外抛出了橄榄枝。他点头应允。几周后作业临近，我向他再次确认，他一脸不解地说：“我不是答应了吗？我答应的事是不会变的。”如果“言必信、行必果”属于个人品质，信任在海外社会生活中也普遍存在。

在瑞典，我经常去游泳。水上中心新推出了一款游泳卡，它比普通卡便宜，但每次游泳时间不能超过两小时。办卡时，我禁不住询问工作人员这种卡平时是如何计时的。工作人员愣了半天，用极度惊讶的眼神看着我说：“客人自己把控时间就行。”

同样在瑞典，办公室的角落里摆着一个小型货架，上面放着各式各样的巧克力棒，想吃的人只需要将钱放在旁边一个塞满零钱的塑料饭盒里就可以。即便办公室里没有安装摄像头来监控这个角落，也从未有巧克力被偷的事情发生。

由此可见，海外社会的运行并不基于强有力的管控手段，而是大部分时候依靠大众自觉。生活中最常见的账单，比如水电费、手机费、上网费等，需要你收到后及时缴纳。如果你对其中的金额有异议，给客服打电话并给出合理的解释，绝大多数情况下，客服不会做任何实地调查，而是立即接受你的请求。

然而，一些在海外生活的人却利用了这种信任。比如，在很少有工作人员查票的电车上逃票；只买一张电影票，穿行于不同影厅，在电影院里能待一整天；在即将彻底回国前，签一个两年的顶级手机合约，然后关掉银行账户，拿着合约送的最新款苹果手机一去不复返……

能强有力支撑海外人与人之间信任的是被大家广泛认同的“契约精神”。商业越是发达的国家，越会注重契约精神，因为只有大家普遍遵守契约，才能有效降低违约风险，增加商业活性。

美国是典型的商业发达国家，工作态度与作风在世界首屈一指。我的美国房东，同时也是我当时的同事。虽然公司没有打卡制度，但她从来不迟到，每天早上都会至少提前 10 分钟到达；中午快速吃完简餐，又迅速回归工作状态；下班时间不到，绝不提前离开公司。偶尔在家办公的时候，房东也会一丝不苟地坐在客厅的书桌前，跟办公室里的工作状态毫无差异；直到下班时间，她才起身自由活动。

在很多发达国家，人们不仅守时、守信，也守规矩。他们敢在道路上一直开足马力，正是因为他们不仅自己严格遵守交通规则，而且还相信其他人会同样遵守规则。这应该也是国外没有碰瓷的原因：一旦发生，肇事者不仅要承担大概率的生命风险，还要向车主赔偿修理费用。公正明晰的责任划分以及全民医疗的社会福利有效保障了车主应有的权益。

在市中心的道路两侧，有林林总总的商铺，税务、卫生等政府部门会定期到访巡查。中国老板笑脸相迎，习惯性地拿出饮料送到官员手里，只见对方摆摆手、摇摇头，交代完相关事宜，不做逗留便转身离开。他们照章办事，不会带着个人情绪刁难个体商户。海外公务员的廉洁可见一斑。

当然，凡事也有例外。比如，柬埔寨的海关人员在机场对外国人比划数钱的手势，还会用蹩脚的汉语说：“小费！”我也曾在欧洲遇到一位自驾横跨亚欧大陆的旅行达人，他在途经中亚某国时，每过一次关卡就被索贿一次。

有些海外大学的自习室需要在机器上预约座位，进出自习楼要刷卡；如学生离开时间超过半小时，系统会自动将其座位取消。有些聪明的学生，在走出闸机后会转身再刷一次卡，这样系统就会误认为你很快又回来了，从而长时间占用那个座位。

信任终归需要双方共同维护，当一方利用了对方的信任，悄然在其背后捅刀子，受到伤害的一方自然会高筑防备的围墙，原先的广泛信任也就逐渐变成了选择性信任。比如，在海外的公共交通上，查票的范围、频率与力度被大大增加，以应对日益普遍的逃票现象；机场的安检流程越来越繁琐，人体扫描机器越来越先进，以应对层出不穷的恐怖主义；对于移民个人身份及婚姻关系的审查更加深入，明察暗访，围追堵截，遣返也更加果断、严苛。

当然，部分不良现象无法抹除海外广泛存在的信任感，想必随着大家的努力和改善，信任危机会逐渐消除，社会信任感也将得到恢复和加强。

信任感不仅是在特定环境中人们彼此之间所形成的纽带，更是每一位个体从小到大养成的思维习惯。生活安逸与富庶的童年，会让人产生更好的安全感和更健全的人格。从小衣食无忧，就不会因为贪图便宜而牺牲自己的人格。

同时，信任感也是一种气度，一种胸怀。它不做无端的猜忌，不以最坏的恶意去揣测别人，患得患失；更不以个别负面经历为转移，不轻易放弃自己对社会、对他人的积极认识与坚强信念，从而能跟他人进行更好的相处与合作。

当你在海外的街头意外摔跤，抬起头，看到陌生人伸来了援手。不知在这冷冰冰的国度，是否给你的内心带来了一丝暖意？

佛系恩仇录

“佛系”这个词在网络里日益流行，它是一种“怎么都行，不大走心，看淡一切”的生活方式。而我认为，这不是一种消极的态度，而是淡然、超然的人生智慧。

更有人在网上充满娱乐精神地对几种不同的系别进行了形象的描述：佛系，“都行，可以，没关系”；儒系，“稍等，抱歉，对不起”；法系，“面谈，不见，按规矩”；道系，“闭嘴，滚蛋，你麻痹”。

看到佛系和道系之间的巨大鸿沟，让我不禁想起了瑞典人和澳洲人，如果儒系和法系对应北美和西欧，那么佛系就是瑞典，而澳洲当之无愧属于道系。

想必很多人对澳洲人排外的做法有所耳闻，比如我的母校墨尔本大学，校园内就曾张贴“禁止 X 国人进入”字样的海报。据说，这是一个名叫“Antipodean Resistance”的白人独权组织所为，他们极力宣扬白人至上主义，还将校园变成了自己的阵地。

图 8　墨尔本大学校园的告示

为了将各国进行比较，我们就以生

活中一个很常见的情境为例，窥探一下各国的差异：公交车的座位上坐着一个非本国人，他的书包索性就放在了旁边的座位上……

在西欧或北美，新上车的乘客礼貌地问一句："这里有人吗？我可以坐吗？"于是那人把书包拿起，让出那个座位。

在澳洲，新上车的乘客二话不说，要么把书包粗野地推向那个人，要么直接把书包扔到地上，附带对他拿包占座的行为严加指责。

在瑞典，新上车的乘客看着那个被书包占了的座位，然后继续默默往车后方走，试图找到别的空位；如果没有，就会一直站着。

关于澳洲的场景，我没有危言耸听。在拥挤的公交车上，我就曾见过一位背包的小姑娘因为书包太沉就放在了地上，刚上来的澳洲人不小心被包绊了一下，不由分说，就用力不停地踹那个书包，直到踹出一米多远。也曾有一次，我在欧洲入住青年旅社，来自澳洲首都堪培拉的中年人引以为傲地跟我讲，上次他把几个他觉得脏脏的"chicks"（口语中对"小姑娘"的称呼）在房间里用过的餐盘和碗都踢进了床底。尽管以上两个故事中的小姑娘在做法上确有不妥，但两个澳洲人的行为缺乏风度、有失体面，完全符合道系的做派。

相比之下，瑞典是一片政通人和的"社会主义"景象。不到 1000 万的人口，却拥有沃尔沃、萨博军工、ABB、爱立信、宜家、H&M、Spotify、绝对伏特加等多家国际知名品牌。物质富足的同时，社会也高度平等。百姓的月薪平均在两万元人民币上下，纵使工作了二十年的公司骨干，每月比我这个新人也仅多几千元的工资。每个人的文化素质都很高。大家其乐融融，安居乐业，做自己想做的事情。逢年过节，全体员工坐在长长的餐桌旁聚会，无论是门卫还是清洁工，都跟主管们平起平坐。大家互相尊重，毫无偏见。

瑞典语里有一个词叫"lagom"，翻译成英语是"middle class"，汉语里就是"中庸"。这是我报到第一天，瑞典同事向我特别介绍的，意思是说，瑞典人不崇尚大富大贵，也不喜欢贫困，保持中间状态就好。这与佛系的定义非常吻合。

上班第一天，瑞典同事们就热情地接纳了我，中午带着我去公司周边的小饭馆用餐，在饭桌上我们聊电影、说游戏、谈旅行，也偶尔探讨人生和时政。这一吃就是两年半。其中，我最要好的同事叫 Christer，有一次我问他："现在难民越来越多了，他们是否影响了你们的生活？"他说："不影响啊！我们要解救他们，如果不让他们过来，他们就会死在家乡。"类似这样的回答，我的中国朋友们，在瑞典也都曾听过。

两年半，在人生中不算短，足够发生不少变化。一个周末，在爱立信工作的朋友带我们去爱立信健身场馆打乒乓球。我跟博士、博士后等一行八人支起四个乒乓球台，畅快地打了一个上午，期间也碰到过其他员工带子女前来锻炼。事后，朋友房子告诉我，以后不能再去了，爱立信员工举报了我们。见我叹了口气，房子说："人性都一样。"

当然，后来也发生了很多事。对于大量涌入的难民，瑞典政府最初的计划是让他们做低端的体力工作，以填补底层劳动力的短缺；没想到算盘落空，难民们更愿意待在家里生孩子、拿补助、领奶粉钱。这不仅给国家带来了财政压力，也逐渐造成幼儿园里黑皮肤的面孔一天比一天多，社会治安问题也随之而来：凌晨 1 点的难民区，距离我家 50 米的社区停车场发生了黑帮火并；在城市中央火车站，50 余名不良青年，对峙仅有 30 人的警察队伍，其中几位女警察被石头砸伤；自行车失窃变成了家常便饭，警察局已没工夫为盗窃立案了。

还有一次坐公交，一位肥硕的包着头巾的非洲大妈，领着 7 个孩子，在众目睽睽之下没买票就上了车。瑞典司机与之争论无果后，在下一站将他们赶下了车。后来瑞典政府出台了政策，不再仁慈地向难民发放永久居留卡，而是代之以有效期两年的工作签证。

瑞典一贯采用多党制，小党也有竞选当政的权利。我离开瑞典的那年，新纳粹党一跃成为全国第三大党派。我在首都斯德哥尔摩正巧赶上纳粹党游行，只见纳粹党队伍和另一侧的反纳粹党队伍在街头对垒，场面好不壮观。而这个新纳粹党宣扬的正是驱逐外来移民，保持种族纯净。

瑞典人是矛盾与纠结的。国家法律有明确规定，严禁种族歧视的言行，可是个别瑞典人却走在了危险的边缘。我所在的城市发生过一起惨绝人寰的杀人案。当地一个少年在学校持宝剑捅死了两名移民学生，警方将其当场击毙。对于警方击毙的罪犯是本国人这一事实，很多瑞典人额手称庆，他们认为如果击毙的是难民，事情会很难收场。抱有这样病态的心理，瑞典人其实是愤恨的，也是胆怯的。

临走之前，我又问了 Christer 同样的问题："难民真的没影响你们生活吗？"他说："没有吧，不过你知道，我们并不喜欢他们。"

故事到此就告一段落了，你兴许会认为瑞典人伪善，而澳洲人则显得简单粗暴、直截了当。我行我素的澳洲人，这么多年依然能保持自己的至上主义，实属不易。道系或许真的可以亘古不变，但佛系却很难一直坚守，这一切都归因于人性。

在瑞典生活的两年半，我见证了一个世界上数一数二的发达国家被难民问题拖累并奋力挣扎，瑞典人也不出意外地离佛系越来越远了。当大家面前有一个大比萨，大到根本吃不下，没有人在乎外来人拿上几块；可如果一大堆人围着一个小比萨，则是另一番场景。当资源变得有限的时候，人们就抛弃了佛系，开始了纷争。这可能也是当时面对有限的健身空间，瑞典人选择告发的原因。当瑞典不再繁荣，瑞典人同样不能幸免。

因此，一个国家、一个社会佛系的生根发芽要有物质丰裕、经济繁荣的土壤，也要有全民佛系的空气，即人民的文化素养和道德水平。而澳洲之所以依然停留在道系，是因为尽管它的整体生活水平优于我国，但贫富差距大，百姓不乐意去大学进修，却反过来将贫穷的责任推到留学生和移民身上，认为是他们抢走了那些高大上的饭碗，殊不知自己根本就端不动。

我也曾多次劝诫身边刚来国外的朋友，不要出了国就抱怨国内不好，说国内人素质不行。你要知道国人之所以挤公交，是因为大家过惯了穷日子，不争不抢就要挨饿，争抢是习惯使然；你也要知道国人走到哪里都大嗓门，是因为人太多，经常处于喧嚣的场所，不大声讲话就没法让对方听清，这也是习惯使然。忽略了土壤的贫瘠就不要过分要求空气的纯净，毕竟土壤终归能净化空气。

前几天我读到一篇公众号文章，批驳那些支持佛系的人，认为别人不是佛系，独你是佛系，是不是傻？的确，在一个非佛系的社会还坚持佛系会让自己吃亏，显得很愚蠢。在真正心怀佛系的人看来，绝非如此。不积跬步，无以至千里；不积小流，无以成江海。我尊敬那些佛系的人，也期待着整个社会佛系的到来。

歧视（上）

一个秋风瑟瑟的午夜，刚下学的我在车站等最后一班电车回家。一辆路过的轿车急停在我的面前，司机嘲讽地骂了一句："你这个该死的中国人无家可归了吧!"疾驰而去。这是我在墨尔本留学时的经历，我相信很多出国的朋友也或多或少遭遇过歧视。

在澳洲的地铁或公交车上，时常能遇到刚上车的白人乘客，冷不丁冲着车上的亚洲人喊道："滚出我们的国家!"面对这种情况，有些人立刻打电话报警。这位白人乘客便会在下一站被警察或地铁工作人员请下车，接受适当的"教育"，再乘坐下一趟地铁继续自己的行程。在当地街头，也时常能听到诸如"Yellow Monkey"（黄猴子）等对亚洲人的蔑称。

类似案例比比皆是：在墨尔本的电车上，坐在我旁边西装革履的中年男子，嫌我挤，一直粗鲁地向里推我；在机场的麦当劳排队点餐，一对澳洲夫妇故意插队，突然站到了我的前面；同样在公共交通上，一澳洲男子因不满中国女生放在地上的书包，连续用脚将那个书包踹出好几米远；在超市打工时，由于印度收银员犯了操作错误，当地顾客将他骂得狗血喷头。

说到这里，我们要谈一谈如何界定"歧视"的问题。"歧视"在英语里叫"discrimination"，它的动词形式是"discriminate"，直译为"区分、辨别"，也就是"区别对待"的意思，从而引申为"歧视"。我们再分析一下刚才的四个例子：如果电车上的男子是个极度需要个人空间的人，并带有严重洁癖，那他的行为就不是歧视，建议他自驾出行，别在公交上凑热闹；如果机场上的那对夫妇，本身素质就差，在每个麦当劳都插队，那天又正巧站在了我前面，这也不叫歧视；如果踢女生书包的男子本身脾气暴躁，眼里容不得沙，无论谁的书包挡他的路，他都会愤怒地一脚踢开，这就不能算作歧视；如果超市的顾客就是一个得理不饶人的主儿，只要有人犯错，都要一吐为快、严加指责，那这也不能当作歧视。

如果他们因为你是中国人、亚洲人或者黄种人，才嫌你挤，才觉得你好欺负而插你队，才敢踢你书包，才敢指着你鼻子横加指责，那么这些就是歧视。后来事实证明，澳洲人往往对超市里来自本国的收银员表现出极大的宽容和耐心。

旅居了澳洲、欧洲、北美近乎所有的发达国家，最终发现，澳洲人最崇尚白人至上主义，更倾向于站在道德制高点上对他人评头论足、喋喋不休，相应的歧视也最严重，其他国家则相对隐晦得多。

在美国超市，收银员见我是中国人，会故意漏找零钱，并表现得很无辜。我就一直站在那儿不动，她才很不情愿地将剩下的钱甩给我。无论是日常生活还是在公司里，即便在同一张餐桌吃饭、同一片区域办公，总有部分美国人始终不主动与我说话，却跟其他美国人谈笑风生。可见，他们并不是性格内向，而是在对我使用冷暴力和无声的歧视。

类似的事情，一个美国小姑娘也曾与我谈过。她的男朋友是中东人，人高马大，礼貌友善；然而，每一次男友在场，几位好闺蜜都会变得沉默寡言。我想她不会傻到不明白个中缘由。

而在德国的街头，曾有人拿着酒瓶走近我，指着自己说："我们，是First Class（世界一级公民）。"这位"酒瓶"先生颇有"雅利安人种优越论"的遗风。

在德国，不会德语看似能够生存，生活中实则非常不便。比如，在国外开车，司机普遍礼让行人，但诸如巴黎、芝加哥这样的国际大都市，司机却显得急躁和粗鲁，因为相比于小城市，大城市的人更疲于奔波。同样，在语言上，生活节奏快的人大多没耐心听外国人用蹩脚的语言讲话；在中国，我们对老外也是如此，这不算是歧视。

即便在全民普及英语的瑞典，人们也理所当然地倾向于用母语瑞典语沟通。语言是帮助我们融入异国社会的基本工具，在母语非英语的国家，用本地语言能从当地人口中获得更多关键性的隐藏信息以及更多潜在的机会。他们因为能感到你融入当地的决心，从而与你交好，这也不能算作歧视。

但是，如果在德国，因为你不懂德语，在日常签合约时，对方刻意隐瞒重要条款而让你上当受骗的行为，绝对属于歧视。

在德国的邻国法国，满城的饭店菜单上只有法语，你没有必要为之发牢骚，因为这是他们应有的自由。而如果他们因为你不懂法语而对你出言不逊、冷嘲热讽，这则属于歧视。如前文所说，法语赋予了法国人天生的傲慢，他们骨子里认为世界上人人都应该说法语。

同样无知的还有个别韩国人和美国人，有韩国学生至今仍误认为中国是由部落构成的，而美国同事还在询问中国人家里是否有电视机。

无知是歧视的根源。信息闭塞、故步自封是无知的重要原因。而篡改历史、歪曲事实的国民教育，则进一步误导国民，在民众心中播撒恶意的种子。我的美国房东儿时接受的学校教育一直宣扬中国是魔鬼，要他们从小学会惧怕中国。为此，很多美国人即便生平没见过中国人，心中也会产生天然的敌意，歧视更在所难免。

透过歧视这件事，我们很难从宏观上武断地判定哪个国家国民素质高、哪个国家国民素质低。我们永远不能一竿子打翻整船人，因为即便再肮脏的土地也能生出美丽的花朵，终归有人能通过自身的主动学习，摆脱学校教育的误导，打破传统思维的禁锢，进而形成对世界更客观、更全面的认知。

去美国前，主管询问所有同事有谁愿意让我在家里寄宿，我日后的房东毫不犹豫地举起了手，并在生活中多次在他人面前维护我。刚走下瑞典火车，从未谋面的瑞典房东就在不远处向我挥手。而后，我跟房东以及几位非洲室友融洽地度过了两年半的时光。他们都怀有一颗敞开的心，愿意去听，愿意去看，愿意去了解来自世界各地不同的人。

国民素质难以量化，经济水平却可以量化。由于本土产业结构单一，制造业匮乏，澳洲的就业面非常狭窄，对工作不满的当地人却总把问题归咎于移民。澳洲经济的萧条绝不是因为移民，但需要有人背锅的时候，移民总是第一选择。

反观经济整体发达的瑞典和德国，起初满怀理想主义，广收难民，却无奈蛋糕再大，也经不起蜂拥而至的哄抢和分食，他们终归被现实打败，仁义道德也逐渐停留在了嘴上。

总之，歧视是带有双重标准的区别对待。在国外，当地人会对外来人时而公然辱骂，时而采用冷暴力，其中因语言问题产生的歧视也很常见。个人的精神洁癖以及社会经济的不景气，都会强化人们的歧视。而本质上，歧视的根源在于无知，纵使严厉的法令能有效限制歧视的言行，归根结底还是需要人们通过自我学习去突破颇具偏见的传统观念与歪曲的国民教育，从而提高认知层次，打开心灵窗口，睁开双眼看向世界。

有一部电影叫《帕丁顿熊》，片中的人们对小熊关爱有加。无独有偶，一批美国游客曾在黄石公园拿着大单反相机，激动地抓拍 200 米之外的幼熊。那一刻，我在他们的眼中看到了从未见过的柔情。

歧视（中）

英文中有个单词叫“condescending”，翻译成汉语是“居高临下的，故意屈尊的”，很适合用来形容公园里老外望向小熊时的温柔，眼神里没有了面对其他人类时的敌意与歧视。

面对日常的歧视，在国外长期学习、工作、生活的朋友，首先要学着做到“不那么敏感”。如果别人一个眼神就让你心里难受一整天，如果别人一句责备就让你回家以泪洗面，那么你在国外的生活将会步履维艰、寸步难行，不如早早收拾行李，回到祖国的怀抱。

19 岁那年，我在韩国观看韩流演唱会时，就曾因韩国歌手没有向中国观众问好而心生愤慨，可事后回想，那场演唱会本是计划面向日、韩观众的，所以很可能歌手们并不知道现场有中国观众的存在。

学会在海外生活中不那么敏感，凡事不去过度解读，在抛弃不该有的迫害妄想症的同时，也要按照我在前文中讲的关于歧视的界定，理性地辨别对方的言行是带有种族主义的区别对待，还是自己的做法确有不妥，侵害了他人的利益，违背了当地的社会规则与秩序。

短期学习也好，长期工作也罢，度假也好，养老也罢，入乡随俗这个要求并不过分。除了遵守当地习俗，如有条件、有精力，还要尽力学习当地语言，试着更好地融入社会，从而有效规避生活中因沟通不畅而造成的问题。

刚到国外的时候，因为口语不够流利，甚至用错单词，闹过不少笑话，吃过不少亏，遭受过别人的冷眼相待；后来语言运用渐渐熟练了，跟当地人畅快地沟通，反而收获了很多有价值的信息和机会。语言表达流畅自如，自身也会信心满满，进而让对方多几分敬畏与好感。

如果你确定对方的言行确实属于种族歧视，你需要勇敢地站出来，义正词严地争取自己的权益。很多外国人在感到被人侵犯后，哪怕只有一丝，都会锱铢必较、恶语相迎。同样，作为社会一员的你，受到了不公正的对待和精神上的伤害，更有权利去坚决地维护自己。

面对在电车上嫌我挤、粗鲁地推我的澳洲男，我大声说道："你在学校没学过礼貌和尊重吗?"他瞬间变得安静了，若有所思地坐了很久；临下车时还问我哪站下，并友好地拍了拍我的肩膀，跟我道别。

对于在机场麦当劳突然插队到我前面的夫妇，我毫不客气地厉声指责他们。他们便用"狗娘养的"等最肮脏的语言谩骂，一边骂我，一边却退出了排队，而且越退越远，最后缩到了角落里。

后来，我总是告诉刚来国外的朋友们：外国人都是欺软怕硬的纸老虎，千万不要惧怕。他们欺负你的时候，你忍气吞声，只会让他们变本加厉；只有据理力争，才能让他们望而生畏。这里还是要提醒大家，务必学好外语，从而更好地表达自己、保护自己。

曾有个在澳洲留学的中国朋友，有一次，不小心把烟头掉在地上，把地毯烧了一个洞。中介骗他在空白的房屋检查清单上签字，事后却私自填写了赔偿金额，企图克扣他的全部押金。这位朋友的英语非常差，电话里不仅说不过对方，还被对方嘲讽，甚至恶意辱骂。万般无奈之下，他研习了法律，将中介告上法庭。最终，无良中介乖乖地退还了全部押金。

关键时刻，如果自己力所难及，也可以考虑拿起法律的武器，让对方付出应有的代价。如果一个国家连法官都偏袒本国人、冤枉外国人，这样的国家也没有长期待下去的必要。

有不少朋友认为："在国外要做好自己，用实际行动向外国人证明中国人的高素质，才能有效改善种族歧视的现状。"这种想法其实很幼稚，因为：首先，无论别人歧视与否，你都不是活给别人看的，也没必要向别人证明什么。其次，当你展现了自己优越的物质条件，他们只会认为你是来自中国的贵族；而当你用实际行动证明了自己优良的素质，他们也顶多认为你只是中国人里的特例。

我们改变不了他人，更不要妄图撼动他人从小接受的教育以及多年塑造的性格。狭隘的人很可能会一直狭隘下去，永远不会用开放的眼光看待世界。而天真地认为别人会跟自己的想法一样，或者要求别人跟自己保持思想一致，这本身就是一种痴想。

面对可悲但客观的现实，与其争论得面红耳赤或徒劳地展现完美的自我，不如会心地微笑。只要没损害到自己，都可以颔首低眉、点头称是，赢得一片祥和的皆大欢喜。本质上讲，决定我们在国外受尊重而不被歧视的，是我们国家的实力，是科技，是财力，更是飞机大炮、航母舰队。

总之，在国外生存，首先，要有一颗不敏感、不脆弱的大心脏，在生活中不对别人过度解读。其次，努力学习语言，深谙当地习俗，在快速融入社会的同时，判明真正的歧视；面对歧视，作为社会的一员，坚决勇敢地保护自己，甚至不遗余力地用法律捍卫自己的权益；面对无知，无须妄自菲薄地表现自我，更无须炊沙镂冰、担雪塞井地争论辩解，只要微笑着冷眼旁观或阿意取容就足够了。

歧视（下）

心理学上有个概念叫“Confirmation Bias”，即“确认偏见”，大致是说，当人们作出决策之后，在收集信息的过程中就倾向于收集那些支持自己决策的信息，并忽视与之相悖的信息。确认偏见也叫“自我确认性偏见”。实际上，对自我偏见的强调就是对自身观点的不断肯定与强化。

确认偏见在生活中特别常见。比如，市面上出版了一本新书，支持这本书观点的读者纷至沓来，反对者则不愿购买。再比如，支持本书的读者们，之所以能在阅读中产生共鸣，并不是因为我创造了全新的理论，而是我很荣幸地跟各位内心深处的观点不谋而合，并对文字进行了提炼和升华。

很多外国人喜欢谈论仁义道德，但内心却摆脱不了高人一等的优越感。他们对同胞表现得宽容大度，却对其他人过度严苛。对他人要求严苛反过来又强化了他们的优越感，进而形成了一种偏见，甚至歧视。

面对歧视，我们很多人都会表现出愤怒不满，这反而暴露了心中的自卑。因为如果我们心底坚信自己更加优越，面对不公或嘲讽的言语，正常的反应应该是觉得他们很可笑，并一笑而过。然而，我们大多数人还是满怀着对国外生活的向往与期待，无论承认与否，“崇洋媚外”依然存在于我们心里，只是或多或少罢了。

崇洋媚外的心态以及不自觉流露的自卑心理，在国外容易形成自闭。大家更趋于抱团取暖，于是同一社会中的不同群体，无论是主流的还是非主流的，都不停地在同一屋檐下打造着各自的世界。而各自独立的生活圈则进一步阻碍了相互了解，强化了彼此的偏见。一旦有了歧视的苗头，就会像燎原之火，自我不断强化、不断蔓延，一发不可收拾。认识到这一点，就不必再刻意表现自我或徒劳争论辩解，毕竟这与你个人无关，而是源于你背后的国家，源于你所处的世界，并带有浓重的时代烙印。尽管如此，你还是可以反其道而行之，打开自己的心灵窗口，展望世界。

然而遗憾的是，在我们的日常生活中，有太多的人不能以包容的心态待人，而是乐于给别人贴标签，或地域的标签，或财富的标签，或文化的标签。这种做法很容易让自己陷入短视的困窘，如坐井观天之蛙呱呱乱叫。而那些经历过风雨、生活得从容的人，往往表现得异常友善与谦卑，因为他们见识过太多比自己优秀的人，知道大千世界中充满着各种变数，从而更容易与自己、与周围的人达成和解。

从某种意义上讲，是否习惯给他人贴标签，是衡量一个人层次与格局的标志。层次的提升能使人变得豁达，使人更理性地看待周围的人和事，从而大大规避自我确认性偏见的发生。尽管人外有人，天外有天，但我们终究可以通过不懈提升认知层次，让自己变得更好。

总而言之，这个世界到处充满了各种歧视，你可以坦然接受以一己之力无法消除歧视的现实，并因此释然地“为所欲为”。同时，层次的攀升与格局的突破，会像一股清流，载着你潺潺地流出偏见的山谷，迎来更广阔的天地。

“爱管闲事”的老外

很多人问：“在国外待久了，对人和事的感受还会和国内时一样吗？又是怎样一种体验呢？”我粗略地总结如下：

（1）懒得做饭就出去下馆子，即便再单调再难吃的西餐也能下咽。

（2）看到富二代留学生的豪车从面前呼啸而过，只捋捋吹乱的头发。

（3）看着个别同胞为了身份向老外谄媚地投怀送抱，见怪不怪。

（4）听着中国台湾人惯用的“你们中国人”的言辞，置若罔闻。

（5）面对外国人日常带有偏见和歧视的白眼或嘲讽，一笑了之。

然而，无论在国外待多久，老外的“爱管闲事”总令人耳目一新，不停地刷新我们的认知。

首先，老外是坚定的维权者，一旦自身利益受到侵害，定会公开或私下进行坚决的维护与反击。澳洲的一位朋友整租了一套别墅，房子地处街角，后院的栅栏挨着人行道。后院种有一棵枝繁叶茂的树，少部分树枝伸出了栅栏，低垂在人行道上。这便招来了路人的匿名投诉，登门造访的市政人员勒令限期修剪，否则将执行巨额处罚。

如果自家的树枝遮挡人行道会被举报，那么在国外开车挡路也不能幸免。我在新西兰跟团旅行，司机兼导游是一位移民数十载的香港老太太。新西兰地广人稀，道路空旷。老太太循规蹈矩，全程严格按限速行驶。某日，见前方不远处一辆汽车驶在道路中线上，持续几分钟又回归正常，老太太不由分说，打电话实名报警。半小时后，警车狂奔着追逐那辆早已远去的违章车辆，将其逼停后也示意我们停车，辅助记录案情。

纵使树枝某种程度上压缩了路人的行走空间，可前方压线的汽车与我们保持着相当大的安全距离，也并不存在明显的利益冲突。类似的事例在国外还有很多。

朋友的朋友家里养狗，假期回国的同学也将把自己的狗临时放他家寄养。这样，他的后院就比平时多了一条狗。隔壁邻居恰巧登高修剪树枝，看到后就果断报了警。根据法律，这位兄弟所办理的养狗手续只容许他养一条狗，即便临时帮人照看也不可以。这便是“爱管闲事”的邻居报警的理由。

加拿大的一位老乡也养了一条小狗。有一天，他偶尔有事短暂出门，便将爱犬拴在了后院。邻居听到犬吠声后，直接向动物保护协会举报，告他虐待自己的狗。后来警察到访，没作任何解释便将狗强行牵走。

同样在加拿大，洗完衣服后，我习惯性地往阳台上晾，被中国房东好心劝阻。原来，加拿大的阳台是不允许晾衣服的。如果市政人员看到阳台上晾衣服，会当场开出罚单。哪怕市政人员没看到，也有可能被邻居或路人举报，理由是影响市容市貌。

以上几个故事，让人啼笑皆非、又气又恨。特别是那个帮同学暂时照料爱犬的朋友愤怒地说：“我们家包了饺子，我还好心给邻居送一盘，到头来他却举报我！”这句话深刻表露了大多数中国人的思维模式。我们认为，既然平时邻里关系不错，遇到事情彼此就理应睁一只眼闭一只眼，或大家私下沟通解决，而不是小题大做，甚至向警方检举揭发。

殊不知，老外笑逐颜开地接过刚出锅的热腾腾的饺子，并不代表你们的邻里关系如你想象得那么亲密，因为即便他完全不爱吃饺子，也会出于礼貌对你表示诚挚的感谢。而退一步讲，纵使你们的邻里关系真的很好，在关键时刻，他也依然会举报你。因为国外跟我们不同，他们是法治社会，而不是人情社会，在绝大多数老外的心里，都有维护规则与秩序的偏执。即便事不关己，也绝不会高高挂起。

这可能与我们先前对老外的认知相左，我们总认为老外更倾向于自扫门前雪，不去管他人的是非，实则不然。在人际交往中，老外更注重保护彼此的隐私，在谈话中还会习惯性规避政治等敏感话题。然而，一旦老外在生活中看到了不合法规的事情，便毫不犹豫地拿起电话，诉诸法律武器。比如，在美国，夫妻俩在大街上吵架，男人辱骂女人，甚至伴随少量肢体接触。路人看到后就有权利报警，举报家暴行为。

无论亲疏，老外都能将事情分得很清楚，更分得清你我。他们绝不认为上述那些情况与自己无关，也绝不承认自己在多管闲事；相反，他们觉得是你在破坏社会秩序，从长远看，也会危害他们的切身利益。

在国外待久了，无形中深得老外真传。在一次与友人的旅途中，我被楼下酒吧聒噪的音乐吵得无法入眠，毅然拨通了报警电话。听完我的描述，接线员问道："先生是想我们先去找您进一步了解情况，还是直接处理楼下的噪音?""直接处理吧。"半小时后，楼下酒吧被警察清场。

总之，爱管闲事在国内是一种令人唾弃的陋习，在国外却成了一种大家广泛认可与鼓励的美德，毕竟一个社会公德心的构建离不开一双双雪亮的眼睛和一次次直言不讳的勇气。纵使老外的很多做法有些极端，但这份有些偏执的吹毛求疵逐渐让所有人变得审慎，凡事有所忌惮，三思而后行，从而让整个社会更和谐地运转起来。

炫酷奢侈品

近期朋友推给我一篇文章，题为《家有 N 套房》。通读全篇，我感觉文中的槽点颇多，我们就借此谈一谈房子——我们当下生活中最贵的奢侈品。

不少在国内生活或赴海外留学的年轻人，多次公开炫耀自家在一线城市有多套房产，《家有 N 套房》这篇文章正是在声讨这些年轻人，并讽刺地称他们为“房子教”。作者声称：“美国名校的年轻人看重的是对社会的贡献，而这些炫耀房产的国内富二代还停留在物质层面，他们并不厉害，也不一定有好的前途。”最后，作者得出结论：“钱、资产，真的是够用了就行。”

2016 年，一名中国学生以 3000 多万加元（约 1.5 亿元人民币）的高价将一座海滨豪宅收入囊中，每个月仅按揭供款就要 35000 加元，约合人民币 177000 元。有不少天真的当地人，满心欢喜地卖掉了市中心的房产，以为占了很大便宜，却发现自己连郊区的房子也支付不起了。

特别是在温哥华，除了以办公为主的“downtown”（市中心），其周边诸如温西、温东、北温、西温、本拿比、列治文等各个区域，中国人的房产随处可见。从市中心向外驱车一个半小时，才能看到满是白人的生活社区。

那么，中国人为什么这么爱买房呢？

1. 生活安全感的驱动

我们的祖辈经历过战乱，很多人体验过枪林弹雨、九死一生。战争之后的中国满目疮痍，商业凋敝，百废待举。从战争阴影中走出的中国人，虽不惧来犯者，但怕战争给生活造成破坏，非常珍惜和平，更希望能安居乐业。

我们的父辈经历过贫穷与困苦，忍饥挨饿的滋味也在父辈的叮咛与唠叨中影响到下一代。国人渴盼幸福，更珍惜幸福。近些年来，祖国不仅让十几亿人成功地摆脱了饥饿，而且经济、政治、文化、科技、卫生等全面腾飞，已步入世界强国的行列。这在世界上无疑是一项壮举，但过程的艰难与辛酸，不仅我们父辈知道，也在我们80后的童年留下了烙印。

总之，战乱伤害，自然灾害，下岗再就业……遭受过困苦、过怕了穷日子的人不希望自己的孩子输在起跑线上，力争给他们创造更加安逸幸福的生活环境。

而反观国外，那些高福利国家为国民提供了从生到死的全生命周期的社会福利，奶粉、上学、医疗、退休、殡葬等全方位覆盖，他们的人生能一眼从童年看到终老。这种能看得到头的人生固然并不完美无缺，但他们的生活状态的确让很多人羡慕，在生活方面没有任何后顾之忧，反而能放手去做自己喜欢的事。

在瑞典购房，还款期限可达50年。尽管后来房价暴涨，但按照当地普通人的收入水平，每月的还款毫无压力。即便如此，有几位瑞典同事仍坚持租房，哪怕每个月支付着与购房还贷差不多的房租，依然不愿买房。这跟《家有N套房》一文中的陈述基本一致，纵使美国一般城市的房价仅约等于五年的收入，很多人也还是不考虑买房。

与在经济上显得不那么精明的外国人相比，中国人更希望获取生活安全感，更懂得未雨绸缪，对人生和未来做足了长远规划。毕竟，房子不仅是传统观念里的必需品，更是值得拥有的硬通货。

2. 充满奋斗精神

在世界各地都能见到中国人勤奋的身影。我们不能也不敢像外国人那样，完全将自己的命运放心地交给他人，凡事就只能靠自己。点燃生活的斗志，任劳任怨地不停奔波，不辞辛苦地奋斗。奋斗的本质是对幸福的无限渴望，是对利益的不懈追求。

一旦房子变成了保值性好且能可持续增值的资产，在中国年轻人眼里就不仅仅是用来居住这么简单，而是成了实现经济独立、财富积累的敲门砖。相比之下，外国人对于房产的概念就只是一套住房，顶多再加一套度假房，地点会选在海滨或者湖边。他们管度假房叫“summer house”，就是夏天全家去度假时住的房子。

外国人也会换房，普遍的做法是卖掉旧的，再添钱买个新的。他们不爱存钱，积蓄普遍不多，平时的钱大多用于享受生活。而对于中国人，生活带给自己的享受不仅是挣钱这件事本身，更重要的是富足之后可以坦然地享受生活。

如今，拥有房子的数量已然成为量化财富的标准，那些喜欢炫耀自家房产的中国年轻人实际上是在炫耀家庭的财富。当然，在中国的传统观念里，当一个人炫富的时候，也就走在了败家的边缘，因为不知道幸福来之不易的人也就不会珍惜当下。

《家有N套房》一文作者对“房子教”的批判本无可厚非，然而作者不该将其和美国名校的年轻人进行类比，并声称他们看重的不是金钱，而是对社会的贡献。这里存在明显的逻辑谬误。“房子教”特指那些拥有财富并热爱炫耀的中国年轻人。这个人群，既不能与社会精英画等号，也不代表中国大众，只是一个特殊的群体。因此，“房子教”与代表美国精英阶层的名校学生之间根本就不具备可比性。

国外的大众普遍安于现状，被优厚的福利裹挟，逐渐变成了温水青蛙，养尊处优，得过且过。物价上涨了，生活成本变高了，至多抱怨几句，又回头一成不变地守着自己的一亩三分地去了。

另外，国外人也并不像《家有N套房》作者所描绘的那么清高。近几年，中国快速增长的财富让很多传统发达国家竞相折腰。我们在独立发展本国科技、调整经济体制的同时，也在不断地引进国外的生产线和高新技术，甚至还在海外广泛地进行企业并购。面对中国这个“暴发户”，国外人纵使心里有一万个看不起和不情愿，生意还是要做，饭还是要吃，曾经的高身段也不得不适当放低。

外国政府需要土地税收来补贴财政，中国人便得以在当地大肆买田置地。而为了迎合中国人的饮食习惯，外国超市果断地上架销售叉烧包和煎饼果子，还专门在旁边放置汉语标识以方便中国人挑选。

3. 期盼短期获利

“久旱逢甘雨，他乡遇故知，洞房花烛夜，金榜题名时”，被中国人视为人生四大喜事。关于最后一喜，实是道出了中国科举取士的意义——给出身平庸的人提供上升的通道。成千上万的考生企盼在科举中榜上有名，实现“鲤鱼跃龙门”的夙愿。这种不甘平凡、一心考取功名的斗志跟中国人一如既往的奋斗精神高度一致，彰显了“吃得苦中苦，方为人上人”的中国式价值观。

然而，理想往往距离现实很遥远，类似于孔乙己多次尝试依然连秀才都考不中的也大有人在，但是很多中国人依然不停地给自己灌“鸡汤”，期盼有一天金鸡变凤凰。

当一个人对外在环境及现实际遇有一种无力感时，就会寄希望于小概率事件，就会产生搏一搏的思想。一些不安分的中国人，投资于股市、楼市，期盼着不用努力就可以短期快速获利，这本身也是一种赌博。

而安于现状的外国人，他们没有“生当作人杰，死亦为鬼雄”这般强烈的出人头地的愿望。他们生活安稳，生活中也没有非常多的选择，无形中摒弃了对短期利益的追逐，反而为“工匠精神”提供了发展空间。

4. 跟风与从众

敢为天下先者毕竟少数，跟风、从众者往往占据主流。一旦有利可图，他们就会顺势而为，甚至形成“燎原之势”。因此，炒房很容易扩大规模，形成气候。我们人口众多，一旦将为居住而购房变成为赢利而炒房，其扩张周期会比其他国家持续更久，泡沫也会更大。

让我们回到《家有N套房》的作者对那些用房产炫富的“房子教”们的批判，我们不难看出“房子教”们犯了以下三个方面的错误：

（1）做人不低调，爱招摇，缺失基本的社会生存技巧，未能传承中国传统美德，对中国人形象的确立产生了负面影响。

（2）过于想向别人证明自己，不仅追求享乐，而且还过于炫耀；更甚者，用来炫耀的东西，不是自己努力所得，而是把父辈辛苦累积的财富当成自己的成就去招摇。

（3）追女孩子或男孩子的时候，不考虑对方感受，不会使用诸如感觉、性格、才华、能力、魅力等委婉的感性词汇，只是赤裸裸地用财富去砸对方。

《家有N套房》在批评“房子教”的过程中，至少用了三次“看不起他”这样的字眼。翻到文章开头，我发现作者早就交代了他爸妈在国内外的房产情况：在成都有十几套房，在美国也买了别墅。所以文中出现过三次“看不起他”，并不是单纯指摘“房子教”行为上的不妥，也隐含了自己的话外之音：“大家家里都有很多套房，你有什么资格去炫耀？”于是临近文末，作者不无优越感地写道：“钱、资产，真的是够用了就行。”

面对房产，贵族、土豪、穷人因经济条件不同，其生活体验也自然不同。有些人出生时嘴里就含着金钥匙，随随便便实习就能进世界500强；有些人走向社会后的第一份正式工作却是站在街头发传单，吃尽了前者永远都不用吃的苦。“房子教”问题的出现，除了经济因素使然，还暴露出深层的教育问题：经济背景好，可能会使人缺乏奋力进取的动力。

这些儿时生活富足、家境宽绰的年轻人，只要不沉溺于安乐，并学会谦逊、勤于修身，依然会拥有很多成功的机会；而那些出身平凡、经济条件普通的莘莘学子，无须妄自菲薄、自怨自艾，只要每天努力让自己比昨天更好，也终会实现自身价值。

套 路

近些年，加拿大与美国在经济上已不可同日而语，土地财政却搞得风生水起，面对美国高出至少一倍的薪资，买房无望的大学毕业生们收拾好行囊，纷纷南下求生。

在风景如画的温哥华，城市已发展到了边境线，开车经过最南端的White Rock（白石）区，依然能看到两侧密集的民宅。每逢周末，加拿大人喜欢开车过境，到美国采购廉价商品，给爱车加上一整箱汽油，满载而归；而另一侧的美国人，则喜欢过境来品尝琳琅满目的美食，满腹而回。

纵使中国人在加拿大的人口众多，且仍在增长，然而一旦碰上“真刀真枪”的事情，也依然无济于事。毕竟国人在海外普遍没有政治地位，仅仅只是老外眼中的金主罢了。

谈到钱，瑞典是精致的利己主义者。这个“高尚”的永久中立国，奉行的政策却带有倾向性。第二次世界大战期间，他们为德国开放境内铁路，任由德国人途经瑞典，肆意入侵挪威。随着战争的推进，瑞典又逐渐由轴心国倒向了同盟国。

即便在战后的和平年代，瑞典也依然睿智地保持着自己墙头草的角色，时刻伺机抱大腿。近几年看到中国发达了，便向我们靠拢，在大学迅速开设了用中文授课的专业：大一，专攻汉语语言；大二，由中国老师用汉语全程讲授专业课程；大三，赴上海实习。

我国的高校，每三四年才会有一次课程体系的调整，而瑞典的大学一年内就能形成全新的变革，人才培养的灵活应变值得我们钦佩和学习。

和几位中国朋友在酒吧聊天，瑞典学生一反常态地凑过来拼桌，并表现出对汉语及中国文化的强烈兴趣。聊到尽兴，一位中国女生竟然表达了对瑞典的喜爱和对祖国的贬低，瑞典学生随之冷漠与不屑地说："中国太差了，你们就别回去了，留在这里吧。"

我不太理解那位中国女生的动机，而对于那名瑞典学生的嘴脸，我同样反胃。他们可以为了利益暂时屈尊，也能在酒足饭饱后我行我素，表面一套，背地里一套。上到政府，罔顾中国人的感情，接见一些不该接见的人；下到学生，一边学着汉语，一边怀着居高临下的优越感鄙视中国。

在生活中，瑞典人也不乏套路。每年七八月是当地最好的月份，随着大部分公司员工的放假，附近的餐馆也临时歇业。假期前一天，储值卡余额恰巧用完的同事会像往常一样，充值 1000 元；假期归来却发现节前刚充值的名叫"White House"（白房子）的餐馆，早已进入破产清算阶段，内部的清空在假期已基本完成了。好几位同事和朋友的钱就这样打了水漂。我很想知道，放假前那些仍在热情帮客户充值的服务员当时抱着什么样的心理。

在瑞典出行，SJ 必不可少。这家垄断的私有火车公司，不像我国根据距离确定票价，而是按照市场需求和购买早晚对价格实行动态调整。同一张车票，提前很久购买可能只需 100 多元，临行前购买会涨到 500～600 元。

每次乘车都会有工作人员兢兢业业地查票，然而当火车严重晚点，她们却亮出了冷峻的表情，斩钉截铁地推诿责任："这是不可抗力因素，我们没有办法……你误了飞机，不是我们的责任。"火车最终停在了斯京，没按原计划继续北上 Arlanda（阿兰达）机场。自行买了张机场快线的我，事后花了近两个月与 SJ 扯皮，终于分两次要回了那趟快线的费用补偿。

阿兰达机场是热门车站，无论远近，总比周边城市的票价贵很多。上有政策，下有对策，聪明的瑞典人选择购买机场下一站的便宜车票，提前一站在机场下车。久而久之，SJ 在进入机场的必经之路增设了闸口，人工检查车票，严禁故意提前下车的旅客进入机场。

考虑到对规则的敬畏，在我们的传统认知里，刻板的德国人会少一些套路，其实不然。初到德国，我在德意志银行开了账户。没过几天，我发现账户里被扣走了50欧元，去银行问询，他们回答说："因为你是从中国来的学生，我们就要扣掉50欧元。"我反问道："第一，开户那天你从未跟我说起开户要扣款的事情；第二，我是从澳洲过来的学生。""那也没办法，钱扣走了就是扣走了。"店员轻描淡写地回答。我当场投诉，无果。听说另一家银行不扣费，我想要退出。"不好意思，因为政府要保证留学生有足够的钱买回国机票，你账户里一部分钱已经被我们冻结了。更何况，扣走的50欧元，即便关掉账户，也不会退还。"

前文提到，在德国签手机合约时，店员会因你语言不通，骗你签署不合理条款，并在日后向你张开血盆大口。很多时候，他们不会明目张胆地欺骗，而是心怀鬼胎地隐瞒信息，先斩后奏，木已成舟，让人无法挽回。

那个时候无心顾及生活中的琐碎杂事，为了能顺利毕业，我一心扑在了学业上。即便一贯学习刻苦，一学期5～6门的密集课程还是颇令我心力交瘁。好不容易熬到了期末考试，却发现很多平时一起上课的熟悉面孔，并没有出现在考场上。

这是因为在德国读书，如果挂科超过限定次数，会被退学，而缺考不算作挂科。因此，很多学生即便一学期选了五门课，最后参加考试的可能只有两三门，这也是在德国拿学位要比别的国家晚好几年的部分原因。

即使惯常采用以上伎俩，大部分德国人的学习作风还算积极主动、严谨认真，与同样在德国求学的俄罗斯人形成了鲜明的对比。在某一门课上，我和一个德国人、一个埃及人还有两个俄罗斯人组成了小组。老师布置完大作业，那两个俄罗斯人大言不惭地宣布："这次作业我们俩就不参与书写了，我们负责作业完成后的'review'（检查审阅）。"之后两人就都失联了，直到交作业那天才重新出现，还无耻地向老师表明作业是他们写的。

与那两个俄罗斯人相比，跟我在澳洲同班的印度人有过之而无不及。相对落后的印度，人均资源占有量非常有限，我那些印度同学们练就了技高一筹的抢食能力。硕士课程通常从傍晚5点半上到8点半，这是个尴尬的时间，课前吃晚饭太早，课后吃又饿过了头，于是校方在晚上 6 点将 4 盒饼干与 2 桶牛奶摆放在教室门外。第一个课间在晚上 6 点半左右，那些机智的印度同学往往提前举手去卫生间，等到了我们再去抢饼干的时候，好吃的曲奇早就被他们全抓走了。

吃东西积极，而做起小组作业来，印度同学却光说不练。我有一次跟印度人、沙特人还有两个澳洲人一组。每次小组讨论，总能听到印度同学高谈阔论。我们把工作任务分成 5 份，等下次讨论时发现印度同学什么都没做，于是我们将剩下的任务又分成 5 份；再下一次他依然没做，我们只能无奈地再次重新划分。无独有偶，沙特同学慢慢变得不露面了，最初还会发邮件解释家里临时有事，后来就直接毫无理由地消失了。

那时候，留学生毕业后能留在澳洲工作已变得很难，不再像十几年前只会电脑开机的人也能申请 IT 技术移民，10 年后就连会计也不再是板上钉钉的移民专业。申请绿卡，移民局要求有工作经验；求职找工作，公司要求有绿卡。两方配合得可谓天衣无缝，成功地制造了死循环，让大部分留学生交完学费，一毕业就乖乖收拾行李回国，不要妄图争抢当地人的饭碗。

有留学生抗议："为什么当地学生坐公交可以半价，留学生却不能？"于是就有澳洲官员接受采访说："留学生申请来澳洲读书前，都保证过有充足的资金以支付在澳洲生活的各项费用。"他们拿留学生当摇钱树的思想与行径昭然若揭，一边收着高昂的学费，一边在公交上用"黄猴子"等肮脏的歧视性语言辱骂留学生。

那些决意留下的留学生，纵使广受排挤，也依然坚忍不拔，经历了重重险阻，终于杀出一条血路。在国外入职后，他们却意外地发现，在光鲜的公司内部，不单单自己被针对，勾心斗角也无处不在。

我的一位朋友，儿时随父母来到澳洲，语言和文化方面早已融入社会，在一家知名的金融大公司做中层。公司里，不但部门与部门之间争权夺利，部门内部同事之间也互相拆台，甚至在抄送的电子邮件中恶意篡改邮件内容，从而诋毁他人。朋友不堪重负的顶头上司不时找她面对面哭诉，而朋友本人也被公司的血雨腥风弄得疲惫不堪。

比起澳洲毫无底线的相互中伤，美国的工作环境也远不单纯。我之前在IT公司工作，相比其他行业，“办公室政治”淡化了许多。但是，就连升级系统这样的简单任务，也能产生深层的矛盾。系统升级由一位经验不足的同事负责，在整个操作过程中，其他同事眼睁睁地看着他出错，却无人指正，最终错误大到无法挽回。

这种行为的背后隐藏着微妙的人际关系和复杂的心理活动，造成的却是工作效率的下降以及公司的整体损失。同样的，工作分配严重不均，有人全天坐着喝咖啡，有人忙到没时间喝水；而因为与领导的裙带关系，即便严重失职造成了客户流失，也没有依照程序被辞退。这些情形在美国职场也时有发生，见怪不怪。

都说“外国人是直线型思维，中国人是螺旋形思维”。对于这一观点，很多人存在误读，由此认为中国人的思维复杂，而外国人的思维简单。实际上，直线型代表先主后次、先概括再细节的演绎式思维模式，而螺旋形是指层层铺陈、核心置后的归纳式思维模式。思维模式的差别本质上跟思维复杂度没有关系。

前文说过，英语是最适合打官腔与和稀泥的语言，再加上错综复杂的思维，美国人的套路之深、说话之隐晦、言语之拐弯抹角，不但令人瞠目结舌，更有一种似曾相识的感觉。

你永远不要把美国人的夸赞当作真心的赞美，他们可能只是出于礼貌，习惯性与你营造一个友好的氛围。

你永远不要相信美国人口中的慷慨，他们心中都有一个账本，总优先考虑自己的利益，绝没有无私精神。

你永远不要把美国人对自己政府的批判当回事，他们多半是在作秀，心里压根儿没这么想，甚至还可能在后面紧跟一句“尽管我知道……我们还是世界第一”。

你永远不要相信美国人所谓的爱好和平，不喜欢美国对别国出兵。

……

关于反战、反对干涉他国内政、反对种族主义、反对不人道等各种政治议题，美国人总表现得一身正气，而这仅仅是他们表面的政治正确，其背后的真实想法很可能背道而驰。

这些年，走过的海外的路，尽是老外的套路，那些一向认为老外思维简单的人应该醒一醒了。在生活中，他们耍小聪明；在学业中，他们光说不练；在工作中，他们勾心斗角；而在大是大非上，他们两面三刀，满嘴仁义与道德，心怀傲慢与偏见，或见风使舵，或颠倒黑白，罔顾是非，只求利益。这一切的一切，无论是个体还是国家，都充斥着赤裸的利己主义和人吃人的逻辑思维。

不确定这是不是人类历史发展的必经之路，只不过能看到很多我们自己身上的影子。

单行道

一提到单行道，第一时间会想到本雅明的那本带有魔性的书，大学时候就看得我一头雾水，只怪自己道行太浅。打开浅显的百度百科，“单行道是指只允许一个方向行驶的车道”，生活中大家也叫“单行线”。

我们的人生就仿佛是这样一条单行道，你只能一步步地向前走，也可以不时回头看看自己的脚印，但无论如何，你没有办法后退。在这条看似漫长实际却不怎么长的单行道上，我们会时不时地遇到分叉口，你能做的只是选择其中一个岔口，继续走下去。

只是很遗憾，无论你如何绞尽脑汁，费尽心机地去思考、去计算、去推理，甚至去参考和比较其他人的状况，你终究无法知道你没有选择的岔路是什么样子的。毕竟人生没有假如，别人所走的也不是你的岔路。

兴许你会问，那退到上一个岔口，走另一条岔路不可以吗？实际上，你并没有回到上个岔口，只是面前出现了一个相似的岔口选择。借用相对论中提及的四维空间概念，时间被作为第四维，你也可以把这条单行道理解为时间维，即便面对近乎相同的事件与机会，由于你已不再处于当时的时间点，心智、心境、境况等方面都无法与之前相提并论。一言以蔽之，你回不去了。

出国与回国的选择，毫无疑问是很多人单行道上的重要岔口。

那些出国只为一张看得过眼的洋文凭的留学生，那些出国访学、培养、交流的大学教授，那些出国考察、培训、锻炼的企业人员，为期一年或几年的海外经历，回国后能有更好的发展前景。出国就只是个跳板，回国毫不迟疑。而对于另两类人，出国则变得义无反顾：一类是认为自己在国内遭遇不公、四处碰壁的人将出国作为最好的逃避，借此追求崭新的生活；一类是那些有保护个人财产的需要，甚至为躲避囹圄之灾的人以及他们的子女，出国则是不得已而为之。

然而，事与愿违的故事耳熟能详。富二代在海外突然变卖自己的豪宅、豪车以支付后续学费；官二代忽然摒弃了去赌场豪赌的恶习，转而在餐馆打工以贴补生活。尽管如此，他们也绝不可能回国。

在这条单行道的岔口上，更多人表现得纠结、举棋不定，并不是每个人都家境显赫，也并不是每个人都才高八斗。我国的千人计划从 2008 年开始，计划五到十年引进 2000 名高端人才，而单单 2015 年出国留学生就达到 523700 人，2016 年超过了 560000 人。五年引进 2000 人相当于一年引进 400 人，是 560000 的万分之七。

当然，如果真的是万里挑七的顶尖人才，可能已触及国家层面的利益，他们将会由此失去一定程度的自由。2015 年，天津大学教授应邀赴美参会，却在机场以经济间谍罪被当场逮捕。美国为维护国家利益，总是不择手段，无所不用其极，钓鱼执法更不在话下。

除了万里挑七的尖端人才，海外的芸芸众生，无论是为了贴补家用，还是为了丰富工作经验，都在企业、高校或研究机构任职，在各自的领域按部就班地工作着。俗话说："隔行如隔山。"短短几年的工作足以将一个人变成一个行业或机构的螺丝钉，不知不觉中，大家已不可避免地用以管窥豹的方式看待周围环境与社会，自己也就被禁锢在了行业，更被禁锢在了海外。

国内外套路迥异，各行业在国内外的发展格局也大相径庭，很难保证在国外所从事的专业能在国内找到等同的位置。更何况，三十年河东三十年河西，现在国内瞬息万变，每五年就能调转一个风向，就能翻天覆地。诸如电子支付及各类个性化服务发展迅速，在国外待久了，回国后会发现自己落伍了，只能拼命追赶；相反，国外很多所谓领先、超前的东西在国内却不被认可，回国后与其干等，不如尽早转行。

比如我，本科、研究生学的是企业信息系统，留学毕业后通过面试进入了本行业的 IT 大公司，负责企业数据挖掘的设计与开发。可回头看看国内市场，To C 端的 BAT 朝气蓬勃、风生水起，而 To B 端的那些老牌软件企业只能可怜巴巴地望尘莫及。于是我抛弃了国外的一切，回国从零开始。

“从零开始”，虽然说起来轻松，但对于绝大多数在海外工作了数年的人来说，其中的沉没成本都是不愿面对，也是无力面对的。沉没成本，是指由于过去的决策已经发生了的，而不能由现在或将来的任何决策改变的成本，通俗地讲就是“积累”。就像我这些年不间断地游走于不同国家，每一次跳转就意味着要放弃原先积累的人脉而去重新构建，也要放弃原先积累的生活经验而去重新摸索和适应。

人生的方方面面都需要积累。人生经历的积累不分条件、不分环境，人生密度越大，见识得越多，积累得就越多，而且在人生的某个节点无形地发挥作用。但现实中，人需要温饱，需要先满足马斯洛原理所提及的底层需求才能顾及上层的自我实现。然而残酷的是，除了人生经历，那些人脉和事业的积累，都紧密依托于环境，而非独立于它。

当初为期半年的韩国交换生经历结束后，回到国内的第一个学期，尽管我学习更加刻苦，但是期末考试的成绩却远远没有出国前的高，下一个学期才逐渐恢复正常。去国内其他大学访学的同学对此也深有同感。可见，即使短期在同一个国家内的环境变化也能对原有的积累造成破坏，更不要说在不同国家间跨越了数年。

我认识一个朋友，是美国耶鲁大学人类学的高材生，她回国后帮人布置会场，有时还利用自己的语言优势带老外游颐和园，吃起了英语翻译饭。

在上海辞掉了体面工作的 Sean，抱着国外人力成本高、随便干点什么都比国内强的信念，在澳洲开着一辆酷似夏利的小破车到处打零工。最后一次见面时，他在机场做服务员。

一个我在飞机上认识的哥们，在国内当过十年公务员，信誓旦旦地带爸妈去国外上语言学校，只是不知近况如何。

兴许是极度痛苦的经历，给了他们放弃多年积累的决绝，从国外回到国内，或从国内走出来。可是，放弃了积累，放弃了理想，放弃了初衷，转向简单的物质生活，这样真的对吗？

有人会说，别傻了，社会是个大熔炉，终会用现实将你的棱角磨平；连房租都交不起，就不要在地下唱什么“诗和远方”了吧！

也有人说，很多人压根儿就没有理想，出国留学只是随波逐流而已，选择放弃的东西一开始就不是自己发自内心的选择，因而放弃的也不是理想。

这两种说法都很有道理，而我唯一肯定的是：无论是不是真的有理想，也无论是不是真的放弃了理想，人都不会很痛苦。这无疑是个好消息。

心理学上有一个“失调理论”。认知失调是指某人在作出决定、采取行动或者接触到一些有违原先信念、情感或价值的信息之后所体验到的冲突状态。人们会厌恶失调并试图减少失调，一个人在高度失调的情况下，会表现出事后为行为找理由、忙于说服自己的现象。这种“行为反方向作用于认知”的过程非常奇特，也很普遍。因此，出国的人更倾向让自己觉得国外更好，更适合自己。

纠结于是否申请永久居住权的留学生，随大流拿到绿卡后，这块鸡肋也变得不再是鸡肋，他们会劝自己更喜欢国外，毕竟拿到绿卡很不容易，甚至非常辛苦。

纵使每天只有三小时阳光，或面临社会福利不断缩水的困境，已经移民的人，跟国内故友聊起国外的生活状况时，也绝不会说国外不好。这就像很多北漂，虽然生活已经很艰辛了，但是仍硬挺着不回老家，他们一方面是碍于面子，另一方面则为了能让自己相信自己的选择是对的。

真正的现实是，他们无力承受自己的积累再一次被全盘放弃的打击，更无力从零开始，他们再也回不去了。

我们在各自的单行道上会遇到无数岔路口，人生充满着选择。Barry Schwartz 曾在 TED 做过一次题为《选择悖论》的演讲，他说人生的选择反而会大幅度降低幸福指数，因为人们在作出选择之后，为没有选择另一个而后悔不已。Barry 也劝诫大家，要向鱼缸里的金鱼学习，让心中的鱼缸限制住自己的欲望。可这又谈何容易，不知足、不满足已经是大多数人的通病。

当出国已成为中国人的家常便饭，出国与回国这个岔路口越来越多地出现在人们面前，无论是否纠结于即将沉没的积累，无论是否接受被行为反向作用的认知与态度，我们都应坦然地认识到，我们所走的路终归是这样一条单行道。

间奏：未终止的中止符

你是一条鱼
安然地游弋在财富的海洋
自由，快乐

我是一只海鸟
执拗地飞翔在道义的天空
纯净，忧郁

安全感离你的世界总是遥不可及
扭曲的面庞映照着纯金的心灵
宽容，也只是我无奈的妥协
我更宁愿只发出自己的一点光
不吹熄别人的灯

我用我的左半身缅怀你
从头到脚
我用我的右半身保留自己
一无所有

我用我的上半身纪念你
回味你最初真诚的美好
我用我的下半身找寻自己
一步一步踏着脚下至善的路

第三部分

诗与远方

JOURNEY

这一年，爱上了摩托，

背上沉沉的书包，扣上厚重的头盔，

加足油门，在风中自由地驰骋，

即便摔得鼻青脸肿也乐此不疲。

人生贵在体验，青春不吝挥洒。

迷失在塞尔维亚

我很喜欢逛博物馆，一驻足就四五个小时，经常累到腿抽筋，其中尤其热爱世界各地的航空博物馆，比如华盛顿的美国国家航空航天博物馆、慕尼黑的德意志博物馆、林雪平的瑞典空军博物馆、西雅图的波音工厂等，而让我印象最深的却是相对简陋的贝尔格莱德航空博物馆。

图 9　贝尔格莱德航空博物馆

贝尔格莱德是塞尔维亚的首都，而航空博物馆就建在首都机场的旁边，坐机场大巴提前一站下车，走路十分钟便能看到这座酷似蘑菇的奇特建筑，只见门前陈列着各式各样的战斗机、民航机、直升机。手里的塞尔维亚币不够了，又不接受刷卡，售票大叔从我手中额外拿走了一些欧元，便网开一面，放我进去了。

有学校在搞课外活动，一堆孩子正围着一名讲解员，在他们的嘈杂声中，我惊艳地找到了梦寐以求的展品——美国 F117 隐形战斗机的残骸。单从它棱角分明的外形就能知道这是 F117 特有的驾驶舱，其下方的介绍只有简短的几个字——“击落于 1999 年”。据说，当时有一枚 SA3 对空导弹在空中失去动力后没在规定时间内自毁，反而以抛物线的方式下落并恰巧在 F117 上方爆炸，纯属误打误撞，这也是 F117 总共 26 年的服役期中唯一一次被击落。无独有偶，这个博物馆中还展示了 F16 等美军被击落的其他机型。

图 10　美军 F117 残骸

谈到 1999 年那场科索沃战争，那场历时 78 天的轰炸，很多人记忆犹新。不仅是因为那是 20 世纪爆发的最后一场战争，也不仅是因为那是又一个以美国为首的北约所主导的一场背景深刻、影响广泛的现代局部战争，更是因为在那年的 5 月 8 日，美国用 5 枚精确制导武器——战斧式导弹，从多个角度轰炸了我国驻南联盟大使馆，造成 3 名记者死亡、20 多位外交人员受伤、馆舍严重毁坏。

图 11　美军 F16 残骸

我曾向温哥华的一位塞尔维亚同事提及此事，她亲身经历过那段历史，能清晰回忆起当时美军轰炸当地电视台及中国大使馆的场景，并且声称轰炸大使馆跟轰炸电视台一样都是蓄意而为。

当年还是小学生的我，每天都能看到铺天盖地的报道，讨伐谴责的声音一浪接一浪，学校还曾让我们写作文声讨美国恶行。在国外旅行，如果能亲眼见到与过往生活相关的事物，就仿佛自己与这个国家突然建立了些许联系。时至今日，怀着对三位烈士的缅怀，我来到了大使馆的遗址。

从远处看，是一片绿油油的草地，很难看出这里曾是大使馆的废墟。草地的一角有一些儿童娱乐设施，周围则是几栋崭新的居民楼。走近草坪的另一个角，能看到一个银灰色的金属牌子，上面用塞尔维亚语和汉语写道：“谨此感谢中华人民共和国在塞尔维亚共和国人民最困难的时刻给予的支持和友谊，并谨此缅怀罹难烈士。”牌子下方堆叠着几个花圈，挽联上写有烈士的名字。花虽已枯萎，但能看出有国人定期前来祭奠。

图 12　中国驻塞尔维亚大使馆遗址

鉴于牌子上用的是“塞尔维亚共和国”这个称谓，它应该是 2006 年后才立在这里的。黑山在那年举行公投并宣布独立，脱离了 2003 年两者重组的“塞尔维亚和黑山国家联盟”，而这个松散的联邦的前身叫“南斯拉夫联盟共和国”，也就是所谓的“南联盟”。

除了科索沃战争，我对南斯拉夫早年的分裂史也很感兴趣，毕竟在 20 世纪 90 年代以前，除了上述两国，斯洛文尼亚、克罗地亚、波斯尼亚和黑塞哥维那、马其顿均属于南斯拉夫。相比在网上查资料，更希望能实地看到一些有价值的信息。带着这样的期待，我来到了铁托墓。

铁托墓如同一座温室花房，铺着考究的大理石地砖，各类绿色植物簇拥着同样用大理石制成的墓碑，上面刻着“TITO”以及生卒年份；天花板是刻意的天窗设计，让阳光肆意地照亮整个大厅。

在绿葱葱的植物两侧是用大玻璃隔开的两条走廊，展出铁托曾经用过的办公桌、穿过的礼服，介绍铁托这位南斯拉夫的伟人曾经出访过哪些国家、有哪些个人爱好，还有诸如烟盒、眼镜、帽子、钢笔、领带、照相机等铁托生前使用过的物品和接收的纪念品。这完全是从个体的视角介绍铁托其人，尽是一些他平时喜欢做什么、出访穿什么这样无关痛痒的信息，没有任何有关南斯拉夫历史以及铁托生平功过的评论。

略带失望的我，随即奔赴南斯拉夫历史博物馆。这是一座恢宏的建筑，让人眼前一亮。那天，正巧赶上周年庆祝活动，不要门票。我兴奋地从一楼大厅走到二层。这里展示了很多与战争相关的雕塑，个头都不大，形象与我们的革命先烈相仿，只是做工普遍粗糙。除此之外，还有不少关于战争的油画和图片，无非是反映战争残酷、人民罹难的作品，具体指哪些战争，我不得而知，因为每个作品的介绍里只有艺术家的姓名和年份。

带着强烈的好奇心继续来到三层，我看到的仅仅是空旷的大厅和正中央摆放的几张桌子，角落里坐着一位面容姣好的工作人员。我问她还有别的展览吗，她说就只有这些了。

我悻悻地走出这座内里跟外观极不相称的建筑，竟偶遇坐在喷泉边休息的中国同胞，这两位中年人看起来不像游客，更像是被外派到这里工作的。我禁不住问："为什么我在这看不到任何相关历史的展出？尤其是我想知道的分裂史。"其中一位微笑着说："当然不会有了，怎么会有呢？"

告别了中国大叔，我一个人走在贝尔格莱德的街道上。有很多人叫着喊着从我身边跑过，冲向远处破旧的体育场，场面好不热闹。询问路边小伙才知道，原来是周末的球赛。其中一位小伙子还笑着冲我喊："China！China！"

漫无目的地逛着这个曾经是南斯拉夫首都、现在是塞尔维亚首都的城市，我心里百感交集，但又觉得没有必要。那些所谓的历史，诸如血泪、援助、形态、人道、战争、分裂等，这一切的一切，随着太阳照常升起，终将灰飞烟灭，一眨眼就消失得无影无踪。

不知不觉间走到了一扇崭新的大门前，乳白色，看起来亮闪闪的，一个巨大的石牌上赫然用英文写着——"美利坚合众国大使馆"。我赶忙拿起相机拍了一张，守卫远远地瞪了我一眼，只见他背后被高墙围绕的院子里一面高耸的星条旗在迎风飘扬。

金字塔与 UFO

回想昨天，我们依然心有余悸，为了一览 Butrint 古城，我们开车从北到南又从南到北，单日纵跨了整个阿尔巴尼亚。而今天，挥舞着红旗，高举着步枪与拳头，精神抖擞、群情激昂地迎面走来，看到这幅似曾相识的壁画，我们已经站在了首都地拉那的市中心。一旁的老爸又一次哼起了他们年代耳熟能详的歌曲："小玲玲爱唱'北京—地拉那'，嘹亮的歌声震天涯……"

图 13　地拉那市中心

在市区能看到标志性的清真寺，还有旁边大批坐在毯子上的信徒，也能见到小饭馆里正诙谐调情的年轻人，看得出这是一座宗教与现代相结合的城市。饭后，我们步行来到了传说中的金字塔。

金字塔前面悬挂着“和平钟”，是为了纪念 20 世纪 90 年代末发生在地拉那的一场大骚乱。金字塔本身的破败完全遮盖了曾经的雄伟，不仅正面的玻璃大多已经破损，周身也布满了彩色的涂鸦。

图 14　地拉那金字塔

金字塔占地面积很大，尽管高度不低，坡度却并不算高，于是就成了孩子们日常玩耍嬉戏的大滑梯。我也是其中一员，靠着鞋底的摩擦，不太费力就爬到了塔顶，又顺着孩子们的路径滑了下来。

这座金字塔曾是纪念霍查的博物馆，由霍查的女儿设计建造。从塔顶破损的天窗还能大致看出纪念馆当时的一些样貌。由于时间和体力的关系，我们没有参观市郊的霍查墓。

如果你认为这个坐落在地拉那的金字塔没有那么新奇，那么下面这个 UFO 飞碟还是很让人振奋的。先前我在网上随意搜索保加利亚旅行景点，看到它的瞬间就决心前往，风雨无阻。

偏爱驾驶操控感的我，在国外旅行总不厌其烦地租用手动挡的汽车，

Twingo、小现代、标致 308、Duster 等车型都曾一一尝试。可是我的半联动技巧并没有炉火纯青，在阿尔巴尼亚的山区陡坡起步时数次熄火，被爸妈一通嘲笑。这次在保加利亚的首都机场，我租了一辆手动挡的新奥拓。

飞碟所在地是一座名为“Buzludzha”的山。听到这个地名，租车公司职员表现出明显的不解与不安，不解我为什么要去那里，不安则是因为路途遥远且艰险，一个人驾车很不安全。没想到，这辆奥拓有致命的提速问题，害得我在双车道的路上很难超车，途中还险些跟迎面而来的大卡车相撞。我刚及时变回自己车道，大卡车竟然为了泄愤，故意拐向我又迅速拐回，让我惊出一身冷汗。

路上花了将近 4 个小时，路过一尊巨大的伟人雕像，导航显示飞碟已经不远了。山路蜿蜒曲折，落后的导航逐渐无法准确指示路线。遇到一个分叉口，难以确定何去何从，只能跟着感觉走，开了很久却不得要领，只好辗转倒回来进入另一条岔道。好在没多久就守得云开见月明，远处的飞碟映入眼帘，我顿时血脉偾张。

久旱逢甘霖的激动之情让心脏近乎跳出身体，而这样的心情我以前只体验过三次：站在地铁口面向巴黎协和广场，在山脚下仰望美国魔鬼峰，从车窗里远眺清早云雾缭绕的乌鲁鲁埃尔斯岩。然而，它们远无法与飞碟相媲美，这个独自置身于 Buzludzha 山顶的飞碟名叫“冰峰纪念碑”，是保加利亚历史的重要象征，也号称全世界城市探险者的顶级朝圣地。

图 15　乌鲁鲁埃尔斯岩

在继续向山顶盘旋、不断接近飞碟的路上，又有一座似曾相识的雕塑——两只紧握着火炬的大手。这时还恰巧碰到了一位保加利亚人和他的外国朋友刚从飞碟上走下来。

图 16　冰峰纪念碑脚下

图 17　冰峰纪念碑近景

终于到达山顶，可以近距离一览飞碟的全貌。飞碟的主体部分想必就是大礼堂，曾经是集会、演讲的场地，如今它周遭的窗户已荡然无存。飞碟的背后是一座高塔，好似一座墓碑；而飞碟的正前方有两块对称放置的残破石头，很像是受到了人为的破坏。

沿着夹杂着绿草的平缓台阶，可径直走到飞碟的正门。正门牢牢紧锁，两侧凸出来的刻字连起来就是国际歌的部分歌词。在正门的上方，用红漆喷着“NEVER FORGET YOUR PAST”（不要忘记你的过去）的字样。据说，这里曾经喷的是“FORGET YOUR PAST”（忘记你的过去），后来被涂掉，现在还能明显看到红字下面的水泥。

图 18　冰峰纪念碑入口

紧闭的大门并不能阻挡探险者的步伐。在我查看了外文攻略之后，发现了一句简短的提示：“从面向正门的右侧一扇打破的窗进入。”我按照提示，沿着环绕飞碟的小径，走到飞碟右侧，果然发现了那扇窗。它其实不是窗，而是用于封闭建筑的铁皮。铁皮下方的水泥墙被人敲碎，就形成了一个洞。有人还在墙角贴心地堆了一些石头，踩着石头刚好能迈上洞口，勉强站在残破的水泥墙上，能看到飞碟内的水泥石板横在洞的中间位置。

贴近洞口往里看，能见度很低。在一片漆黑中，里面的阴风从脸上呼啸而过，令我几经踩上石头又胆怯地退下来。为了不枉小奥拓四小时的长途跋涉，我还是深吸了一口气，抓紧相机绳，硬着头皮往洞口的石板上方爬去。

爬的过程很艰辛，一是担心手里的相机磕磕碰碰；二是勉强龟缩进入洞口后，发现石板跟水泥墙之间不但有落差，而且水平方向还有很宽的缝隙，一不留神踩空就会跌进满是积水和残渣的底层。身高半残的我最终爬上了石板，回头看着背后的洞口不禁长舒了一口气。

沿着下行的楼梯向下望，能看到漆黑、破碎的底层，视觉上有些恐怖。我远远地拍了几张照片就开始沿着楼梯向上走，越往上能见度就越好，逐渐能看清脚下宽敞但残破不堪的楼梯。

走到楼梯的尽头，豁然开朗。飞碟顶部的各个方向都有大面积的破损，阳光透过穹顶的洞射了进来，照在礼堂的地面上，形成形状各异、大小不同的光点，它们与断裂坠下的节节龙骨错落地散落在一起。

图 19　冰峰纪念碑内部

穹顶中央的巨型党徽依然闪耀着红色的光芒，它斑驳的绿色背景掩盖不住曾经盛极一时的辉煌。旧时大礼堂的观众席以及背后五彩斑斓的绚丽壁画，众星捧月般环绕在四周，仍让人感受到当年的华丽与井然。我没做太长停留，就从原路返回，从洞口爬出了飞碟。

图 20　冰峰纪念碑穹顶

图 21　冰峰纪念碑广场

绕到飞碟背后，屹立着高耸入云的方塔，上方镌刻的五角星饱经风霜，依然挺立在耀眼的阳光下。听山路上的保加利亚人说，塔的入口在飞碟的底层，有钢筋做成的梯子直通顶端，而我已无心攀爬。

从后侧绕回正门，楼梯下面宽阔的广场尽收眼底，曾经有成千上万的人站在这片广场上，抬头瞻仰着这座飞碟纪念碑，激情澎湃。而如今，这里只剩下一片荒芜以及远处一座座沉稳地旋转着的发电风车。

最后一次回望飞碟，它跟金字塔一样，孤独落魄，透露着一将功成万骨枯的悲凉，彰显着历史兴衰的无情、成王败寇的寂寥。

渔人码头的余晖

刚到温哥华的时候，我住在华人聚集的 Richmond（列治文）。按老外的说法，列治文是个市，是温哥华的卫星城；依照国人的行政区划概念，列治文是温哥华市南边的一个区。我很幸运，这里除了有各式各样的中餐，还有善良的中国房东和她的儿子强哥，而“渔人码头”就是强哥向我推荐的第一个景点。

渔人码头，最初叫“Steveston”（史蒂夫斯顿），据说与一个叫 Manoah Steves 的人有关。Manoah Steves 大约在 1877 年携家眷搬到此地，码头最初的发展应该和他的努力分不开，否则不会用他的名字来命名。渔人码头地处列治文的西南端、弗雷泽河的河口，其西边就是海洋。

我误打误撞地把车停在了渔人码头最西角的 Garry Point 公园。在从公园走向海边的路上，我意外发现了一个日本风格的袖珍花园，里面有日本特色的石桥和石灯，纪念匾上还刻着日文。

走过日本花园就到了海滩，花草、碎石、木桩，散乱却不显荒芜。高耸的码头纪念碑给整个环境平添了几分肃穆，在片片白色碎云点缀的亮蓝色天空下，淡淡的神圣感油然而生。一只黑色的鸟安详地站在纪念碑的顶端，跟我一样，在俯瞰着近处的水，仰望着远处的天。

图 22　渔人码头纪念碑

沿着弗雷泽河畔往东走，就能看到写有"Fisherman's Wharf"（渔人码头）的大牌子，从这个码头可以坐快艇出海观看鲸鱼。全世界有不少地方可以坐船看鲸鱼，但渔人码头算是比较出名的一个。

渔人码头自然有渔民卖鱼，不远处就有木制的斜坡供人到下面的船边购买新鲜的海鲜。毗邻的餐厅也都就近选用新鲜的鱼，配上薯条，就可以奉上可口的 Fish & Chips 了。

在这里还能看到旧时的船坞、推船下水用的旧轨道以及以前渔民的居住环境。路边红色的小邮局古色古香，外观略带北欧风味，一楼是仍在运营的邮局，二楼是一个小型博物馆。

再一次令人惊奇的是，小型博物馆里面竟然陈列了日本剑术服装、柔道服、扇子、穿和服的人偶等很多与日本生活相关的展品；甚至有一间小展厅还专门做成日本房屋的格局，墙上贴着一个展板，其标题为"Nikkei Culture in Steveston"（史蒂夫斯顿的 Nikkei 文化），这里的"Nikkei"不是股票中的日经指数，而是指移民到其他国家的日本人以及他们的后代。

图 23 邮局里的日本展品

从一开始 Garry Point 公园里的日本花园，到邮局博物馆中的日本生活物件，无处不体现了这个地方与日本人有千丝万缕的关联。可走过渔人码头的街道，并未看到日本人的社区。日本人去了哪里？在他们身上发生了什么？带着这样的思考我来到了码头最重要的博物馆——佐治亚湾罐头厂。

图 24 佐治亚湾罐头厂

这家罐头厂被作为文化遗产保护了起来，一进门就能看到密密麻麻、金光灿灿的空罐头盒摆在高高的架子上。历史上，渔人码头是三文鱼罐头的生产中心，曾有多家罐头厂并存。这些罐头厂在第二次世界大战中大批量生产军用三文鱼罐头，给远在欧洲作战的盟军提供有效的营养补给。展览墙上贴着的海报里，三个妙龄女郎抱着旧东西款款走来，下方配有文字：“您的帮助很重要，保存好金属、纸张、玻璃等原材料，它们都是战争的重要供给。”从中可以看出当时分外紧张的战争氛围。

罐头厂中原样保留的生产线展示了完整的罐头制作流程：

（1）鱼去头、清洗鱼身。

（2）用固定宽度的机器切割鱼身。

（3）将切好的鱼块放入罐头盒。

（4）将罐头盒抽成真空，封闭罐头盖。

（5）将罐头摞在一起，推到蒸汽炉中用高温蒸熟。

最后一步，刷新了我的认知。之前，我一直以为，需要先将鱼烹饪熟，再将其密封包装到罐头盒里。而这样先包装再烹饪的方式显然更为高效，能满足前线战士迫切的食物需求。

图 25　展厅里的“驱逐”图片

在后续的参观中，展厅里悬挂的一张照片吸引了我。这是一张日本家庭的合影，妈妈严肃漠然地看着镜头，一双儿女的脸上更是写满了无助。照片下面是一个大写的单词“EXPULSÉS”，在法语里，它的意思是“驱逐”。展板上有大段介绍文字，我对照原文一字一句地翻译如下：

1942 年 2 月，加拿大政府驱逐了太平洋海岸线 165 公里以内的所有日本人后裔。为了回应日本偷袭珍珠港事件，几乎一夜之间，史蒂夫斯顿区域内的 2600 名居民被迁移到 BC 省内陆的营地、农场以及牧场。每个家庭只能拿走自己能搬得动的东西。这一次的人口转移，对当地罐头厂的劳动力和史蒂夫斯顿的社会结构都产生了深远影响。

早在第二次世界大战前就有很多日本人搬来史蒂夫斯顿并以渔业为生，他们一度成为史蒂夫斯顿的主要居民。而如此大规模的驱逐，可能就是导致出现如今在渔人码头很难见到日本人这种现象的主要原因。

数月之后，温哥华城市博物馆又让我有了新的认识。首先是当年的一张面向 BC 省所有带日本血统的人的通告，以第二条最为典型：

想要继续留在加拿大的日裔加拿大人应该现在就去落基山脉以东重建自己的家园，以此表明与政府政策配合的意愿。

这句话的用词和语气似曾相识，他们没用“驱逐”“发配”这样的字眼，而是“重建自己的家园”，颇具语言艺术。而通告后面几条的大意是：请抓住“机会”尽早搬到内陆条件恶劣的山区，晚去的人的生活会更加艰难。

在后续介绍 Powell 街的展览中，这样写道：“日裔加拿大人在这条街附近建立了繁华的社区，他们很多人都以加拿大人的身份生活了数代，然而在日本轰炸珍珠港后，日裔加拿大人被剥夺了财产，并被送到了拘留所，或者叫集中营。”

说到集中营，这些陈列在展厅里标注着主人姓名的旅行箱，很容易让人想起波兰的奥斯维辛集中营，令人有些毛骨悚然。

图 26　日本人被没收的旅行箱

展览中有一张日本人的背影照，有些落寞，低着头，形单影只地走在泥泞的路上。“1942 年，一名日裔加拿大人在被强制向政府上交了自己的汽车之后，步行离开。”这两行大字下面有一段小字：“纵使你是加拿大公民或出生在加拿大，只要你头上长着黑头发和一张日本人的脸，你就是个敌国人。”

图 27　落寞离开的日本人

无独有偶，作为第二次世界大战中珍珠港事件的直接受害人——美国，也在全国范围内建立了数个关押日裔美国人的集中营。美国和加拿大都试图将这些日裔驱离海岸线，理由很简单：防止日裔绘制海岸线图并通敌报信。

日裔加拿大人有的被关押在集中营，有的还被征入伍，组成了全日裔的军队奔赴战场，与土生土长的日本人兵戎相见。资料还显示，有相当多的日裔加拿大人主动请缨，志愿入伍，以表达对加拿大政府的效忠。当然，历史是人写的，当时是真的存在这样忠心耿耿的日裔加拿大人，还是他们有家人被扣押在集中营，自己被逼无奈才入伍杀敌，我们不得而知。不过，无论如何，两帮同根同源的人在战场上杀得你死我活却是事实。

我在前文中提到过香蕉人，他们内心深处对于海外这个出生国有着强烈的归属感，但是很遗憾，黄皮肤的脸孔依然很难被当地人接纳与信任，战争时期的日本人更是如此。

在美国工作的那一年，一位美国朋友 Sam 经常开着皮卡带我出去玩。我们曾一起去过美国的国家奥林匹克训练中心，奥运会前很多美国运动员汇聚于此，密集训练。那天送我回家的路上，Sam 用很诚恳的语气对我说："如果有一天，美国攻打中国，我一定会告诉他们不要打，因为霆的家人住在中国。"哭笑不得的同时，我反复思考着 Sam 所说的可能性：

一旦开战，我们移民到国外的，特别是美国的华人，是不是会像当年的日裔一样被囚禁、被虐待呢？

如果不会出现囚禁、虐待华人的情况，你是否仍有家人、亲戚生活在国内呢？

如果你全家都已移民国外，你是否还会有朋友或发小留在国内呢？

如果你熟识的美国朋友，在战争期间入伍，开着美军战机去轰炸你的故乡，并炸死了你的亲戚朋友，你是否会陷入到一种"我是哪国人"的矛盾与纠结之中呢？

如果你认为美国人大多都像 Sam 一样纯真善良，那就大错特错了，更何况 Sam 在说那些话的时候很可能只是违心地向我示好。一个周末，我坐飞机去洛杉矶，机长用广播告诉大家，有一名乘客是刚从阿富汗回来的美国大兵。这位黑人大兵一登机就收到了全客舱持续热烈的掌声，他屁股还没坐热，就有一位头等舱的女乘客与他换了座位。之前，我听到过太多美国朋友说他们不喜欢美国到处派兵。从那天起，我再也不相信他们的话了。

英语中的“patriot”是“爱国者”；“patriotic”则是形容词，表示“爱国的”。美国人是爱国的，其他国家的人也是爱国的，彼此可以在太平盛世的时候相安无事，也能在资源紧缺、发生利益冲突的时候毫不犹豫地大打出手。

无论是谁发起了战争，也无论是谁占据着道义的制高点，在战争期间被夹在中间的那些人反而是最痛苦的。世界不是一片坦途，而做人必须有立场，不能像浮萍一样随波逐流，更不能像墙头草一样随风飘荡。一旦认定了，纵使再困顿，也要坚定地站在自己的立场上，这是自己唯一的选择。

傍晚的渔人码头一片安静祥和，彤彤的余晖照在水上，倒映出栈桥旁一个个小木桩的影子，这一切似乎是在诉说着什么，但更像是一切都未曾发生过。

与世界杯劲旅的亲密接触

扑出梅西的点球、逼平老牌劲旅阿根廷，仅拥有 30 万人口的冰岛和一群维京的“兼职”球员在俄罗斯一战成名。冰岛只有一座城市，那就是它的首都——雷克雅未克。

早上 8 点，雷克雅未克市中心，人潮涌动。不同线路的旅游团每天从这里出发，其中就包括载着我前往南部海岸以及 Thorsmork 的小巴车。汽车在不算宽敞的双车道柏油路上行驶，车外是漫无边际的广袤荒野。沿途路过人迹罕至的村庄，大家都戏称国外的小城市为“村”，而冰岛村庄的人口则要以十、以百计。

我们没有穿过崇山峻岭，却经过了并不高大的绵延山脉；没有跨过深沟险壑，却驶过了并不湍急的潺潺小河。

我们踏破积雪，步入山林，站在山脊高瞻远瞩；我们长途跋涉，深入谷底，迎来一绺清新山涧。全程蹚在水中的我们，脱掉湿透的鞋履，光着脚躺在充满阳光的山坡上。

阵阵寒意从旁边诡异的山洞扑面袭来，裂口下的雪堆却显得晶莹透亮。彩虹出现在归途，一款形似优胜美地的小瀑布冰清玉洁地倾泻而下。

图 28　冰岛瀑布

图 29　黄金圈的间歇性喷泉

翌日，抵达黄金圈，黄金瀑布不失雄伟，裂谷断层简直就是微缩版的美国大峡谷。地热泉池尽管没有那么绚丽多彩，而间歇性喷泉却也神似黄石公园。

纵使黄金圈没有想象中那般振奋人心，但冰岛最大的温泉——蓝湖着实令人惊艳。同为冰川水，在颜色上，跟加拿大的路易斯湖十分相仿，呈现出梦幻般的蓝绿色。由于地热的缘故，水面上方被蒸汽环绕，如临仙境一般。

站在岸边摆拍的我，忍不住换上泳裤，跳入泉池。初次下水，浑身滚烫，直到身体逐渐适应 40℃左右的水温。站直腰身，水刚好没到颈根。脚下并不平坦，能感到底部的泥土和砂石，所幸没有尖锐的器物，便放心地在水中漫步。据说，温泉的水体富含硅、硫、矽等矿物质，可治疗皮肤疾病。

图 30　蓝湖

说到冰岛的温泉，就不得不提冰岛的地热。由于有 1/4 的国土处在活火山地带，冰岛拥有丰富的地热资源，以地热发电为主的冰岛也由此成为世界可再生能源占比最高的国家。

Hellisheidi 发电厂的科普展览中就地热发电原理给出了解释：热发电和火力发电的原理其实一样，都是在汽轮机中将蒸汽的热能转变为机械能，进而带动发电机发电。蒸汽源于高压热水的“闪蒸”，而其分离后的热水，即发电后排出的尾水，温度为 60℃～70℃甚至更高。从发电厂到雷克雅未克市区的 27 公里，水温波动只有 2℃，用于城市居民的生活完全不是问题。目前，雷克雅未克区域供暖系统已覆盖 3000 公里，99.9％的家庭用地热供暖，也用地热尾水洗澡，以致酒店洗澡水总带有一股硫酸味。

从我住的酒店往北步行十几分钟，会经过一栋别致的白色房子，叫霍夫蒂楼。1986 年，里根与戈尔巴乔夫曾在此进行历史性会晤并签署协议，该楼也由此成为冷战结束的标志性建筑。霍夫蒂楼坐落在一片开阔的草地上，孤独地背对着身后的大海。

走在海边的小径，遥望远方，景色恢弘得让人窒息。静谧深蓝的海水尽头，低沉的片片白云下方，是披着零星白雪的山脉，它像是男人宽大的肩膀，坚强地耸立着，显得那么肃穆与悲壮。

沿途伫立着“太阳航海者”雕塑。这艘航船摇摆着自己闪亮的身躯，沉默地诉说着“维京精神”，誓要乘风破浪、征服大海。

图 31　太阳航海者雕塑

在市区还能看到极具现代感的音乐厅、会议厅，造型极度别致的管风琴形教堂，以及波光粼粼的托宁湖——鸭子和水鸟的聚居天堂。

最终因为时间关系，没有去成著名的冰川湖，但看到朋友拍的照片，形似阿拉斯加，也就没有太过遗憾了。坐在飞机靠窗的座位上，俯瞰银装素裹的山峦、蜿蜒绵亘的水流，与冰岛挥手告别。

从单纯旅行的角度讲，冰岛仿佛就是北美的缩小版，特别是黄金圈，俨然黄石公园的缩影。平心而论，对于国土面积这么小的国家，能融合如此多样的景观，实属难得。

面对俄罗斯世界杯时广大网友认为冰岛球员都是兼职球员的误解，冰岛驻华大使古士贤特意予以澄清：“这些职业球员只不过延承了历史传统，选择了第二职业。”

冰岛是北欧的一座孤岛，冰岛语最贴近古老的维京语，冰岛的维京文化也最原汁原味，于是古士贤便用冰岛人禀赋的“维京精神”进一步解释道：“严寒的气候始终提醒冰岛人要务实，要对未来做好准备，因而冰岛球员们也在时刻为自己退役后的生活未雨绸缪。”

站在珍珠楼的天台向市区眺望，雷克雅未克无疑是一座美丽的城市，对地热能源的智慧利用又为这座城市锦上添花，推动着它在清洁、无烟、零碳的道路上走得更远。

作为短暂的旅行过客，我们兴许无法想象一个国家竟只有一座城市，也无法想象在全年大部分是严冬的恶劣气候下，冰岛人是如何将这座城市一砖一瓦地搭建起来的。人口是一个国家或城市繁荣的基石，而人烟稀少的冰岛，忍受着严寒，克服着黑暗，经历了过往难以想象的艰辛，依然勇敢乐观地面对当下的不易，他们顽强地谱写着属于自己的传奇。

那座象征着冰岛、象征着雷克雅未克的太阳航海者，风雨过后，在阳光下熠熠生辉。

图 32　管风琴教堂

“欢迎来到奥斯维辛工作”

说阿姆斯特丹是男人的天堂，定不会有人提出异议。

那年四月，同在欧洲求学的我和牛B家相约在性都聚首。逛完凡·高艺术馆和性博物馆，夜幕已经降临。在红色霓虹灯映照下的运河旁，我俩摸进了传说中的“Moulin Rouge”(红磨坊，跟巴黎红磨坊同名)。

图33　阿姆斯特丹红磨坊

一边观看着成人演出，一边泰然喝着啤酒，忽然听到背后一句响亮的中文：“同学们，我们要去赶火车了!”只见后面人头攒动，几排学生模样的中国兄弟姐妹快速起身走向门口。我和牛B家忍不住捧腹，看来今天是遇到学生集会了。

对于性与毒品合法化的阿姆斯特丹，很多人存在误解，认为这里治安一定很混乱。其实，恰恰相反，当地人文质彬彬、和蔼可亲，就连深夜的红灯区也很安全、整洁，合法化带来的反而是规范和秩序。与之截然相反的是哥本哈根著名的“Christiania”自由镇，自20世纪70年代，这里就为颓废的嬉皮士和激进分子所占据，充斥着毒品与酒精的迷幻与放纵，纵使警方多次大力整顿，环境也依然在不断恶化。

图34　哥本哈根自由镇

第二天一早，我和牛B家来到王子运河河畔的一处塔楼。塔楼旁边连接着一座尖顶的建筑，这就是备受游客青睐的“安妮之家”。

安妮出生于德国，随着纳粹在德国排斥犹太人的风气日盛，她跟父亲举家搬迁到了荷兰。荷兰被德国占领后，纳粹大肆搜捕犹太人，安妮一家由此过上了提心吊胆、暗无天日的隐匿生活。

那座尖顶建筑的三层和四层以及上面的阁楼正是安妮全家藏匿的居所，唯一的进出口位于三层与隔壁房子相通的连廊里，一个用来掩人耳目的厚重的木质书架被巧妙地做成了暗门。走过暗门，爬上楼梯，就可以看到安妮狭小却温馨的房间。

图 35 安妮之家的暗门

当时安妮就是在这个房间里度过了与世隔绝的两年，她每天谨小慎微，白天甚至不敢上厕所，生怕被人察觉到暗室的存在。很遗憾，这个隐秘的家最终还是被不幸查抄了，而安妮一家也被送往纳粹集中营。战后，安妮的父亲将她的日记出版。自此，《安妮日记》在世间广为流传。

图 36 安妮的房间

"I want to live, even after I die."（我希望在我死后，还能继续活着）日记中的这句话真实地表达了安妮对美好生活的向往与渴望，只可惜她最终死在了贝尔根·贝尔森集中营。

时隔三年，我有幸造访了波兰老城 Krakow（克拉科夫）。Krakow 在第二次世界大战中没有像首都华沙一样被德军夷为平地，这里不仅有众多保存尚好的古建筑，而且还有令人称奇的维利奇卡盐矿以及离城区不算太远的奥斯维辛集中营遗址。

尽管早春的清晨充满寒意，依然有很多人早早地在奥斯维辛的门口等候，入口的正上方用德语写着："劳动获得自由。"

图 37　奥斯维辛入口

一行人来到一排两层的囚舍，其建造的整齐与严谨颇具德国人的行事风范。这些囚舍早期用于监禁共产党人、战犯、作家、吉普赛人、同性恋和知识分子，后来则主要用来关押犹太人。囚舍的每一扇窗都被封死了，地下室的窗也被额外砌成的水泥墙挡住，不让犯人们见到外面的阳光。囚舍内的走廊两侧挂满了被关押犹太人的黑白照片，比起他们异常简陋的住宿条件，这些照片更让人揪心与胆寒。

图 38　岗楼与铁丝网

这里有戒备森严的岗楼、密不透风的铁丝网，也有用来枪决犯人的死亡墙，还有开阔地上摆放的绞刑架。儿童的玩偶、衣物、鞋袜，成千上万的日用品和餐具，不可计数的行李箱和义肢，数以万计的罹难者的鞋，还有被剪下的头发，都被分门别类地陈列在一个个巨大的玻璃柜中。观之，胆战心惊，毛骨悚然。

图 39　罹难者的鞋

大量用来装剧毒“齐克隆B”的空罐子也堆叠在展柜里。齐克隆B的主要化学成分是氰化氢，本来用作杀虫剂，由于其兼具杀人快速和成本低廉的优点而被大量引入奥斯维辛。这曾让经营惨淡的杀虫剂生产厂商喜出望外了一阵子。然而，更为讽刺的是，齐克隆B的发明者弗里茨·哈伯本人具有犹太血统。

图40 齐克隆B的罐子

纳粹在广播中假装温柔地通知犹太人集体洗浴，“贴心”地为每个人分发了毛巾和香皂；罹难者们不明就里甚至略带喜悦地排队步入了毒气室，而后面的烟囱就这样全天候地冒着可怕的黑烟。“每次有犯人被送来，天气就会莫名其妙地改变。空气里弥漫着一种奇特的气味……这是人被焚化后的气味。”毒气室里昏暗的灯光照射着斑驳的墙面和那曾经永不停息的焚尸炉。

奥斯维辛实际上分为两个部分，前面的叫奥斯维辛集中营，穿过一座门楼，便会进入后一部分——布热津卡集中营。布热津卡的居住环境更为逼仄，条件更加简陋，宿舍透风散气，厕所拥挤不堪。而它的焚化场如今已沦为废墟，旁边肃穆的纪念碑在风中阴沉地伫立着。

图 41　焚尸炉

当年纳粹用卑劣的谎言，哄骗数以百万计的犹太人从欧洲各地登上开往奥斯维辛的火车。在这铁道的尽头，无数刚下车的犹太人天真地相信墙上热情的标语——“欢迎来到奥斯维辛工作”，对即将到来的体面生活满怀期待。不曾想，这里是他们人生的终点站。

图 42　奥斯维辛铁道终点

英国大屠杀研究专家亚胡达·鲍尔认为："奥斯维辛就是专门生产尸体的工业基地。"德国不愧是工业强国，就连大屠杀也采用高效的工业手段和严格的管理方法。

由于人手短缺，纳粹选拔小部分犹太人代理监管其他犹太人。这些吃得肥头大耳的囚犯头目，殴打虐待同胞比党卫军更加残暴。他们让其他同胞变得羸弱，加速进入毒气室，寄希望于借此生存下来。这一行径像极了抗日战争时期的日伪与汉奸。即便如此，犯人头目们也很难活过八周。

以上情形与维克多·弗兰克尔在《活出生命的意义》一书中描述的完全一致。没有被立即杀害的犯人们每天进行着繁重但没有实际意义的体力劳动，等到表现出明显的虚弱或疾病迹象，就会在隔天被送到毒气室。弗兰克尔劝诫人们任何时候都不要放弃对生存的渴望和活下去的勇气，但在集中营里除了需要乐观精神和顽强意志，还需要一定的运气。安妮在集中营中死于伤寒时，距离德国战败投降只剩一周。

历史上，反犹主义在欧洲一直比较盛行，对犹太人的大规模迫害早在古希腊、古罗马时期就已开始。在古罗马帝国消亡以后，各国对犹太人的镇压依然没有停止。而基督教信徒认为，是犹太人把耶稣钉在了十字架上并杀害了耶稣，所以在普遍信仰基督教的西方世界，在宗教情感上对犹太人抱有敌意。

犹太人崇尚知识、注重教育，又颇具经营头脑和商业智慧。自一战以来，他们在金融领域等各类商业中积聚了大量财富，这不免激发了欧洲的仇富心理。1929 年，德国在欧洲经济大萧条中未能幸免，而某些犹太商人为富不仁的举动，进一步加深了德国政府和民间对犹太人的仇恨。

此外，更重要的原因在于纳粹极度偏执与极端的种族主义。希特勒在《我的奋斗》中写道："雅利安人，即当代的日耳曼人，是上苍赋予'主宰权力'的种族，是地球上最优秀的人种。"以他为首的纳粹坚信日耳曼人是最纯种的雅利安人。

在臭名昭著的"雅利安人优越论"的指导下，纳粹在欧洲多国建立了"育婴农场"，挑选金发碧眼的美少女，批量生产雅利安后代。在种族纯净的强烈诉求下，犹太人首当其冲地成了被清洗的对象。

这些都不禁让我们想起第二次世界大战中德国的盟友日本，想起他们的“大和民族优越论”与所谓的“大东亚共荣”谎言，想起他们犯下滔天罪行的南京大屠杀与遗留的无数个万人坑。经历了明治维新的日本脱亚入欧，整军修武，面貌焕然一新。而那时的我们刚完成从最后一个封建王朝到民国的转变，千疮百孔，百废待兴。

自从闪族人建立的犹太王国被罗马帝国消灭之后，犹太人就一直处于流离失所的境地。纵使他们足智多谋、富可敌国，因为背后没有支撑他们的政权，一直到第二次世界大战也没有摆脱被侵凌的命运。恃强凌弱，弱肉强食，我们看到的不仅是大屠杀的惨绝人寰，而且还是种族之间赤裸的敌视和杀戮的决绝。

第二次世界大战后的德国与日本，以惊人的速度恢复经济并实现腾飞，制造各种世界领先的高科技产品以造福人类。在敬佩两国人民的勤劳与韧性的同时，我们更不会忘记他们先辈手上曾沾满的鲜血以及骨子里对外侵略扩张的野性，只希望悲剧不再重演。

《安妮日记》之所以广受全世界读者的追捧，我想部分原因是她在狭小的密室里和困苦的逆境中依然能书写出美好的内心世界：

> 希望停战，希望和平。
>
> 性本善，混战和苦难终将结束。
>
> 不管怎样，我始终相信这个世界是美好的。

但愿安妮是对的。

被历史掩藏的遗迹

想必很多人对《古墓丽影》中劳拉的英姿倩影——身着紧身衣在废墟中摸爬滚打，有深刻的印象。在《古墓丽影》的拍摄地——塔普伦寺，首先映入眼帘的是那高高拔起的巨木。这座沉睡了数百年的古寺，与沧桑的古树早已浑然一体。

图 43　塔普伦寺

吴哥古迹每一处台阶总是陡峭异常，膝盖抬到接近极限才能勉强迈到上一级。炎炎夏日下，沿着古人走过的路拾级而上，额头上不觉地渗出了汗水。倒也不负这登高的辛劳，得以俯瞰别样的宏伟。不单宏伟，在号称“艺术之钻”的女皇宫，精雕细琢的石刻也曾铸就柬埔寨艺术的巅峰。如果你想看到原汁原味的废墟样貌，千万不要错过崩密列这座破败、隐秘、未经修缮的寺庙，这里遍地是东倒西歪的立柱和散乱的、长满青苔的砖石。

图 44　吴哥窟的台阶

图 45　女皇宫

大吴哥，指的是吴哥通王城，占地约 9 平方公里，包括巴戎寺等著名遗迹，是吴哥文明结束前最后的国都。而隔水相望的小吴哥，实则是吴哥寺，也叫吴哥窟，比大吴哥规模小得多，是保存最完整的吴哥遗迹。简而言之，大吴哥是一座城，而小吴哥是一座寺。

罗马并非一日建成，吴哥王朝也是从早期简约的小规模建筑逐渐形成了而后的金碧辉煌。驻足柬埔寨的碧水云天，会收获一份惊喜；静候巴肯山的落日余晖，会留下一份回味。让我们永远记住那诡异、慈祥、永恒的高棉的微笑吧！

图 46　高棉的微笑

面对世界七大奇迹之一的吴哥窟，不禁让人疑惑，如此恢弘庞大的建筑群，为什么悄无声息地沉睡了 400 年？为什么吉篾人建立的高棉帝国繁荣昌盛了 600 年，却突然之间就消失了？

有人说，帝国被暹罗军队攻陷后，遭到毁灭性破坏；有人说，大量的树木被砍伐，造成生态环境极度恶化；还有人说，因遭遇了陨石撞击，帝国被瞬间毁灭。

在这些猜测中，我个人更倾向于生存环境遭到破坏这一说法。因为如果有外敌入侵，那么在双方的拉锯战中，终归会有一方入驻如此繁华的都城，而不是弃城而逃。而且有研究表明，在此并未发现大量尸骸的存在，所以这不像是残暴的屠城，更可能是遭遇了连续数年的自然灾害，庄稼颗粒无收，最终全民逃离。

究竟是天灾还是人祸，高棉帝国消亡的秘密，并没有随着发现被丛林遮蔽了数百年的吴哥窟而得以揭开。而远在地球的另一端，庞贝古城的陷落却的确源于天灾，一座名为“维苏威”的火山喷发让它在几天内就从世界快速消失了。

当年，庞贝城与希腊文化关联密切，在周边逐渐形成了发达的牧业和种植业；后来，在罗马盛世春风的吹拂下，这座城市变得更加繁荣、强大。如今，透过市中心残存的广场和市集，依然能看出昔日的繁盛。

图 47　庞贝古城市集

饮水喷泉遍布在城市的各个角落，道路下方的排水管道四通八达，然而这些都是当年希腊—罗马市政设施的标配。用石灰石整齐铺设的宽敞街道，时常给人带来无限遐想：在当年繁华的街市上，花枝招展的妇女，三五成群，翩翩前行，不时地引来路人艳羡的目光。

走入室内，明媚的阳光从天井垂直射下，让人感受到达官贵人往日生活的奢华。在豪华的公共浴池斑驳的墙壁上，还能依稀看到片片精美的壁画。

而餐馆厨房中紧密排列的多个灶台，更彰显着彼时如火如荼的餐饮业。

酒足饭饱的庞贝人，夜生活丰富多彩，他们时常聚集于希腊剧院，喜剧、悲剧、歌舞等艺术形式在这里一应俱全。而大型罗马竞技场更是生活中的必备，它可以同时让全城的人坐在这里观看血腥的搏斗，让那颗渴望残忍与刺激的内心得到暂时的宣泄。

图 48　庞贝古城竞技场

庞贝这座拥有两万人口的小城，拥有 100 多家餐馆、4 座公共浴室、2 座普通剧场、2 座体育场、7 家妓院和 10 间庙宇。而这一切在短短两天内就变得面目全非。人们甚至还来不及进行痛苦的挣扎，就被淹没在滚滚的岩浆之中。

富有反讽意味的是，这场悲惨的灾难反而成功地保护了 1 世纪罗马城市的原貌，让我们得以形象、详实地了解那个时代的罗马生活。太阳照常升起，离庞贝古城不远的那不勒斯湾，沙滩美不胜收。在充沛的阳光下，人们享受着惬意的夏日时光。

吴哥窟被法国人发现的数百年前，早已“人去楼空”，落寞地沉睡在热带丛林之中；而庞贝与跟它一起受难的居民们，在火山灰下掩埋了近两千年，才得以重见天日。

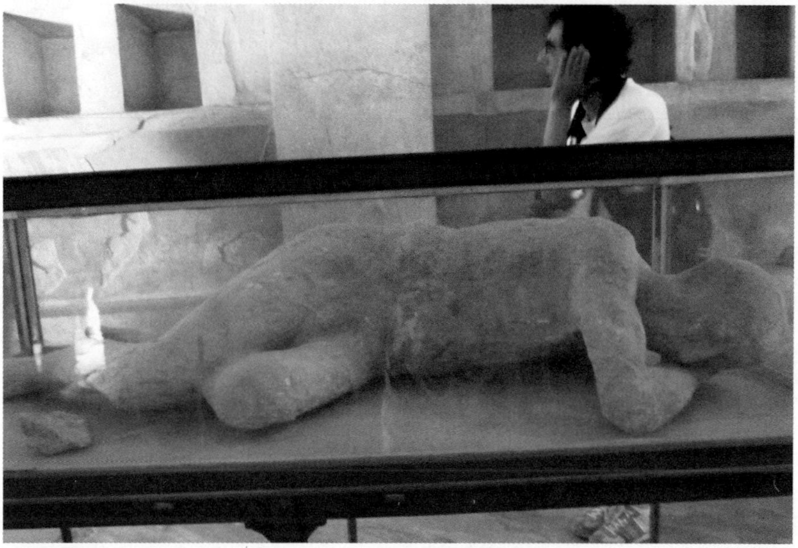

图 49　被熔岩淹没的人

盛极一时的文明，可能会在突如其来的自然灾难中灰飞烟灭；繁荣发达的城邦，也可能会被势如破竹的外敌瞬间夷为平地。无论是王朝的覆灭，还是城镇的消亡，我们除了叹惋往昔的辉煌，更感慨历史兴衰的无常。

图 50　托士楞囚舍

人生苦短，我们就像历史长河上的一片叶子，随着水流或快或慢地移动，纵使看遍了带有文字记载的过往，也全然猜不到身后的未来。我们所经历的一切，也终将成为后人带有不同程度偏差和主观臆断的历史片段，也会像现在的我们一样，对我们评头论足，大放厥词。

Tuolsleng（托士楞）纪念馆所印证的几十年前那场大屠杀，触目惊心，阴影久久难以散去。而如今的柬埔寨，在吴哥窟附近到处能见到骨瘦嶙峋的儿童，他们不顾脸上的灰土，四处向游客疯狂兜售发皱的风景明信片，甚至为彼此抢生意而大打出手。

与庞贝古城密切相关的古罗马、古希腊，一个是多次征服世界的庞大的军事帝国，另一个是西方哲学思想的摇篮。反观现在的意大利与希腊，他们守候着世界上最瑰丽的历史文化遗产，一边啃着老本，一边叹息着辉煌不再，在偷拐抢骗、暴力枪击等个别不良的行径下逐渐走向萎靡、颓废与衰败。

只见繁华的长安街上车来车往。

取经荆棘路

唐玄奘于唐贞观元年（627 年）八月从长安出发，穿过西北，途经如今的中亚、阿富汗、巴基斯坦等国，历经艰难险阻，终于在离开长安的第五年抵达向往已久的摩揭陀国的那兰陀寺，而摩揭陀国就在当今的印度境内。

佛教起源于印度，出生于尼泊尔蓝毗尼的释迦牟尼年少时便赴印度求学。除了佛教，印度也是婆罗门教、锡克教、耆那教等宗教的发源地。而且随着社会发展，在特有的印度文化圈内逐渐形成了绝大多数印度人信奉的印度教。

图 51　释迦牟尼出生地

作为世界宗教的发祥地，印度总透着神秘的光辉，驱使着人们纷至沓来，步唐三藏的后尘，一睹这“宗教博物馆”的真实面目。纵使从国内乘飞机不到一日即可抵达，却不曾想这“取经之路”上充满了荆棘。

机场距市区约 20 公里，官网显示需要花 25 分钟至 2 小时，本以为是夸大其词，没想到实际情况更糟：大巴车、卡车、私家车、出租车、三轮车、摩托车，通通挤在逼仄、颠簸的道路上，蠕蠕爬行；每逢多岔道的路口，更是乱作一团，大家横冲直撞，见缝插针，互不相让。不同音色的喇叭声不绝于耳，全天不休，并常常混杂着司机之间粗暴的龃龉和对骂。

图 52　印度的交通

在开往市区的路上，摇开车窗，不时会有尘土打在脸上；两旁紧凑地排列着贫民窟式的简陋平房，还有林林总总的垃圾堆，不时伴有衣衫褴褛甚至衣不蔽体的人蹒跚着横穿马路。

下了车，步行在街上，顿时对城市的肮脏有了更加真切的感受。四面八方的臭气扑鼻而来，令人无所遁形。路边的小河总让人想起潺潺的流水，近看却是一潭潭散发着恶臭的死水。河边五彩斑斓的垃圾，堆积如山。印度南方的冬季并不过分寒冷，欠发达的工业反倒成全了湛蓝的天空。明亮的天，灰黑的地，抬头与低头间也就形成了强烈反差。

图 53　印度街景

走路时如不小心还会踩到粪便，有大有小，其中大个儿的是牛粪。牛在印度是圣物，站在路中间，车都要绕行。即便在闹市区也能看到姿态各异的牛，有的盘在路边慵懒地晒着太阳；有的站在路上茫然地看着车来车往；有的在垃圾堆里翻找着自己爱吃的食物；有的索性趴到垃圾车的后斗下面，仰面品尝着不断倾泻而来的“饕餮盛宴”。

在灼热的午后阳光下，用镜头记录着看到的一切，也总有一双双眼睛在记录着自己。站在街边的人们，没有讶异的表情，也没有鄙夷的神态，只是无声地直勾勾地盯着，目不转睛。我下意识地紧了紧挎包，快步前行。

汽车从身边驶过，尘土随之扬起，难怪路边小商铺的货架上，就连印着最近日期的饼干包装上也布满了灰尘。除了商铺，路边也不乏售卖小食或正餐的摊位或推车，这些是贵贱不敢问津的，既出于对尘土的忌惮，也出于对食材和制作工艺的担心。而恰恰在印度的北方，难以见到正规、整洁的餐馆，便强忍着饥饿，拿起随身的水。然而防不胜防，发现街上买的饮用水瓶口没有密封，想必是卖家自己灌上的，只得扔掉。

腹泻是旅途中最不能承受的事故。纵使一路上谨小慎微，也依然不幸中招。在天蒙蒙亮的清晨，通宵长途大巴还没进站，我就背着沉重的旅行包从车门一跃而下；四处询问后，我一路飞奔到车站的公共厕所，在门口付了费用，顾不上找零就钻进了隔间。隔间里没有挂钩，旅行包只得抱在胸前。一蹲下才发现地上的积水比想象中更深，幸亏鞋底厚，脏水几乎刚刚没到鞋帮，背包带却不小心浸到了水中，心中一阵恶心。

在印度的公厕，不要企望手纸。大部分卫生间里都有一个小喷头，连着一个不算太长的水管，这跟意大利等欧洲国家的冲洗装置如出一辙。只不过背后一般没有自动水箱，而是在侧面墙壁上伸出一个龙头，正下方放一个塑料桶，以便于接水冲厕。理论上，印度人如厕确实不需要手纸，有手指和水就足够了，擦完再用水洗手。

图 54　印度公厕

在印度的餐馆，服务生一般不给刀叉和勺子，因为大家都默认用手抓着吃。撕碎烤饼，蘸着鸡肉、羊肉或纯素的咖喱酱往嘴里塞，米饭也毫不例外，同样用手蘸着酱攒起来吃。

咖喱是印度最普遍的食物，跟东南亚咖喱的口味有很大不同，其突出的特点就是辣。即便专门让服务生推荐一种不太辣的咖喱餐，依然会很辣。渐渐地，对每天早上的腹泻已习以为常，也懒得去分辨到底是因为卫生问题，还是因为食物太辣。

图 55　印度传统食物

厕所里用手，餐桌上用手，广大印度人民依然遵循着最传统的生活习惯。一个外国人初到印度，身上备好纸巾，招呼服务员拿把勺子，平时再提前吃些止泻药，便能基本克服生活上的困难。然而，印度的闭塞却是外人难以逾越的障碍。

为了让行程更加紧凑高效，我们往往在旅行出发前就预订好车票，而在印度提前规划行程却困难重重。下面给大家分享一下我乘坐大巴和火车的尴尬经历：

预订长途大巴票的官网，网页上显示可以输入国际手机号，在注册验证时却永远不会向手机发送验证码；用邮箱勉强绕过手机注册后，预订大巴时再次要求填写手机号，此时的输入框却只接受最多 10 位的印度手机号，而中国手机号是 11 位。只好把中国的手机号去掉一位再填到输入框中，最后终于完成了大巴的购票。

预订虽然成功，却给旅途埋下了隐患。前两次坐大巴时在指定巴士站等候便可顺利乘车，第三次却被告知由于电话联系不上，座位被取消了。贪婪的巴士公司就是这样在没有提前邮件告知、也没有退款的情况下，私自将网上已出售的座位在系统中又卖给了别人。自己的按时出现让工作人员哑口无言，好在他们给我临时安排了一趟大巴，可是需要再等 3 个小时。

预订火车票的官网，页面缺乏设计，载入卡顿，服务器时常宕机；第三方购票网站页面略显精美与简洁，然而当你顺利完成诸多步骤并点击信用卡支付后，网页上却提示："只接受印度本国的信用卡。"在火车官网稀里糊涂地支付了一笔服务费，才终于得以开启海外信用卡的支付许可。

乘坐火车也同样不顺利，前两次基本顺利乘车，而第三次在破旧纷乱的站台候车，却迟迟看不到显示屏上的指定车次；询问工作人员时才知道，火车严重晚点，该车次被无限期推迟，等于是临时取消了，只得另谋他法。

图 56　印度的火车站

印度的火车购票系统中会显示一系列独特的购票状态，很让外国人困惑。如：CNF（Confirmed，确认）状态，即确定有座；RAC（Reservation Against Cancellation，保留订位）状态，意味着将和一个陌生人同坐在一个床铺上；不同种类的 WL（Waiting List，等候清单）状态，也就是说，要做好届时不能上车的准备，除非前面有人退票，WL 才可能变成 RAC 或 CNF。

很多人好奇印度的火车是不是真的像电影里那样人满为患，乘客有坐在车顶的，有挤在门口的，还有扒着火车的。事实并非如此。短途快车的行政车厢，其硬件设施不但等同于国内高铁的一等座，还提供无比丰盛的早餐，开胃菜、咖啡、餐后甜点等一应俱全。无意间望向窗外，旁边轨道上的火车正巧有人扒着车门，探出身来张望。只能感叹电影源于生活，但也过分夸大了现实。

印度的硬卧车厢，除了相对的两组上、中、下床铺，我国火车上一般用于放小桌和折叠椅的过道也被置放了一个横向的双层床，留给过道的空间所剩无几。提着铁桶售卖餐饮的各色小贩在其间往来穿梭。印度的软卧设施陈旧，但在硬件设施方面与我国软卧接近。只不过，所谓的 Express（特快），就让人有些失望了，你无法报太多奢望，因为它们停站多、时间久，600 公里的路程也要开一整夜。

长途大巴车的条件也千差万别。不带空调的卧铺车因路面和减震原因而异常颠簸，我整晚多次险些从二层颠下来；而空调卧铺车配有枕头和毛毯，冷气也开得十足，风口还关不上，就只能一层一层地摞衣物遮挡，否则清晨醒来定会得重感冒。

图 57　印度的硬卧车厢

至于那趟重新安排的 3 小时后的大巴，票价比之前被他们私自取消的便宜一倍，这笔差价必然是石沉大海了。而对于那趟临时取消的火车车次，听从了车站管理人员的建议，在网上找购票网站退票，对方连续两次的回复都是毫无意义的官腔；第三次申请退款时，终于有负责任的客服简短介绍了退款方法，我按步骤在线退款时却被告知："超过了退款期限。"

那趟火车车次被取消的当晚，我被逼无奈，只好临时跑去汽车站改乘大巴。由于没提前在网上购票，现场又没有明码标价，没想到大巴售票员竟然漫天要价。为了按时抵达下一站，只能忍气吞声，可最终的到达时间比他声称的整整晚了两个小时。

由此可见，印度部分国民，不仅缺乏基本的商业信用，而且行事风格也偏于慵懒和不负责任。

除了交通，事前在网站上能查到的旅游信息寥寥无几，且时常简略得草草了事。比如，当地旅行社的瀑布一日游，连出发时间和行程时长都没写；发邮件询问客服，客服说自己也不清楚，让拨打电话问经理。如此经营不善、疏于管理的旅游业，折射出他们的服务意识极端落后。

图 58　TuTu

相比之下，街头的 TuTu（蹦蹦）司机却表现得积极热情。不知是新烫的卷发还是单眼皮小眼睛作祟，所到之处，诸如景点门口、街头、火车站、汽车站，总有三五个 TuTu 司机上前用韩语或日语问候，有的甚至直接往自己的车上硬拉。

从机场到市区的出租车，不在柜台"prepaid"（预付款）而自己直接打车的话，铁定会被宰得很惨。出租车尚且如此，就更不要对 TuTu 抱有幻想了。尽管出租车和 TuTu 上都安装了打表器，但司机们永远不开。

即便有 TuTu 破天荒地打表计费，那他八成是要疯狂绕路了。

印度地广人稠，完全步行并不现实。TuTu 价格比出租便宜，速度又比人力三轮快很多，算是性价较高的交通方式。因而在印度每天上街的主题就是硬着头皮、不厌其烦地与 TuTu 砍价。上车前，除了说清目的地以免南辕北辙，还要谈好价格，否则下车时只能任人宰割。你要确保手机流量畅通，始终开着导航并刻意让 TuTu 看到，他们知道你认路就会有所忌惮。

TuTu 往往胡乱要价，50 卢比的行程能要 200～300 卢比。如果刚来印度，摸不清价格，就尽量往低喊，也能很快大致了解 TuTu 的心理底线。你喊 50 卢比，他喊 100 卢比，最后各让一步，70 卢比或 80 卢比成交，也算和谐。毕竟，人民币和卢比的汇率是 1：10，没必要为了 10～20 卢比过分计较。

每个 TuTu 都希望做一整天的专属司机，而不局限于单趟行程，于是他们就成了话痨，全程问东问西，推荐去这去那，或不间断地介绍特产商店。专属司机意味着由一个 TuTu 完全负责你一天的行程，逛景点的时候他们会在门口等候你。这其实不利于你自由地选择景点和安排时间，更何况 TuTu 等候的时间也算钱。而街上的 TuTu 成千上万，没必要绑定在一个 TuTu 身上。

有的 TuTu 不守信用，到了目的地就要高价；你塞给他谈好的费用，头也不回，转身就走，TuTu 也不会追来。还有的 TuTu，一上路就开始乱要价；你坚决下车，TuTu 立马认怂。更有甚者，在去机场的路上，他一会儿扬言去不了，一会儿又要带着你逛娱乐场所，在义正词严的据理力争下，最终虽一脸不快但是依然会将你送到机场。印度人擅长耍奸磨滑，但绝不在有血性的民族之列，只要你合理并坚决维护自己的权益，他们也就不敢冒犯。面对这些生活在印度底层的人，没什么愤慨，只有无休止的厌烦与无奈。

总体感觉南方的印度人相对淳朴一些，在街头几乎见不到外国游客，中国人更是不见踪迹。在景点游逛，时常有印度人主动上前请求合影。有一对年轻情侣，在附近张望半天，终于鼓足勇气，扭捏地过来问能不能一起照相。

相比于南方，北方景区的国际游客众多，旅游业也更商业化。时常会有手拿纪念品的商贩穷追游客不放，即便你坐上了 TuTu，他们也会跟着跳上来，继续重复着满嘴的车轱辘话，价值几百卢比的东西一直咬着 2000 卢比不放。景区入口往往有很多私人导游在此盘踞，见到外国游客就若鹜趋之，像甩不掉的膏药。景区里也有“热心”的当地人主动指引游客并自发介绍景点，但他们很快就开始捻着手指索要小费了。

无论南方还是北方，景区门票价格方面，印度人可以几十卢比，而外国人则要几百甚至上千卢比。此外，携带相机须额外付费，有的地方甚至还对相机和手机各收一笔。

西天取经一路荆棘遍布，却也看到了诸多胜景，有气势磅礴的宫殿与城堡，更有美轮美奂的神庙。然而其中绝大部分是印度教建筑，而不是佛教建筑。尽管印度是佛教的发源地，但随着德里苏丹国的建立及伊斯兰文化的涌入，佛教的影响几乎被清除殆尽。然而，德里苏丹国，连同后继的莫卧儿王朝，总共 651 年的穆斯林统治，仍未使伊斯兰教在印度民间得到普及。时至今日，80%以上的印度人依然信奉印度教，森严的种姓制度早已扎根于教徒们的心灵深处。

图 59　马杜赖美纳克诗神庙

宗教是印度人日常生活的一部分，就像美国人周末结伴观看 NFL 橄榄球，排队买啤酒、吃小吃，就像瑞典人周末带孩子逛宜家，吃自助、品尝冰淇淋，印度人则三五成群欢喜地走进寺庙。

知名的寺庙建筑规模庞大，配有广阔的停车场。人们脱掉鞋袜，放入满是灰土的麻袋，由工作人员按牌号挂到一排排的挂钩上。虔诚者会用圣水洗脚，而后和其他人一起加入蜿蜒绵长的朝拜队伍。有的神庙前铺设盘旋的方形地砖，喇叭里重复播放着一句并不简短的经文。排队的人有序地站在各自的一格方砖上，广播里每念一遍经文便向前迈一格。也有印度人俏皮地拉着孩子绕过虔诚的信徒，提前走到前面的空格上，当然这不会有人阻止。印度教的神庙整体上是宽容的，除了某些核心祷告区不允许非教徒进入外，大部分区域都对大众开放。

无论是不是虔诚的教徒，大家在神庙祈祷或参观结束后，往往都会去神庙配套的就餐、娱乐区域，这里有多种多样的美食、琳琅满目的小商品以及一些简单的娱乐项目，有时还能喝到公益机构发放的免费粥。亲朋好友聚在一起吃饭聊天，其乐融融。

当然，千万不要认为笃信宗教的印度人在生活中就处处保守。印度人热爱自拍，热衷游玩，特别喜欢情侣同行。大大小小的景点，只要有草坪，都能看到星罗棋布、成双成对的情侣，像麻花一样以不同方式缠绕在一起，即便有路人也置若罔闻。正因如此，有的公园贴出醒目的公告，要求情侣在公共场所行为得体。

纵使教义中有千万条让人向善的忠言，印度仍然是强奸案层出不穷的国家，所以建议中国女性不要单独前往。而对于男性，印度的社会治安算是差强人意，没有枪林弹雨，也没有明目张胆的拦路抢劫。光天化日之下，只要保持合理的强硬态度就足够了。

旅途中看不出警察是否有深层的腐败问题，他们也算是在尽职尽责地帮助外国人。毕竟，外国人只要不是肤色太黑，在种姓排名中几乎等同于刹帝利，是仅次于婆罗门的第二等级。

抛开种姓制度，以酒店为代表的很多有格局的商家，为了客源与好评，大都为外国游客竭诚服务。街头乌七八糟、灰头土脸，酒店里却窗明几净、笑脸相迎，喝着端来的热腾腾的奶茶，望着礼貌热情、喜欢晃脑袋的印度服务生，感觉门内门外俨然两个世界。

印度酒店的热水器依然是袖珍型水箱，还没等洗完头，水就凉了。即便如此，依然更愿意躺在酒店里看书，因为一旦踏出酒店大门就意味着又要面对那些追着要钱的孩子，他们衣衫褴褛，带着一双双漠然的眼睛，在背后尾随几百米才会失望地放弃。唯独能给人带来愉悦的是街边妙趣横生的板球。一群青少年在尘土飞扬的空地上打得不亦乐乎，他们奋力地奔跑，激情地呐喊，即便生活再不易也能从运动中找到宝贵的乐趣。

当初，穆斯林王朝的衰落为西方殖民者打开印度大门提供了机会，国家资源也由此被掏空，发展被扼杀，最终变得四分五裂。非暴力不合作运动一定意义上催化了印度的独立，却也吹熄了全民揭竿而起的勇气与胆魄。反而是第二次世界大战的巨大消耗，让英国人逐渐失去了对印度的控制，让印度人跪着获得了自由。

甘地用自己的个人魅力，挨家挨户、一村又一村，不辞辛劳、苦口婆心地劝诫人们拥抱和平，最终他却成了极端宗教主义的牺牲品。时至今日，这个表面污浊却又看似平静的社会依然潜藏着宗教冲突的危机。

图 60　泰姬陵

回望泰姬陵，她依然屹立在王朝旧都的河畔，只是很遗憾，四周再也没有了往昔的繁荣。在这条身心备受考验的取经荆棘路上，到处是不堪回首的波折与浩劫。登上回国航班的那一刻，瞬间全身瘫倒在座椅上，望着机场旁边那一大片的棚户区，只想说：“印度，永别了！”

圣母院陨落与人文衰落

2019 年 4 月 15 日晚，巴黎圣母院身陷火海，尖塔倒塌，玫瑰花窗被烧毁。这突如其来的灾难在网络上激起了极大的反响，无论是否读过雨果的作品，多数人都在慨叹这一著名古迹的陨落。

图 61　原巴黎圣母院

巴黎一直被誉为世界的“浪漫之都”，现如今它的浪漫不减当年，而这座城市的人文却也让越来越多的游客感到不安。

记得第一次去巴黎是 8 年前，街上随处可见手持登记表的年轻人，有男有女，他们一遇见游客就会迅速凑过来，“热情”地推荐你在表上签名。不明就里的游客填了姓名，最右侧的一栏便是“募捐”金额，一旦填上数字就要乖乖地掏腰包了。而所谓的募捐大多是幌子，钱会悉数流入这些年轻人的口袋。

像这样游手好闲的年轻人，在

巴黎不在少数。塞纳河是巴黎的母亲河，埃菲尔铁塔、协和广场、卢浮宫、圣母院等著名景点都分布在塞纳河畔。沿着河边漫步的我，意外地碰上了一个“撞大运”的年轻人。他仿佛发现了新大陆一样，凝视着地上的一枚戒指，并在我走近时将它捡起，一边向我挥舞，一边用蹩脚的英语说：“我找到了戒指，它是金的!”我鄙夷一笑，头也不回地继续向前走。

在河畔步行了短短半个小时，我先后遇到了三个捡到“金戒指”的年轻人。国内十年前就不再用的骗术，在异国他乡却得到了发扬光大，骗术的逻辑无非是：他捡到了“价值连城”的戒指，可以“廉价”地转让给我。

腿脚略感酸疼，我便沿下行的楼梯进入地铁站，不曾想浓郁的尿骚味扑鼻而来，令人猝不及防。从蒙马特站下车，离高大的圣心教堂就不远了。

去教堂需要攀爬多级台阶。刚走到台阶脚下，便有几个黑人大呼小叫地围了上来。他们用五颜六色的细绳编成长长的手环，一边热情地祝福我，一边拽着我的手，把手环挂在我的手腕上，大致确认尺寸后，不由分说要用指甲剪将线头剪断。说时迟，那时快，我用尽力气将手缩回，并迅速地顺着台阶向上跑，好在摆脱了他们的纠缠。

傍晚，与高中两位同窗相约共进晚餐，他俩均在巴黎留学。他乡遇故知，自然话语特别多。其中一位女同学打开了话匣子，把她近日的遭遇娓娓道来。一个下雨天，乘地铁回家的她，一手拿着雨伞，一手握着手机，在下车的瞬间被人抢走了手机。她拼尽全力，用雨伞拍打着强盗的背部，可是于事无补，只能绝望地看着强盗向出口狂奔，最终消失在人群之中。

两位同学告诫我，即便我是男生，旅行经验再丰富，一个人在巴黎旅行仍须注意安全。因为他们经常听说，有人上前佯装问询，同伙会趁其不备，突然将游客的行李抢走，可谓防不胜防。我对此深以为然，正是前一天，我独自乘坐法国火车，遇到了五个虎头虎脑的青年。他们像老朋友似的围坐在我四周，在我摊开的地图上纷乱地指指点点；其中一个人的手始终伸在地图下面，试图摸索我的挎包。好在我始终保持警戒，才让他们无机可乘。

而作为“独行侠”，也的确容易受到蒙马特黑人、捡戒指骗子以及索捐年轻人的青睐。因此，无论男女，去巴黎旅行最好结伴前往、相互照应，以免因落单而成为不法之徒的目标。

三年后，我带父母重游巴黎。一大早，我们来到埃菲尔铁塔脚下，就看到街上索要募捐的年轻人依然存在。他们一窝蜂地围上了我们，其中一个小姑娘甚至将手伸进了我的面包袋，想抓走里面的小面包。我严词厉色地朝她大喝："Fuck off!"（滚开！）

继法国之后，我和父母又去了意大利，从罗马火车站下车已经晚上 9 点多。我们一行三人，在月黑风高的夜晚，快步走向不远处的酒店。路过一个正在施工的建筑，总感觉有液体在滴，回头看到一个意大利人一直在朝楼上张望，嘴里还不停嘟囔着什么，并不时看向我们，露出无奈的表情，意思是楼顶在往下滴油漆。

此时，我真的注意到爸妈后背的衣角上有白色的油漆，而那个意大利人还友好地递来纸巾让我们擦拭。心想，回酒店再清洗衣物也来得及，我们便没有停下脚步。我还向意大利人礼貌性地摆摆手，他倒也没有再跟着。

入住后，敏感的老妈觉得事有蹊跷：背后的油漆呈横向的"S"状，如果是从楼顶滴下，不会落在后背的右下角，更不会是"S"形，想必是那个意大利人将油漆左右摇晃着挤到了我们背后。细思极恐。

在罗马停留三天后，我们乘火车前往米兰，并计划从火车站乘地铁去米兰大教堂。只见地铁站的闸机前有两排售票机，一位身穿运动装的小伙子极其友善地帮乘客在机器上购票。他帮忙将纸币塞入售票机并选好票型，售票机很快就吐出了地铁卡。他将卡塞到我手中的同时却用大半个身子外加右胳膊挡住我，左手抄进找零口，试图将机器吐出的硬币据为己有。

我意识到他根本不是工作人员后，便用力揪住他，用最大分贝的声音冲他反复地大喊："Give it back!"（还给我！）我激烈的反应不仅唤起了四周所有人的围观，更让他一时不知所措，小心翼翼地将几枚硬币放到我的手上。此时的我并没有失去理智，大致数了数，感觉还是不够，便一把抓走了他另一只手里的所有硬币。随后，没做任何停留就带爸妈刷卡、穿过了闸机。回头看到有两个身穿制服的人漠然地站着，他们才是真正的工作人员，而不到一分钟前，他们就站在我们身后不到两米的位置，袖手旁观。

事后跟一个在米兰生活了十年的朋友交流，她就曾在同一个地铁站被人抢走了将近 20 欧元。她一个弱女子，遇到这种情况只能认栽。而对于那次油漆事件，她说，如果我们当时选择原地逗留，那个意大利人很可能会伙同其他人一拥而上，偷走或抢走我们的重要财物，我们算是幸运地逃过了一劫。

如今我已离开欧洲多年，时常有打算出国旅行的朋友问我："欧洲哪里最值得去？"我总是对他们说："如果你喜欢人文，那就去法国和意大利。"

人文是一个动态的概念，指人类社会的各种文化现象。而文化是人类或者一个民族、一个人群共同具有的符号、价值观及其规范。而正是在这两个拥有璀璨人文的国家，露骨的社会治安问题日益凸显，游客们很难将旅途中提心吊胆、偷拐抢骗的经历与瑰丽宏伟的历史人文建筑联系在一起。

这些包括巴黎圣母院在内的建筑，作为人文的载体，无论是否经历过严重损毁和大规模重建，都像一本本鲜活的历史书，为人们展现了数百甚至上千年前的人文景观。也许，巴黎圣母院失火并没有那么可悲，真正可悲的是，在街道马路上，在日常生活中，曾经优秀到不可一世的人文在现今社会中逐渐被扭曲，进而走向衰落与瓦解。

越南的影子

近几年，芽庄一跃成为越南的度假胜地。对于这个曾在20世纪70年代与我们兵戎相见的国家，我不满足于躺在沙滩上看海，更期待看到原汁原味的历史和文化，于是大都市便成了我的首选目标。

图62　胡志明市金融塔

早年，一位男性朋友在越南街头被抢走了手机；也曾有两位女性朋友结伴打车，被司机拉到了荒郊野外，在惊悚下幸运逃脱。独自旅行的我，心中难免忐忑，可没想到如今的越南已呈现出另一番光景。

胡志明市原名“西贡”，为纪念一代伟人而改用其名。作为越南最大的城市，街道不一定宽广，但总是干净整洁。市中心的商业区高楼林立，地标性的金融塔高耸入云，无处不透着大都市的繁荣与发达。

晚间入住酒店，前台的伙计

听说我一早要步行出门，便友善地提醒我路上会堵车，让我一头雾水。第二天才明白他所言非虚：越南摩托车的普及令人惶恐，像潮水一般奔流在大街小巷，摩肩接踵，风驰电掣，想在没有信号灯的小路口横穿马路真的很难。

图 63　越南街头的摩托

待了四五天，才偶然从他人口中得知，步行过马路要高举一只手，摩托车手们就会有意识地为你减速或从你身后绕过。他们就像一只只勤恳的蜜蜂，驱动着摩托车，伴随着阵阵“蜂鸣”，涌向远在城市另一端的“蜂巢”。路两旁的商铺一大早就已开门，准时开始了一天的忙碌。

胡志明市曾是南北分裂时期南越的首都。胡志明市中心的统一宫就是先前的总统府，建筑算不上气势恢宏，但也功能齐全；内部算不上富丽堂皇，但也处处精致考究。统一宫早先是法国殖民者长官的驻地，最初叫“诺罗敦宫”；第二次世界大战中，越南被日本占领，诺罗敦宫被日本人掌控；1954年日内瓦协定签署，法国撤离越南，同年9月将“诺罗敦宫”移交给西贡吴庭艳伪政权，更名为“独立宫”。1975年4月30日，胡志明战役结束，西贡获得解放。根据越南国家统一政治协商会议决定，自1975年11月起，将“独立宫”更名为“统一宫”，作为越南人民争取独立统一意志的象征。

图 64　越南统一宫

独裁与残暴从来就不是任何主义的专有名词，排除异己才是永恒的第一要务。吴庭艳的傀儡政府更是倚仗着美国人的支持，对同胞进行血腥镇压。最后，双方合谋的“特种战争”并没有达到绥靖的目的，反而让民族解放阵线得以壮大。而对佛教徒的迫害，导致高僧在闹市自焚，进一步激发了民愤。失望至极的美国人随即策划了政变，虐杀了吴庭艳，另立新的傀儡政权。

在越南的历史、军事、战争等各类博物馆中，除了极少部分展出古代抵御宋、元、明等朝代的“入侵”以及第二次世界大战期间日本的殖民统治，其余大部分离不开两大主题：抗击法国殖民统治和越战美军暴行。

日本入主以前，法国已殖民越南 80 余年。第二次世界大战后，试图卷土重来的法国人无力回天，被越南人民在战场上接连挫败，只好悻悻撤离。法国人走了，美国人来了，随之而来的是那场冷战中的热战——越南战争。

美国一如既往地在战争中误伤平民，让无数儿童流离失所。见陆军在越南复杂的丛林地形中已丧失显著优势，便利用空军狂轰滥炸。他们广泛使用国际禁用的生化武器“Agent Orange”，以至于无数越南人饱受身心摧残，大批儿童天生畸形、智商低下。愤怒的越南人在房子的残壁上涂写：“尼克松，偿还你的血债！”

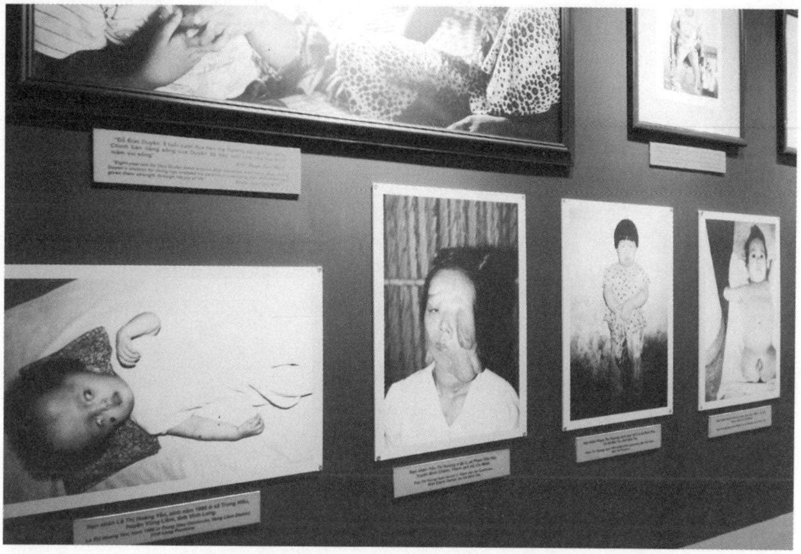

图 65　Agent Orange 受毒害的儿童

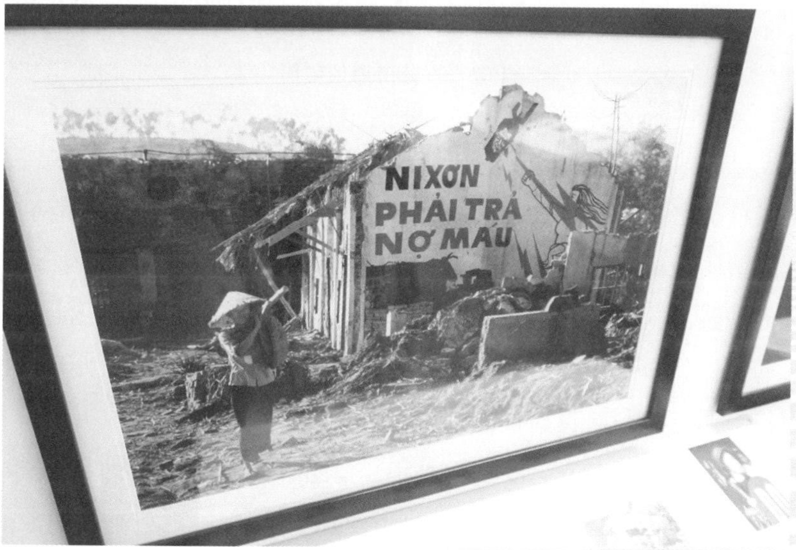

图 66　“尼克松，偿还你的血债!”

越南战争，不仅让美军臭名昭著，更是为之付出了血的代价。距市区约35 公里的古芝隧道是鲜活的户外博物馆，生动再现了越南解放战线对美军的英勇抗击。由于路途遥远，我便报了旅行团。大清早，旅行大巴分毫不差地抵达了酒店。在整个越南旅途中，所有的接送服务无一例外地准时，导游个个英文流利、彬彬有礼，令人不禁感叹越南旅游业的飞跃发展。

图 67　古芝隧道的陷阱

还没进入地下隧道，游击队在地上铺设的陷阱已让人毛骨悚然。大家在惊叹于其种类之多、样式之全的同时，似乎能听到南越政府军和美军曾经在此惨烈的尖叫与哀嚎。他们不但为致命的陷阱提心吊胆，而且还要时刻提防游击队借助四面八方的掩体放冷枪。有的掩体隐蔽在荒草中，只能容下一个人；有的掩体看似入口在树旁，却是用于迷惑敌人的假掩体，而游击队员们能通过特有的标志判断真掩体的位置。

游击队中不乏身着戎装的女党员和儿童团，他们跟其他战士一样不怕牺牲，不畏条件艰苦，巧妙地利用周边环境与敌人周旋。机智勇敢的他们，就连脚上的胶鞋也巧加利用，在泥土上反着穿，从而留下相反的足迹，让敌人不知所踪。

气急败坏的美军，不间断地进行大规模空袭，在这一区域留下了诸多巨大的坑洞；他们还动用穿透型炸弹，试图消灭藏在隧道里的游击队。越南人也为此将地道在地下修建了三层，炸弹最多破坏两层，躲避在第三层的妇孺能够得以保全。

图 68　游击队的胶鞋

在地上参观的团友们早已跃跃欲试，要下去一览隧道的真容。导游打趣地让大家预估自己能在地下走多远，有人说 500 米，有人说两公里，就连最保守的人也说 200 米。可真正到了下面，大家都叫苦不迭。国内去过地道战遗址的朋友想必感受过地道的逼仄，须弓着腰缓缓前行。然而在古芝隧道，大家要排着队，艰难地爬行，还要忍受灯光的昏暗、空气的稀薄、地面的潮湿，膝盖时不时会碰到水洼。好不容易看到前方变得开阔了，像是个掩体的出口，大家赶忙爬出，只见导游已在此等候多时，一脸坏笑地看着我们汗流浃背、浑身是泥的狼狈样子。实际上，我们在隧道里只行进了 50 米。

几十年前，越共游击队正是在这无比狭小却蜿蜒的隧道中快速行进，灵活地辗转于不同的掩体与射击口之间。正是这充满智慧的游击战，给敌人铺设了凶残的天罗地网，极大地彰显了越南人的血性，让美国人深陷战争泥淖，难以自拔。

如果说胡志明市是越南的经济中心，那么河内则是越南的政治中心。在河内，随处可见带有红色党徽的军政大楼，五步一个哨岗，十步一个挎枪战士，甚至就连街边都设有配备了重机枪的小岗亭。我无意间误入军事博物馆旁的小礼堂，看到文工团模样的军人们正在排演革命歌曲，歌声慷慨激昂。

图 69　古芝隧道

图 70　河内街景

图 71　越南军事博物馆

越南也有自己专属的中央广场——巴亭广场，它是 1945 年越南宣布独立的地方，在这里依然每天都有升旗仪式。广场上一块块方形的草坪整齐排列，清早除了负责灌溉的工人，卫兵不允许任何人进入。

图 72　胡志明纪念堂

广场旁最瞩目的建筑是胡志明纪念堂，要从后面比较远的一条马路排队通过安检才能进入。很多旅行团早上5点就来排队。跟随长龙绕行很远才能到达纪念堂的正门，沿路如有交头接耳，卫兵会厉声喝止。纪念堂内部凉爽，生前在越南广受人民崇拜的伟人如今安详地躺在玻璃棺中。

纪念堂不远处是胡志明博物馆，展示着越南独立后所取得的丰功伟绩，诸如创办党校、战时动员、土地改革、大生产运动，等等。

古芝隧道的导游告诉我，在这个博物馆应该能看到有关“中越战争”的展览，很遗憾我没有找到。估计是被撤掉了，毕竟博物馆是国家对外宣传的窗口，总要展示自己愿意让世界看到的东西。

回想1979年的那场中越战争，我们会带上很多感情因素。历史上，越南北部长期为中国领土。五代十国时期，越南（当时叫安南）利用中国四分五裂的局面，摆脱了中国的控制，但依然是我们的藩属国。1885年，中法战争结束，清政府与法国签订《中法新约》，放弃了对越南的宗主权，越南遂沦为法国殖民地。越南文庙里清一色的汉字正说明，他们即便独立后也深受我国文化的影响。曾经投入海量人力和物力、勒紧自己裤腰带去支援的国家，却变成了白眼狼，甚至回头反咬一口，这让讲求“投桃报李”与“知恩图报”的我们自然无法接受。因此，1979年中国军队在撤退回国的过程中回收了此前援助越南的大量物资，并沿途摧毁了越北地区的军事设施、公路、铁路、矿山。

在越南战争遗迹博物馆，在这个美越恢复邦交前名为“美军罪恶馆”的一楼大厅，悬挂着一件美国老兵敬赠的军装以昭示美越世代友好，殊不知这件军装主人的手上沾满了越南人的鲜血。非常有讽刺意味的是，二楼展出的却是越南战争中受害者的照片，特别是那些被Agent Orange毒害的畸形儿童。

当我向古芝隧道导游问及现在的越南政府是姓资还是姓社的时候，他不假思索地说：“我们并不在乎，只要我们的生活在变好。”勤劳的越南人，历来从未放弃发展自己的工业，同样擅长模仿的他们正在逐步取代我国“世界工厂”的角色。置身于越南，对于他们进步的感受更加真切。

图 73　越南战争中美军军装

越南人勤劳奋进、充满血性，同时又极其凶残、颇具反骨。作为一个小国，在大国博弈的夹缝中求生存，虽算不上高瞻远瞩，但始终不甘于被压迫，通过不懈的挣扎，走出了自己的路，值得尊敬，也更值得戒备与提防。

幸福的朝鲜人民

大清早，宽敞的马路两旁，人行道上人头攒动。无数挎着公文包的上班族，面无表情、有条不紊地往来穿梭，略显匆忙，却不慌乱。男士们大多穿着深色的中山装，裤腿很长，总能覆盖皮鞋的后跟，近乎擦在地上；女士们的服装则相对时髦、多样，比男士显得精神抖擞、神采飞扬。

拥有 300 多万人口的平壤绝不堵车，双向四车道、六车道、八车道的马路，平坦大气，却只有零星的汽车驶过。在这个国家有两样东西不能用现金购买，只能用券兑换，其中一种就是汽油。在这个国家有两件事只要做了就绝对违法，其中一件就是私人买车，所以马路上能见到的汽车均为公家车。

图 74　骑自行车通勤的朝鲜人

汽车不能私有，但人们可以购买自行车、电动车、摩托车，至于如何给自己的摩托车弄到油，就要看个人能力了，因而绝大多数人选择骑自行车和电动车。除了用来通勤，他们还能把购买的液晶电视、洗衣机等家电绑在后座上骑着驮回家，技术高超得令人惊叹。

除了步行和骑车，大家普遍的通勤方式还有公交，或乘坐带两个犄角的公共电车，或乘坐有两节长车厢的有轨电车。人们在车上抓着扶手摩肩接踵，拥挤程度不亚于北京地铁。

图 75　朝鲜公交车

平壤也有地铁，是当年中国援建的。乘地铁扶梯缓缓进入月台，白色高大的穹顶上悬挂着一排华丽的吊灯，月台两侧及尽头的墙上均有巨幅壁画。地铁车厢清一色地采用绿、红色调，虽然老旧，但很整洁。这里的地铁号称“世界上最深的地铁”，战时可以作为有效的防空庇护所。

无论是公交、电车，还是地铁，这里的车票统一售价为 5 朝币，合人民币 0.3 元。

图 76　朝鲜地铁

朝鲜采用单休制，每周工作六天，周日休息。上班族的收入不叫工资，称生活费，每人每月领取的金额合 2000 元～3000 元人民币。之所以叫生活费，是因为除了这部分收入，每个月政府还会发放各种消费券，这就涉及朝鲜第二种不能用现金购买的东西——粮食，粮食跟汽油一样只能用券兑换。

在平壤大街上每走几分钟，路旁都会有一个小商亭，他们叫供应社。麻雀虽小，五脏俱全，供应社能基本涵盖朝鲜人民生活所需。消费券永久有效，而且每一张消费券上都有面额，在供应社可任意兑换自己想要的物品，并不局限于粮食。

除了供应社，也有很多国营商店，出售日用品、服装、电子产品等。人们可以自由购买电视、电脑和手机。在购物中，人们一般优先使用消费券，然后才考虑使用现金作为补充，因为用券兑换的物品相对比较便宜，而用现金购买的时候价格则会贵很多。

图 77　朝鲜供应社

朝鲜人大部分喜欢在家做饭，也可以出去下馆子。这里的饭店也是清一色的国营饭店，很多附属于宾馆，在饭店就餐既可以用消费券，也可以使用现金。

图 78　朝鲜冷面

图 79　朝鲜在建的高级酒店

这里的婚姻大部分是自由恋爱。两人婚后，男方的单位会为这个新家庭分配一套住房，而住房往往会根据单位的位置就近安排，所以男人在上班距离上比女人普遍有优势。

除了私人买车，在这里第二件绝对违法的事就是私人购房。朝鲜不允许房屋买卖，只能由国家分配。当国家分配给家庭或个人一套新房的时候，旧房同时要被收回。住房面积会根据家庭人数计算，人均 30 平方米。如果是科学家或硕士研究生，人均面积可达 50 平方米。房屋初始会有基本的装修，如果需要额外精装修或往家里添置家具，需要自费。水、电、暖的费用每月统一按所挣生活费的 3%缴纳，不按照实际使用量计算。

说到科学家和研究生，在朝鲜也有高考，高考成绩优异的学生进入大学进修，国家承担大学所需全部费用。全国大学生的选拔比例大致为 1∶7，其他 6/7 的学生由国家分配工作。

朝鲜采用的是 12 年义务教育，孩子能从小学一年级一直免费上到高三。无论年级高低，全国的学校统一早上 8 点半上课，上午上 5 节文化课，每节课 45 分钟，下午 1 点多放学。下午不开设任何课程，学生在校参加各类兴趣小组，比较普遍的有音乐、体育、科学等方向。

图 80　音乐兴趣小组

图 81　科学兴趣小组

学生的业余文化生活非常丰富，学校会定期安排集体观看杂技或话剧。对于这些文娱活动，成人也可以付费享用，一场杂技的价格区间为 100～300 元人民币，而看一场电影花费大约在 1000 朝币以上，合人民币 70 多元。

图 82　朝鲜杂技团

朝鲜人有一定的夜生活，但并不多，因为每天晚上 9 点半所有商店都会关门，平壤全城的路灯也会熄灭，只有交警会在各个路口 24 小时轮岗执勤。这里也有公安，只是在朝鲜不叫“公安”，而叫“人民安保员”。

朝鲜人民极度崇拜自己的领袖，每个人胸前都别着带有领袖头像的徽章。徽章有不同样式，能将朝鲜劳动党党员与普通群众区分开来。日常生活中，成人时刻戴着领袖徽章工作，参加社会活动；学生时刻戴着领袖徽章上学，参加政治教育。

平壤大街上矗立着众多伟人墙。在巨大的白色墙体上，有领袖金日成主席和金正日将军在不同背景下、不同着装的全身彩绘像，有的英姿勃发，有的面容慈祥。如果朝鲜人骑车经过伟人墙，须提前下车，在伟人墙前推行，然后再重新上车。即便平壤在每晚 9 点半会熄灭所有路灯，但照在伟人墙上的璀璨灯光绝不会关掉。

图 83　朝鲜伟人墙

图 84　万景台的军婚

除了伟人墙，还有屹立在市中心万景台上的两尊巨型雕像，即便站在远处，也需要仰头眺望才能看到金日成主席和金正日将军的面容。这里不仅有络绎不绝的民众前来瞻仰献花，也是军婚男女拍结婚视频的必选场景。两人站在伟人脚下，在伟人的见证下完成人生重要的仪式。朝鲜人的离婚率很低，据说离婚的人会影响自己的发展前途。

与其说尊崇领袖已成为朝鲜人民生活的重要组成部分，不如说朝鲜人民完全生活在领袖的笼罩之下。他们服从性较强，生活也相对简单，不需要思考太多问题，因为绝大部分问题政府已经帮他们解决了。生小病上卫生所，得大病去大医院，医疗全部免费，工作国家分配，住房国家分配，孩子的教育国家全部负担，朝鲜人享受着全福利的待遇。

图 85　科学家大街

平壤建有各类大型的体育场馆、文化场馆、教育场馆，这其中包括美轮美奂的杂技团、妙趣横生的儿童交通馆、能容纳10万人的世界最大的体育场，为人民提供丰富的文化资源。他们注重教育，注重培养孩子的科学能力和文艺细胞，在给予充足的业余时间和发展空间的同时，尽全力支持孩子们的个性发展。他们看重科学家，将一条大街命名为“科学家大街”，并在大街两旁建成多栋摩天大楼，里面大户型的公寓专门留给科学家们居住。

平壤是座干净整洁的城市，普遍具有清洁意识的朝鲜人民共同维护着社会卫生。整座城市也见不到任何广告和商标。无论在城市还是乡村，无论是大型商店还是小型供应社，墙上贴着的货品清单，只有物品的种类，而没有品牌。

反观那些消费主义滋生与盛行的社会，有了品牌，有了广告，也就有了华而不实的营销，有了标明与区分社会阶层和等级的消费符号。人们逐渐脱离了对物品本身功用性的需求，不再要求商品的质量和耐用性，转而追逐那些虚无缥缈的身份象征，这便逐渐形成了物欲横流的世界风气。而朝鲜人民依然保留着对物品最原始的界定，从而能脱离物的束缚，让生活保持简单，也能享受由简单带来的快乐。

朝鲜人看的电视节目都是自己国内的电视节目，家里都有电脑，人人也拥有智能手机，但他们用的是本国的内网，没有连接世界的互联网。正所谓“不患寡而患不均”，朝鲜人的生活趋于简单，他们安然地过着自己的生活，少了生活中无谓的攀比；通过一天天的努力，让自己变得更好，让朝鲜变得更好。

面对别样的朝鲜，我们不得不说朝鲜人民的幸福指数很高，他们向世人展示了一种截然不同的幸福模式与状态。我们无从指摘，更无从效仿，而且我们不能否认通向幸福的另一种方式的存在。

坐车路过一个小广场，一群身着蓝衣的朝鲜大妈，正两手各持一面红旗热情地舞蹈。

最后，向我们“最可爱的人”致敬！

图 86　朝鲜大妈跳广场舞

散去的硝烟，抹不去的痕迹

卢森堡悬崖峭壁上凿开的炮口、布达佩斯河岸边犹太人的鞋、考纳斯的第九要塞、林雪平被前苏联空军在波罗的海上空击落的瑞典侦察机……战争的痕迹遍布世界各地。

图 87　考纳斯第九要塞

1. 人生滑铁卢

日常人们习惯用“滑铁卢”来形容人生中遭遇的惨痛失败，大多数人都知道它源于拿破仑惨败的滑铁卢战役，却不一定知道滑铁卢具体在哪。其实滑铁卢地处比利时境内，是布鲁塞尔南部的一个小镇，从布鲁塞尔乘火车不多久就能到达。下车后略微步行，就能看到曾经是战场中心的狮子山。

当时正值阴霾天气，狮子山又地处开阔地带，沿着笔直的水泥楼梯向上爬，凛冽的风无情地拍打着脸、拉扯着衣服，让人下意识地抓了一下两侧的护栏。爬上这座战后由比利时妇女用背篓运土而堆成的小山，得以端详山顶的铁狮子。它目光坚毅，威武地用一只脚踩在球上，面朝法国的方向，意在永远威慑拿破仑。

图 88　滑铁卢狮子山

耳边风声阵阵，向山下俯瞰，只见一块块颜色相间的田野。当年这里本就是田野，只是没人会想到在 1815 年 6 月 18 日这一天的鏖战中，双方在这片仅仅两三公里的场地上就留下了近 5 万具尸体。

拿破仑率领的法军面对的不单单是英军，而是英、荷、比、汉诺威联军以及普鲁士军。法军在整体人数不占优势的情况下，侦查不足，战场指挥不果决，最终败北实属必然。

战前，历经过多年战争的法国早已羸弱不堪；从流放中重新归来称帝的拿破仑，率领着残部，也只是强弩之末。伴随着“百日王朝”的覆灭，拿破仑彻底告别了历史舞台，同时也成就了威灵顿将军，后者在战后获得了八国的元帅军衔，成为“世界征服者的征服者”。这场战役也彻底改变了当时欧洲的政治格局。

2. 保卫萨拉热窝

时隔 99 年零 10 天，远在 1700 公里以外的波斯尼亚首都萨拉热窝，正是一个阳光明媚的星期天，前来访问的奥匈帝国皇储斐迪南大公和妻子在一座桥边被枪杀了。这一事件成为第一次世界大战爆发的导火索。

图 89　萨拉热窝拉丁桥

波斯尼亚被奥匈帝国吞并后，催生了“黑手会”等反奥爱国团体。完成刺杀任务的正是黑手会的成员，一名在塞尔维亚留学的波斯尼亚青年普林西普。他当场被捕，不久后死于狱中。原南斯拉夫政府为了纪念他，将事发地点的拉丁桥更名为“普林西普桥”，还浇铸了脚印、镌刻了纪念石板，只不过后两者在原南斯拉夫政府解体、波黑独立后皆被拆除。

谁也不会想到这么一座外貌普通、名不见经传的拉丁桥，能撬动历史，引发一场世界大战。

有人认为，这次刺杀行动过于偏激，给人类社会带来了巨大灾难。殊不知，同盟国和轴心国两大军事集团事前早已形成，彼此剑拔弩张的战争准备也不是一天了。双方只是在等一个时机，即便这次事件不被利用，也总会点燃其他导火索，只是时间早晚的问题。世界大战绝不是简单的“冲动”二字就酿成的结果。

20 世纪 90 年代，美国政府巴尔干问题特别代表曾称普林西普为恐怖分子，毫无疑问，这是典型的帝国主义思维。国家被吞并，丧失了独立，挺身而出的有志青年却变成了恐怖分子。列强们不能容忍任何反对自己的声音和行为，妄图让全世界都变成他们的走狗。

图 90　拉丁桥原纪念石刻与脚印

也正是他们在背后挑拨与煽动民族矛盾，在南斯拉夫解体之后，爆发了旷日持久的波黑战争。那些虽信奉不同宗教却曾在同一城市屋檐下友好共处的手足同胞，一时间拿起狙击步枪，在萨拉热窝河的两岸射杀着彼此。在萨拉热窝市中心至今仍能看见当年残留的大量弹洞。

图 91　萨拉热窝市中心的弹孔

北约的军事干预将矛盾进一步扩大，最终 20 余万人在这场内战中丧生。一位名叫哈·克尔瓦瓦茨的老人曾在战前受邀前往塞尔维亚，但他拒绝了这个机会，并在内战期间因心脏病死在了萨拉热窝。而这位老人正是老一辈耳熟能详的电影《瓦尔特保卫萨拉热窝》的导演。如今走在萨拉热窝街头，看到电影中出现过的白色清真寺和其他熟悉的场景，激动不已。

图 92　萨拉热窝清真寺

在生命的最后几个月，老导演时常听到街头抗议的人们喊道："我们是瓦尔特！我们是瓦尔特！"这倒是印证了当时电影中德国军官说的话："瓦尔特不是一个人，而是整个萨拉热窝的统一战线。"想必老爷子走的时候很安详。

他生前还拍过一部著名的电影——《桥》，在黑山能找到原型。这个曾被游击队炸断的大桥，如今屹立在美丽的塔拉河峡谷上，远处山间的水汽给桥增添了几分灵性。桥头的雕像则是游击队少校"老虎"的原型。

两部电影均由同一男演员主演，都在讲述第二次世界大战中南斯拉夫游击队英勇机智地抗击德国纳粹的故事。只是当时没人会想到，铁托死后，南斯拉夫最终会分崩离析、四分五裂。

图 93　黑山塔拉河谷大桥

3. 坍塌的柏林墙

在第二次世界大战中战败的德国，被美、英、法、苏四国占领。美、英、法三国的占领区后来合并，成立了联邦德国，即西德；苏占区成立了民主德国，即东德。从此，德国正式分裂为两个主权国家。

而曾经的首都柏林，跟整个德国类似，分为被美、英、法管辖的西柏林和苏联管辖的东柏林；但尴尬的是，西柏林也处于东德的地域范围，成了被东德包围的一小块西德领土。

那时候的东德、西德发展并不均衡，西德薪水高，就业机会多，导致大量东柏林的人逃往西柏林，从而进一步恶化了东德人才短缺的困境；而东德社会福利好，物价低，西柏林的人热衷来东柏林消费。

第二次世界大战之后接踵而至的冷战，让两大阵营关系紧张起来，西柏林也成了激烈斗争的前沿。双方严阵以待，将枪口对准了彼此。为了阻断互通，关闭这个能让东德人以及其他东欧人辗转踏入西方的通道，也为了换取暂时的和平，东德修建了一圈围墙将西柏林包裹起来，并逐渐通过立法，允许对翻墙的人开枪射击。

图 94　柏林墙

后来随着东欧剧变，匈牙利向西德开放边境，西柏林不再是通向西方的唯一途径，柏林墙也就失去了存在的意义。1990 年 6 月，东德正式决定拆除柏林墙；同年 10 月，东德、西德实现统一。

德国最终统一的背后，凝结着德国人不懈的汗水。经过数不清的 2＋4 会谈，在各类谈判上的让步与妥协之后，德国终于获得了统一的许可。

结束了战后 40 余年分裂的德国，如今再一次跃居世界强国之列。两次发动世界大战，两次战败，又两次崛起，德国人的凝聚力和奋斗精神，令人敬畏。柏林墙现今已成为旅游景点和艺术家施展才华的舞台，它既是德国分裂的象征，也是冷战的重要标志。

4.“三八线”的雾

除了柏林墙，“三八线”是冷战的另一个重要产物。两者的情形还有相似之处，一个是东西分裂，一个是南北分裂。

很多人认为“三八线”是朝鲜战争之后划定的界线，其实不然。早在第二次世界大战日本战败投降前期，美国就提议以北纬 38 度线为界，美、苏分别占领南北，并得到了前苏联的认可，这为朝鲜日后的南北分裂埋下了伏笔。

即便后来美、苏各自从南北撤军，在“三八线”附近，军事冲突一触即发，也就有了后面以美国为首的“联合国军”入朝干预以及我们“雄赳赳气昂昂，跨过鸭绿江”的抗美援朝。

关于那场战争，再一次借由联合国名义去干涉他国内政的美国，恬不知耻地在华盛顿的纪念牌匾上写道：“Our nation honors her sons and daughters who answered the call to defend a country they never knew and a people they never met.”（我们的国家以她的儿女为荣，他们响应祖国的呼唤，去保卫一个他们从来不了解的国家、从来不认识的民族）

图 95　华盛顿纪念碑

战争的结果无须赘述，志愿军不仅一战成名，而且还为我们换来了几十年和平发展的空间。战后协定的南北军事分界线基于“三八线”进行了调整，并非原来的那条线，但人们仍习惯称其为“三八线”。根据规定，“三八线”南北两侧各拿出两公里作为非军事区（Demilitarized Zone，简称 DMZ）。

从首尔去 DMZ 的那天不巧赶上了阴雨天气，升起的浓雾挡住了视线，没能从韩国的瞭望台看到传说中对面朝鲜的小房子，但看到了这一侧的和平钟、“望乡”诗以及“我的祖国”石刻，旁边的标语用多国语言写着——“直至祖国统一那一天”。

图 96　和平钟

笼罩在雾气下的自由桥，没走两步就被高高的栅栏挡住了去路，上面挂满了人们的诉求与愿望。亲人相隔、骨肉分离的痛楚与悲惨，相比东德、西德有过之而无不及。

图 97　自由桥

20 世纪 50 年代，朝、韩之间的铁路中断。地处韩国且离“三八线”最近的火车站叫都罗山站，都罗山站距“三八线”1.8 公里，距 DMZ 仅有 300 米。韩国人对这个车站进行了翻新，表达着有朝一日南北统一的期望。

在当年美、苏南北分治时期，韩国人对美国管制的反感与抵制丝毫不亚于北方之于苏联。朝鲜战争后，纵使美国帮李承晚保住了政权，并用几十年时间将韩国经济带向繁荣，也仍然无法消除韩国人心中对战争的不安与恐惧。

光脚的终归不怕穿鞋的。朝鲜一旦有什么风吹草动，韩国高校的学生很可能会举行大规模游行活动。抗议的对象不是朝鲜，而是美国，他们指责美国对朝鲜施压太大，害怕朝鲜一怒之下挥师南下。这样的脑回路乍一听有些另类，但转念间又很合理。

临离开 DMZ 那天，回望不远处高大的铁丝网墙，森严且恐怖。13 年后，终于有机会从朝鲜一侧一睹“三八线”的真容。这一侧保留了当年的停战谈判馆和停战协议签字大厅。空旷的大厅里，孤零零地摆着三张铺盖绿布的签字桌，中间那张空空如也，外侧两张立着双方的旗帜，而参与签字的志愿军将领在展览中被刻意回避与淡化。

图 98　停战协议签字大厅

晴空万里下，站在小楼的天台上看“三八线”，并排建有五栋房子，中间三栋亮蓝色的属于韩国，两侧灰顶、白色的属于朝鲜。房与房之间的甬道所用的材质在“三八线”两侧也截然不同。此时向房子背后望去，对面一侧的各种建筑分外清晰。时隔 13 年，终于遂了自己的一桩心愿。

图 99 “三八线”

滑铁卢战役距今已过去了 200 多年，威灵顿那句名言依然广为人知：“Believe me, nothing except a battle lost can be half so melancholy as a battle won...”（相信我，战败所造成的悲伤只及胜利所带来的悲伤的一半……）

如果依然感到晦涩，不如看看他说的前一句：“My heart is broken by the terrible loss I have sustained in my old friends and companions and my poor soldiers.”（看到我的老朋友、伙伴们以及我可怜的战士们逝去，我的心碎了）以及那句名言的后半句：“...the bravery of my troops hitherto saved me from the greater evil.”（……迄今为止，是我的部队的勇敢将我从更残酷的战争中拯救出来）

威灵顿死后被埋葬在英国第一大教堂圣保罗教堂，而拿破仑长眠于法国巴黎的荣军院，两人均享有至高的国家荣耀。英雄会被铭记，而普通人只是纪念碑背后千万个名字中的一个，或消失在纪念碑战争牌匾下方那一行战争的起止年份之中。

然而，威灵顿鲜为人知的后一句不再沉浸于伤感之中，又恢复了绝对的理性："...but to win such a battle as this of Waterloo, at the expense of so many gallant friends, could only be termed a heavy misfortune but for the result to the public."（……但是，要赢得像滑铁卢这样的战役，却要以牺牲这么多英勇的朋友为代价，只能说是一种巨大的不幸，然而为的是大众的幸福）

无论战争的发动者最终得逞了还是失败了，收获了还是放弃了他们想要的结果，总免不了强调自己师出有名，甚至在战后还要粉饰太平。可无论他们如何改头换面、改弦更张，依然有熄不灭的圣火、甩不掉的鞋、修不好的弹孔、推不倒的十字架以及人们心中永久无法抚平的伤痕。

图 100　立陶宛十字架山

间奏：庄

下午 5 点多，酒足饭饱的我开上了小白车，车身上满是土，已然看不出白色。实际上既没有酒足，也没有饭饱，因为我已戒酒而且在坚持减脂，减脂就意味着不能碰主食。

这是一个热闹且混乱的庄，斑驳的房子高低错落，超市挂着脏兮兮的招牌，熟食店的苍蝇到处飞舞，小推车的主人正在兜售保准你吃了就拉肚子的凉菜，还有摸爬滚打的孩子、满街乱窜的流浪狗、站在泥里发呆的长者。

是的，刚才就餐的菜馆桌上布满了油渍，爆炒豆芽 6 元一大盘；是的，这条用水泥铺成的路，下场中雨都会造成不小的洪水；是的，时常有狗在街上被撞得血肉模糊，所幸没听说过有孩子受伤。

与几辆清一色老旧的昌河面包车交错而过，经过门庭若市的烧烤摊，只见腰粗膀圆的大汉光着脊梁和身边同等腰身的大姐高声地侃着大山，不远处的衣服架上摆满 10 元一件的碎花裙。而在旁边的院落里，广场舞大妈们已经跃跃欲试。

驶入一片小树林，这里早先是庄稼地。村民们得知土地被政府征收后会按树木棵数进行补偿，就闪电般地在这里种上了密密麻麻的树。树如今还没成型，一棵棵羸弱得随风摇摆。

继续往前开，是一片苞米地。母亲会在苞米成熟时偶尔过来掰几个，她说用新掰下的苞米做粥有股特有的清香，而我自然是喝不出来的。苞米在阳光下不觉分出了层次，有的处在阴暗之中，有的则闪闪发亮。

迎面驶来一辆电动三轮车，驮着一个样式夸张、颜色俗艳的大沙发，我不由得冲三轮老汉竖了个大拇指，老汉自豪地笑着向我摆手。

拐了一道弯，转而向东开。夕阳在我的身后，并没有传统意义的彤红，而是很光亮，甚至有些刺眼，像闪亮的星，投射在我的反光镜上，又投射在对面驶来的公交车的大挡风玻璃上，还有前方封闭施工的地铁站的金属挡板上以及路边孩子脏兮兮、笑盈盈的脸上。

我继续向前开，彻底出了庄。

就是这样一个庄，脏、乱、差，更谈不上逼格与档次。我非常赞同，心里也完全这么想。但就在那个 5 点多的下午，我看到了永恒。

第四部分

番外故事

STORY

上下班拥挤的马路上，

无论是开汽车还是骑电动车的人们，

都挣扎于生计，匆忙却又淡然。

没有谁可以像我们如此包容地活着，

大家都逐渐磨平了棱角，各司其职，各自辛劳。

特立独行的特里

风和日丽的天空突然被一阵急促的刹车声撕裂，从停靠在路边的大巴车背后陡然步入马路的男子，让全速驾驶的司机躲闪不及。伴随着一声快速的闷响，经过车头和风挡，还未在空中划出像样的抛物线，男子就重重地摔在了地上，动弹不得。只见挡风玻璃大面积破碎。

整个世界似乎变得很安静，时钟的秒针迟疑地爬到下一个格子。这短暂的空白与超脱，很快被呼啸而来的急救车惊醒。抬上担架，固定颈部，打针输液，清醒的他看着医护人员紧锣密鼓，嘴里不停地辩解："I am all right."（我没事）无奈没人理会，仍以对待弥留病人一样继续忙碌着。

度过了煎熬的三天，突然被医院勒令出院，因为他除了一处胳膊肘的皮外伤缝了 7 针，身体无任何异常，全身竟无一处骨折。他拄着拐杖，悻悻地走出医院。半个月后，腿上的瘀伤自我痊愈，拐杖也能甩掉了。

多年以后，特里讲起这段亲身经历，仍然津津乐道。尽管他后来去诊所拆线遇到了庸医，但事发那天的确见识了澳洲救护车的快速反应和重症病房的先进仪器。他大难不死，让医生瞠目结舌，也令我唏嘘不已。

特里是我留学期间同专业的中国同学，也是比较聊得来的朋友。来澳洲留学的第一个假期，我从国内给他捎来一个车载吸尘器。他开着一辆小红车来机场接我。那辆车屁股后面贴着厚厚的透明胶带，虽然破旧，但马力十足，只见特里用左手不断地切换挡位。澳洲的右舵驾驶本来就让人极不习惯，而墨尔本坡道又很多，特里却还要选一辆手挡车。殊不知，来澳洲前，他在国内开车不超过三次，而现在却像个老司机，在路上跟狂野的澳洲人一样，迅猛加速，横冲直撞。

我来澳洲半年后，雇修车行的技工陪我看了几次车，才终于选定一辆可靠的二手车。而特里在他抵达澳洲第一周就将这辆小红车入手。他说，全凭眼缘，当天拍板，第二天付钱开走。事后，他感叹自己运气好，碰到了诚实的卖家。只不过，本不破旧的小红车在他手里算是遭了殃。严重缺乏驾驶经验的他，今天撞树，明天碰墙，于是小红车就有了满身的胶带。不过，无论如何，他在澳洲的第二周就能熟练驾驶小红车了，甚至还为此获得了打工机会。

当我们还在为生活精打细算、为每天饭食一筹莫展的时候，特里已经实现了“财务自由”。在大家还在时薪 9～10 澳元的中餐馆累死累活的时候，特里已开着他的小红车找到了老外比萨店的外卖工作，这一份工作的薪资是每小时 20 澳元。从那以后，特里只去老外经营的店铺或公司打工，时薪也总保持在 20 澳元上下。

特里做过仓库的库管，负责接订单、发货、配货，也开着叉车进货、出货。他还做过酸奶厂的搬运工，跟菲律宾和非洲的同事还有当地的“黑道大哥”打成了一片。他也做过公立医院的技术工程师，负责日常电脑硬件和网络的维护；当初与 20 多个印度人一起参加面试，尽管印度人精于 IT 又擅长英语，但最终是他胜出。

那时候特里的英文其实并不好，词句简单生硬，语法错误百出，但他本着能让对方听懂的原则，把蹩脚的英语硬生生地说得信心百倍、底气十足，在气势上完全压倒了别人，也因此获得了很多常人无法企及的机会，从而改善了自己的生活。

当然，特里也不是一个只会挣钱的机器，吃大餐、逛夜店、交女友、做运动，样样兼顾。学校旁新开的台球馆，我俩一待就是一下午。我们也曾组团自驾去郊外的海滩游玩。在那里，特里光着脚，撒欢似的踢着足球。

大家总认为能挣钱、爱娱乐的特里应该是个学渣，至少我是这样认为的；但到了第二个学年，特里不声不响地转而选修了研究课程，这又刷新了我对他的认识。

原来，特里早在国内读本科期间就在 ISTP 上发表过论文，并获邀参加了第十五届全球金融年会。之后，他带着论文来到了墨尔本。特里说，从一开始他就想在国外延续自己的研究方向，于是找遍学院里 20 多位教授，最终选定了与自己契合的导师和学科定位。我不确定那一年的研究课程给他带来了多少价值，但至少可以看出，他有自己想要的东西，并努力通过行动将其实现。

在澳洲最后一次见特里是在自习实验楼，他穿着一件白色的老头衫，一脸疲惫的样子。我戏谑地说："还记得你第一天来上学，穿一身皮装，长刘海，小偏分，倍儿精神，怎么现在成了这个样子？"特里无不感慨地说："哎，哥们，现在没自信了！"

对于这句话，我们这些在国外摸爬滚打的人深有同感。在国外的奔波中，我们逐渐失去了最初的激情，也丢掉了当初虚妄的自信，却也因此收获了成长。那时我以为自己路子已经够野了，但在特里面前，仅仅是小巫见大巫。

当大家还在琢磨怎么骑单车、坐地铁去上学的时候，特里已经开上自己的车在马路上驰骋了；当大家还在菜场买菜、货比三家的时候，特里已经在老外开的店铺里工作得如鱼得水了；当大家还在按部就班地努力完成老师布置的课堂作业的时候，特里已经坐在办公室里为自己的研究课题搜集资料了。

在整个留学期间，特里一直是一个特立独行的存在。也正因为他事事不走寻常路，才走出了跟别人不一样的精彩。

兴许是他的性格使然，即便早期的行事风格有些鲁莽，但他也清楚自己想要什么，并始终勇敢果断、不计后果地火速付诸行动。即便没有大富大贵的家庭背景，他却用自身的经历演绎了教科书级别的海外生存之道。

那次在澳洲与特里见面后，没多久我就去了德国；再回澳洲时，特里已经回国。时隔七年，我回国后在家乡意外地再次见到了他。坐下来一起吃饭聊天，特里依然特立独行、锐气十足。

毕竟在这个世界上，有想法的人不多，有想法却能付诸实践的人就更少了，但我相信特里永远是其中一个。

胡叔叔的理想生活

“一见如故”这个词我一直吝惜使用，但用它形容我跟胡叔叔在温哥华的第一次见面就再贴切不过了。

还记得那是一个惯常的不怎么晴朗的周日下午，刚刚抵达温哥华一周并业已安顿停当的我，与胡叔叔约定在电视台碰面。这是一家港人开办的华人电视台，胡叔叔每周周末来此做兼职。一进办公室，就见到四周全是琳琅满目的机器设备和配件。作为母亲国内的前同事，胡叔叔宝刀未老，维修起来驾轻就熟。

1. 登陆

第一次见面，彼此都没有拘谨。我对胡叔叔举家迁徙加拿大的过程分外好奇，胡叔叔呷一口沏好的热茶，便热情地娓娓道来。

对于胡叔叔一家来说，2010 年 8 月 9 日是个特殊的日子——他们第一次登陆枫叶之国。再早一些时候，不要提枫叶，就连加拿大在什么位置、首都是哪个城市，胡叔叔都一无所知。一家人就这样踏上了全然陌生的国度。

中侨互助会是加拿大政府支持和鼓励开办的华人机构，为新进华人提供诸如面试技巧等方面的就业培训，帮华人尽快步入生活正轨。在为期一个月的培训中，聪敏的胡叔叔担任班长，积极组织学员学习，并在结业时被推荐到寿司厂上班。

寿司厂系体力劳动，格外辛苦劳累。抱着体验生活的目的，胡叔叔认真学习并很快掌握了这门厨艺。他在一个月后另谋高就，华人电视台正是他在加拿大的第二份工作。

2010 年前后，在温哥华名叫“Richmond”（列治文）的华人区，老一批移民还是以香港人为主，那时的官方语言是粤语，而不是普通话。这在港人的电视台更是如此，也让刚入职的胡叔叔备受排挤、苦不堪言。好在久而久之，为人忠厚且技能娴熟的他逐渐被同事们认可，甚至还成了朋友。

电视台的工作时间安排灵活，让不安现状的胡叔叔得以充分学习、二次深造。他毅然坚持上早班，每天天没亮就出门，在 7 点这个绝大多数人还在睡觉的时间，他已经开始了工作。上午完成工作任务，下午 3 点就奔赴当地一所名为“BCIT”的技术学院，进修 IT 专业课程；晚上回家后，一边照顾孩子，一边完成学校作业。

将近两年，胡叔叔每天只休息 4～5 个小时，在没有耽误工作也没有疏于家庭生活的前提下，他完成了十几门课程的学业，并最终获得加拿大政府和业界承认的专业资格文凭，还被学校授予“优秀毕业生”的殊荣。

对文凭仍不满足的胡叔叔，后来继续刻苦学习、悉心钻研，在短短一年时间里先后成功考取了微软和思科的资格认证。届此，借助电视台的过渡，胡叔叔在加拿大对自身的镀金基本完成后，欣然告别技术与管理业已落后的老东家，轻松获得了在一家 IT 公司实习的机会，又回归了他出国前所擅长的领域。

这是一家小型的科技服务外包公司，业务虽然简单，却零散琐碎，每天需要往返于不同客户之间。经过不到半年的观察了解，胡叔叔不看好公司的专业性，他希望得到一份业务覆盖面广、视野开阔的工作。

胡叔叔拥有多个专业文凭与资格认证，踩着行业内实习经历的跳板，很快就如愿以偿地进入了一家加拿大本土的大型电商公司，并依靠自身实力逐渐步入重要岗位。稳定的工作并没有让他放慢深造的脚步，后来他又开始了对亚马逊 AWS 云证书的钻研。

至于现在这份周末兼职，缘于胡叔叔与电视台的交情，他只是应邀过来帮忙，工作也算轻松惬意。茶淡了，胡叔叔的故事也告一段落。

走出电视台，与胡叔叔移步八佰伴综合体的“food court”(美食街)。他是其中一家店的熟客，与熟识的老板娘笑着问好。而后，我们二人在这里点了同样的韭菜水饺、葱油饼、酸辣汤，果腹之后便告别了彼此。

2. 过往

从那以后，我跟胡叔叔时常见面，并逐渐形成了每周五傍晚一起打台球的惯例。在一星期最轻松的时刻，我们从各自公司步行到市中心的台球厅，一边打球一边交流生活。在他简练的言语间，我总能体味到独到的处世哲学。

“人并不是因为美丽才可爱，而是因为可爱才美丽。”这是 1987 年前后国内校园流行过的一句正反句式的谚语。这种通俗易懂的谚语在那个年代有很多，被胡叔叔戏称为“正反话”。他那时候十二三岁，不仅爱读正反话，还自己独创了一句：“生活的理想就是理想的生活。”

胡叔叔很满意自己的创作，遂将其工整地誊写在每一个本子的扉页上。正值豆蔻年华的他还热衷于观看《再向虎山行》等香港励志电视剧，霍元甲、陈真后来也成为他最喜欢的人物。

除了港剧，老版《西游记》也对少年时代的胡叔叔影响很大。唐僧师徒四人途经千山万水，历尽千难万险，远赴西天取经。那时候的他可能并不知晓西天是指当今的印度，反而简单地将其误以为是西方，但是唐僧师徒取经路上的那些各具特色的国度以及各式各样与大唐截然不同的新奇见闻，都在胡叔叔心中播下了种子，并在日后生根发芽。

上了中学，胡叔叔对哲学产生了浓厚兴趣，他总说：“哲学是把钥匙，为人类打开了认识世界进而探索世界的大门。”他也认同并笃信“读万卷书不如行万里路”的理念，所以立志要去外面的世界看看。

时间一晃来到了 2003 年，已成家立业的胡叔叔，经朋友介绍，机缘巧合地认识了 Pat。Pat 创办了整个城市第一家外教英文辅导班，面向儿童、在校学生、在职人员等社会广大人群。早就把学校里学的 ABC 全部归还老师的胡叔叔，也加入了这一行列。

Pat 来自多伦多，跟白求恩的故乡同属一省，仅相距 100 公里。一个外国人，不远万里，来到中国，是不是出于国际主义和共产主义精神，不得而知；但能确定的是，Pat 为这座城市的英文教育事业开创了新的局面，也唤醒了胡叔叔对遗忘多年的英语的重新认知。

三四年后，胡叔叔又听说了雅思，得知雅思是那些为了出国的人报名参加的考试。他觉得是这个机会，便果断报名参加市面上的雅思培训，利用一切工作和家庭生活之余恶补英语。纵使之前上过 Pat 的口语课，面对雅思考试，胡叔叔几乎还是从零学起。

前三次考试铩羽而归，在报考第四次时，胡叔叔暗下决心，这是最后一次，考不过就打消出国梦。出于这种心态，他就没有像往常一样积极复习。单位的后门正好与考点所在的大学校园不远。考试当天，忙完上午的工作，胡叔叔从单位走出，直接翻越学校围栏进入了考场。如此放松的心态反而成就了他最后一次尝试。

有了合格的雅思成绩，再加上多年的行业经验，胡叔叔开始按流程逐步申请加拿大技术移民，最后全家人有惊无险地拿到了身份，然后就有了前面讲述的故事。

和胡叔叔打完最后一次台球，没多久我就登上了回国的航班。那天依然是个周日，只是阳光很明媚，胡叔叔开车将我送至机场。我们在机场挥手作别。

3. YoYo

春节前后，胡叔叔回国探亲，我们聚首于巷尾的烧烤店。聊起这次归来的行程，胡叔叔带女儿跟团游历了国内的几座大城市，领略祖国的大好河山。几杯冰啤酒下肚，胡叔叔一谈起女儿就变得眉飞色舞起来。

女儿叫 YoYo，随爸妈去加拿大那年她才 6 岁，在国内刚上完幼儿园。全家人经过一年的环境适应，生活基本步入正轨。鉴于 YoYo 薄弱的汉语基础，未雨绸缪的胡叔叔担心她过几年会全然忘掉汉语，便毅然将 YoYo 送回国内，在一所全日制寄宿小学当插班生。

备受思念煎熬的胡叔叔与他妻子每周周末定期跟 YoYo 在 QQ 上视频通话。每逢寒暑假，YoYo 独自乘坐飞机往返于中国和加拿大之间，很快成长为独立的小大人。

二年级结束时，YoYo 的中文读写能力得到了启蒙和强化，她对中国文化有了更深的认知和理解。胡叔叔对 YoYo 的学习成果分外满意，将她正式接回加拿大，直接在当地就读小学四年级。

加拿大的小学实行七年制。YoYo 除了完成学业，还积极参加各类体育运动。从入学到毕业的短短四年里，她高效地考出了游泳十级和滑冰七级，排球、篮球也不在话下，后期还加入了马术训练。

马场在温哥华郊区，距离市区车程约两小时。除了游泳和滑冰需要接送，胡叔叔每周周末也不辞劳苦地送 YoYo 去骑马。YoYo 骑马，胡叔叔就在周边踏青，欣赏郊外的碧草蓝天。

运动健将特有的肺活量也让 YoYo 在学校的管弦乐队崭露头角，她负责吹横笛。进入中学后，她又从横笛扩展到小号，还加入了爵士乐乐队。由于精通乐理，YoYo 后来开始自学钢琴。

除了自学钢琴，对日本动漫有着浓厚兴趣的 YoYo 还自学日语；画动漫也不知不觉成了她另一项兴趣爱好。中学开设的二外是法语，加上汉语、英语以及自修的日语，YoYo 基本掌握了四门语言。

至于汉语，从小学到中学，YoYo 从未放弃过对母语的学习。她每周周末都定期去中文学校上课，从未间断。基础牢固的 YoYo 在考试中总能拿到接近满分的成绩，深受老师喜爱，顺理成章地当选中文班的班长。

班里的同学绝大多数跟 YoYo 一样，年幼就随中国父母来到加拿大；但与 YoYo 不同的是，他们的汉语普遍不好，而且没有学习兴趣，是彻头彻尾的香蕉人。他们平时和 YoYo 用英语谈笑风生，但一起观看春晚相声的时候，只有 YoYo 能笑得出来，因为只有 YoYo 能通吃两国文化。

YoYo 的优秀，得益于胡叔叔的英明引导与辛勤付出。难能可贵的是，他没有像很多中国传统家长那样强制性为孩子选择业余爱好，而是开明地让 YoYo 完全遵从自己的兴趣。只要 YoYo 喜欢，胡叔叔都会无条件支持。为此，胡叔叔还辞掉了华人电视台的兼职，以便周末更好地陪伴 YoYo。

讽刺的是，到了年终，胡叔叔兼职多挣取的收入在纳税中几乎全被扣掉了。这是典型的国外有别于国内的社会规则，大家可以适当勤奋，但绝不鼓励过度勤奋，贫富差距就是这样通过征收高额的个税来缩小。工作中，任何可能影响、破坏家庭生活的活动都不被鼓励，所以即便胡叔叔刚到加拿大的几年非常劳碌，也从不会遇到公司加班的情况。外国人没有“舍小家，保大家”的觉悟，而是普遍认同“先丰富小家，大家慢慢再说”。

成人的工作如此，孩子的学习也是如此。YoYo 从小学到中学，学校下午两点半放学的时间规定雷打不动，课余时间也几乎没有学生上补习班。对于大大小小的考试，学校从来不按成绩排名，也不制造任何学习压力。充足的业余时间，让 YoYo 得以变得多才多艺。

有其父，必有其女。YoYo 想必遗传了胡叔叔强大的主观能动性和非凡的自学能力，从而兼顾学业与才华。能在人生的每一阶段，按自己意愿做最适合的事，难能可贵。

而班里的其他同学，不论学习好坏，也终归能找到自己的兴趣。长大后进入社会，无论是马路上当司机，还是工厂里搬箱子，都充满了自信，坚信自己是独特的，因为职业没有高低贵贱之分。

没过多久，胡叔叔喜添新丁，YoYo 多了一个可爱的妹妹，胡叔叔也为全家换了一套更大的别墅。搬家时，胡叔叔无意间在遗落的角落里发现了一个箱子，里面尘封着他学生时代的本子。打开封皮，看到的是斑驳的少年字迹，胡叔叔莞尔一笑。

“生活的理想就是理想的生活。”

“咣当!”脚下的啤酒瓶歪倒在了地上。天色已晚，烧烤店只剩下我们一桌客人。胡叔叔明天还要乘飞机回温哥华，所以也不能耽搁太晚，于是我们两人起身出门。他冲我笑着摇摇手，然后我们就各奔东西了。

4. 后记

昏黄路灯下，回望胡叔叔略微中年发福的背影，我不断思忖着关于理想、关于奋斗、关于家庭、关于成长的种种理解，对胡叔叔的敬意又多了几分。

胡叔叔终归过上了自己的理想生活。他不安于现状，坚持终生学习，不畏走入未知的环境，半路走出国门，恶补海外语言文化知识，浑身上下充满着对世界的好奇与探索精神。

他既是一个优秀的学习者，又是一个称职的父亲，为 YoYo 的成长深谋远虑、呕心沥血。二姑娘的诞生又增加了他肩上的责任，也给他带来了更多对未知生活的期盼。

胡叔叔，我们明年再见！

难以谋面的叶师傅

一声轰隆隆的巨响，他在睡梦中惊醒，原来是一辆巨型卡车从道路上呼啸驶过。看了一眼手表，凌晨1：50，便再一次闭上眼睛，沉沉地睡去。

1. 叶师傅

就在上个月，他开了1万多公里。回想两个月前，他还拿着从国内刚买的驾照，提了在当地刚买的二手车，连加油站都开不出去，还是叫朋友过来帮的忙；自己上了高速，连车灯也不会开。

北欧微弱的一线曙光穿透了挡风玻璃，他顾不上整理褶皱的衣领，拧开钥匙，伴随着沙哑的轮胎摩擦声，就继续赶路了。

他记不清有多少次是在穷乡僻壤或荒山野岭随便找个地方停车并在车里过夜了。在这个长途交通远不发达的国度，谁更能吃苦，谁要价更低，谁就能更多地接单。

足球赛密集的时候，每周会有5～6场。比赛场地分布在各地，如果他不能连夜辗转，下一场的报球任务就会落到别人手中。

报球的工作说简单也简单。进入赛场，坐在看台上，拨通总部的电话，实时用汉语播报比赛现况；比赛结束，挂断电话，就可以离开了。说复杂也很复杂，需要报球员具有敏锐的直觉和观察力，当球踢入禁区后，要准确预判是否能进球。

电话另一端的总部是博彩公司。因为电视转播会有几秒的延迟，而电话不会，博彩公司恰恰能在这观众一眨眼的时间里，及时更改赔率，以保证自己的收益。

月收入逐渐过万元的他，在报球界算是小有名气，接的单多了，就萌生了买车的念头，从而可以突破地域的局限。后来，他不但考取了当地驾照，还在网上写了一篇文章——《驾照考试圣经》，让很多华人受益。

他，就是传说中的“叶师傅”。作为当地元老，叶师傅热心地帮助每一批新来的留学生，大家都尊称他为“叶老师”。至于曾几何时“叶老师”的称呼变成了“叶师傅”，无人知晓。叶师傅只是经常说：“刚出国都不容易，能帮的就多帮帮。”

2. 初出茅庐

除了报球，初来乍到的叶师傅尝试过各类工种，给当地人刷过墙、整理过庭院，做过园艺、照料过花圃，在农场摘过草莓，就连深夜送报的工作也尝试过。

挨家挨户发放的报纸以广告页为主。凌晨 1 点开始，直至发完指定片区为止；无论时长，一律按三小时结算工资。老员工最快也要到凌晨四五点才能发完，而刚接手这份工作、业务还不娴熟的叶师傅，前期经常忙到六七点，早上会不由自主地流鼻血。

略感身体吃不消时，叶师傅寻思：很多中国同胞都去做后厨，不如自己也去试试。他便很快应聘了一家中餐馆，跟大师傅学快炒。出国前在家本来就负责做饭的叶师傅，也算轻车熟路，很快掌握了技术。再加上与大师傅投缘，大师傅就劝他留下来，并愿意倾其所学传授于他。叶师傅婉言谢绝：“我只是临时干干，不想长久。”

后来，叶师傅终于从他一开始入学的“野鸡大学”毕业了，一年的课程拖了近两年。他紧接着申请了林村一所知名大学的硕士课程，这成了后来我得以认识叶师傅的契机。

3. 忍辱负重

刚到一个新环境，中国人习惯找组织。我误打误撞地进了一个群，群里第一个跟我说话的正是叶师傅。那时已经在国外漂泊四五年的我，跟叶师傅的出国时长差不多，于是我们俩不由地谈起当年出国的情形。

出国的缘由千差万别，而为了女友或男友出国的不在少数，叶师傅也未能跳出窠臼。叶师傅在国内大学毕业后到国企工作了一段时间，又跳槽去了外企，因为遥想着异国他乡的女友，他便开始考雅思、申学校，过程繁琐却也顺利。可是，刚拿到入学通知书的他，却同时收到了女友的分手通知。出国的动力在分手霹雳的袭击下，荡然无存。家庭并不宽裕的他，瞬间想到了放弃。同事建议说："不如就为了自己，出去见见世界，长长见识。"叶师傅深以为然地咬了咬牙，带上一台笔记本电脑和两万元人民币就上了飞机。

为了不给家里增添经济负担，叶师傅走上了一边读书一边玩命打工的道路，甚至一度不去大学上课，只参加期末考试。在申请攻读林大的硕士学位之前，由于行业恶性竞争，一直给叶师傅带来稳定收入的报球工作的薪酬缩水了一半，而且现场还不时有便衣警察巡视盯梢。叶师傅觉得再干下去也是徒然，便忍痛辞去了这份工作。

没有面包，真的会饿死。暑期来临，叶师傅不得不继续找兼职。凭借先前做后厨的经验，他先后在斯德哥尔摩和一个南部小城的餐馆打工。其中，南部小城餐馆的老板是越南人，他对叶师傅百般刁难，而且时常奚落叶师傅；在店里这也不让碰、那也不让吃，萝卜也必须按他自己的意愿切，最后还少不了尖酸的嘲讽："你不适合端这碗饭，你更适合坐着写字。"

那三个月，用叶师傅的话说："起床就干，干完就睡，什么都不想。"这种没追求、没奔头的状态让叶师傅恐慌，因为还要攻读硕士学位，所以不能一直耗在外地，便辞了餐馆工作，暑假结束前赶回了林村。

4. 拒不认命

跟叶师傅时常在网上聊天，时间久了，也就彼此逐渐熟络了起来。遗憾的是，我到林村的时候，叶师傅已经离开。我倒是去过他曾经住过的学生宿舍楼，这里每半年就要换一批新脸孔。

为了重拾学业，叶师傅暑假后就搬回了宿舍，并认识了住在过道对面的女生。张爱玲说过："通往男人的心通过胃。"这句话同样适用于女人。曾在餐馆后厨摸爬滚打的叶师傅，在宿舍里做一大桌家常菜简直易如反掌。对面的女生也就顺理成章地成了他的女友。

由于一边要追赶学业，一边又不忍心女友跟着自己吃苦，叶师傅便重操旧业，在林村当地的一家寿司店做兼职。中国老板娘非常认可叶师傅的厨艺和品行，她好意相劝："你硕士读得怎么样了？读了书也不一定能找到工作，不如就在我这儿一直干吧！"

这话让叶师傅心中一颤，其实他之前并非一直盲目打工，确实尝试过做一些与专业相关的工作，比如，给一家小公司做互联网开发。叶师傅做了三个月的辛勤码农，然而交付开发产品后，无良经理却以工作不专业为由，拒绝支付工资。由于没有签订正式合同，叶师傅失去了必要的法律保护。最终经双方交涉，无良经理象征性地给了叶师傅 3000 元，合每月 1000 元，而当地的平均月薪是 15000 元。

想到这里，老板娘的一番话依然没能让叶师傅就此顺水推舟，反而激发了他的思索："不打工，下个月就没钱交房租了；继续打工，学习时间就无法保证。"叶师傅深知自己正在陷入穷人越来越穷的死循环。

回想自己这几年的打工经历，叶师傅发现，一旦进入了厨师界，以后随便一家饭店都能进，而其他行业应该也一样。"不是没有能力，而是需要一个机会。"叶师傅这样跟女友说。而这个敲门砖，他认定是"语言"，想要找到与专业相关的工作，就要先学会当地的语言。

两人坐下来仔细计算生活花销，周详地论证了"如果不打工，钱能不能撑过三个月”的议题，最终结论是“不能”。于是，叶师傅上午继续在寿司店做工，下午去语言学校学语言。

5. 祸不单行

我到达北欧后一直用英语工作。叶师傅跟我讲，想要更好地融入社会就要掌握好当地语言，就算你英语再流利，在生活中也要尽量用北欧语，即使说得有点蹩脚，也能让人感受到你融入到他们中间去的诚意。

兼顾打工和语言学习的叶师傅身心疲惫，终于不堪重负，病倒了。为了不耽误寿司店的生意，他早上拖着高烧 40℃的身躯，硬是从床上爬了起来。而与此同时，一直鼓励他学语言的女友也在承受着巨大的心理压力。

为了节约生活成本，捉襟见肘的叶师傅早就退了自己的房子，搬去和女友同住。女友的家境比叶师傅好很多，她国内的家人也一直反对两人的结合。特别是女友比叶师傅早毕业，家人极力召唤她回国。为了叶师傅，她一直对家里人施行“拖”的战术，等待两人生活有所起色，再去说服家人；甚至不断想方设法跟家里要钱，贴补两人的日常开销。

正所谓“福无双至，祸不单行”，叶师傅生病，准岳父母施压，偏偏在这个节骨眼，又收到移民局的传唤。由于叶师傅没有在既定时间内毕业，移民官意欲将他驱逐出境。

这突如其来的变故令叶师傅一筹莫展。没想到，竟是几天后寄到家中的医院检查结果救了他，结论上赫然写着“肾结石”。这足以让移民官放弃驱逐，允许叶师傅继续留在当地，慢慢完成学业。

6. 恍然如梦

好不容易完成了语言的学习，叶师傅开启了“面霸”模式，四处投简历。由于具备了一定的当地语言技能，面试电话络绎不绝，醒着的时候能接到，睡觉的时候也会时常打来。可雷声大雨点小，仍没有雇主愿意接纳叶师傅，就业依然步履维艰，叶师傅的求职热情消磨殆尽。

有一天，叶师傅帮朋友搬家，直到半夜才搬完。他回到家，方才想起第二天在不远的北村有个面试，正想打退堂鼓，女友劝他："你就去试试吧。"叶师傅一大早就起床了，吃了两个包子，坐上了城际火车。

到了面试地点，却发现大门是紧闭的。"不会是骗子吧？"叶师傅正心里打鼓，一个经理模样的人从旁边走来。

"我来找 Erik 面试。"

"我就是 Erik，可是没有面试啊！我们是电影部门。"

"我面试的是 web 部门。"

"你要找的是 web 部门的 Erik，我带你去见他吧！"

于是 Erik 带叶师傅上了楼，见到了另一个 Erik。Erik 见叶师傅是中国人，只用北欧语跟叶师傅简短地问好，便改用英语进行交流，再次证明叶师傅最初对语言这个"敲门砖"的判断是正确的。临近面试结束，叶师傅请求 Erik 别不好意思拒绝，决定好了就告诉他，也别耽误他。Erik 也是爽快人，答应尽快给他通知。

面试后的第三天，叶师傅心里估量着没戏，便试探性地发了一封邮件。Erik 很快有了回复："我正要跟你说，决定给你个机会，明天来公司谈谈。"叶师傅琢磨着这应该是二面了，便一大早起床，吃上包子，坐上火车，再一次赶赴公司。

"跟你签个试用合同。"

"不用再考察了？"叶师傅不太敢相信自己的耳朵。

"不用了，直接 offer 吧，下周一来上班。"

走出公司的叶师傅如同在梦幻中一样，禁不住给女友打电话："我搞定了，签合同了。"电话另一端的女友并没有像电影桥段里那样喜极而泣，而是茫然不知所措。她明白，包括来自父母阻力在内的一切关节，在那一刻都打通了。

对于那一天，叶师傅跟我讲起来依然记忆犹新。他说，那是 2012 年的 6 月 1 日；巧合的是，我正是一年后的同一天来到了北欧。而那个时候，叶师傅早已跟女友搬到了工作所在地，并且可爱的宝宝也即将呱呱落地。

7. 宝刀未老

跟叶师傅在网上总能相谈甚欢，由于他在外地忙于照顾年幼的孩子，我们一直未能相见。直到我即将离开北欧，跟林村的朋友们一起打球，在球场看到了远处的叶师傅，我们彼此挥了挥手，胜过万语千言。几年后，叶师傅携女友和女儿回国度假，我们终于可以面对面地把酒言欢了。

至今，叶师傅林村的硕士毕业证依然没有拿到，还一直处于休学状态。“可能跟别人不一样，我思维灵活、会变通吧!”叶师傅轻描淡写地笑着说。

叶师傅的厨艺没有荒废，周末偶尔会去树林采蘑菇，只有他能分辨出哪些是有毒的，哪些是没毒的。空闲的时候，他带孩子钓钓鱼，去射击场打打枪。依然没有精通当地语言的他也算基本融入了社会。叶师傅跟女友也遵从了当地习俗，始终没有领结婚证。

跟当初一样，叶师傅还在无私地帮助新来的学生。即便有的学生嘴上喊着“叶师傅好”，吃完饭就消失不见了，叶师傅也不在意，毕竟“授人玫瑰，手有余香”。有人说：“在国内，是不可能跟叶师傅这种人为伍的。”叶师傅也只是苦笑着摇摇头说：“可能北欧人把财富看得淡，而中国人看得重一些吧!”

我觉得那个人大可不必这么说。英雄不问出处，叶师傅的确是个凡人，他远不是无坚不摧的铁血硬汉，更不是家境显赫的名门之后；他只是不好高骛远，不坐以待毙，在充满逆境的生活中，接受它的不完美，并始终默默坚持，以一己之力为女友和孩子打开了生活的新局面。叶师傅就是个英雄，是自己的英雄，是家庭的英雄。

凌晨两点半，“冥冥之中，该你的就是你的”。听完最后一句话，叶师傅的故事也算是给我讲完了。

刘叔叔的峥嵘岁月

谈起创业，我忍不住抱怨还没挣到钱，他却说："不要心急，慢慢积累，能立竿见影的收益往往不能长久。"

1．旧金山

一声声急促的电话铃声，将我从青年旅社的二层小床上吵醒："小王，我到你楼下了，快下来吧！"

在美国的工作暂告一段落后，我平生第一次来到旧金山。想到久违的刘叔叔已在此定居多年，便试着发短信问候一下。不想第二天大清早，刘叔叔竟然就来找我了。多年不见，免不了一阵寒暄。待我坐上他的颇具美国特色的大型皮卡车，刘叔叔就笑着说："小子没变样啊！跟小时候长得一样。"

刘叔叔的确是看着我长大的。他是爸爸的好朋友，年轻时候经常来我们家蹭饭；几个人还一起去水库游泳、野餐，或者半夜在林子里打麻雀回家烤着吃。当然，也少不了玩他们那个峥嵘岁月里特有的游戏机。"我跟你爸那时候通宵打'魂斗罗'，三条命就能通全关，中间还额外奖励很多条命。"

话音刚落，我们就到了一处巨大的仓库厂房。刘叔叔承包了这个厂房斜坡混凝土浇筑工程。看完厂房的施工进度，我们又驱车去了一所小学。小学的建设属于政府工程，刘叔叔负责校舍承重梁的架设工作。工人给了我顶安全帽，我便在小学里上下左右穿梭，看这看那。看到我犹疑地举起相机，刘叔叔笑着说："随便拍，多拍点，回去给你老爸看！"

临近午时，和刘叔叔去当地的交管局缴纳了违章罚款。除了建筑行业，他还经营一家小型搬家公司。近日由于货车上缺少安全标识，被警察开了罚单。

午后忙里偷闲，我们逛了逛斯坦福大学的校园。作为硅谷的摇篮，斯坦福大学迸发着花团锦簇的活力与生气。而后，我们去看了两栋家庭别墅，第一栋要加装残疾人配套设施，第二栋是让刘叔叔在现有的基础上加盖一层。

由于皮卡车上只有我们两个人，在回家的高速路上，我们可以走"HOV"（High-Occupancy Vehicle）车道（车上仅一人时，不得走该车道）。为了缓解环境污染，政府鼓励出行车辆搭载两人或更多人。相比于普通车道的拥堵，我们在 HOV 上畅行无阻，一马平川地回到了刘叔叔的家。

站在刘叔叔家宽敞的后院，能俯瞰整座城市。他把从大型超市买来的一大坨羊肉，切成小块，在后院烤起了羊肉串，一切仿佛回到了从前，毕竟烤串和啤酒是他和我爸年轻时的最爱。

体验了刘叔叔忙碌的一天，第二天我便独自排队乘船，登上了旧金山的"Alcatraz Island"（恶魔岛），这里曾关押过很多美国知名的重刑犯。至此，我结束了旧金山行程，也告别了刘叔叔。

2. 不甘寂寞

至于为什么选择来海外，刘叔叔用简短的四个字概括——"不甘寂寞"。

20 年前，刘叔叔还在国内一家与进口机电设备相关的单位上班，工作给他带来了出国考察和访谈的机会。电视剧《北京人在纽约》在他们那一代反响巨大，更加深了他走出去看看的愿望。

一番周折过后，刘叔叔放弃了国内的所有，"转战"美国，从零做起。对于他，首先需要解决的就是温饱问题。

刚登陆国外的华人，多半会从事送报纸或在中餐馆打杂的工作。那时候美国的房租是每月 300 美元以上。刘叔叔去应聘的第一家餐馆开出的工资是每月 700 美元，被刘叔叔直接回绝。后来又有一家愿意每个月给 900 美元；试工一天后，餐馆老板发现刘叔叔工作起来游刃有余，决定给他涨到 1000 美元，而刘叔叔冲他摆摆手，头也没回就走了。

后来，刘叔叔跟朋友调研过废品生意，发现这条路很难走通，只好作罢。在各行各业之间进行了审慎和周详的比较之后，他最终选择了建筑业，进入了一家建筑公司。问他原因，他说："这个行业做大可以无限大，做小也足够养家糊口。"

工程如何估价，质量怎样保证，刘叔叔在这些方面完全是一片空白。他抱着"刚开始总要交学费"的心态，深入了解与挖掘这个未知的行业。周一到周五在建筑公司上班；周末为了贴补生活，还在餐馆做兼职，端盘子、收盘子、刷盘子（在英语里这种工作叫"busboy"）。

可以说，在出国的头半年，刘叔叔一直在摸索，也遭遇了不少挫折，一开始是迷茫与不清楚状况，慢慢地内心变得愈加烦躁。当初出国并非是百分之百的义无反顾，因而诸如"这是什么破地方""原先的选择是否值得"等消极想法也时常在他的脑海里闪现。

不曾想，竟是一对老夫妇为刘叔叔解开了心结。一个再普通不过的周末，打工的餐馆来了一对华人，年龄在 70 岁左右，闲聊中问起刘叔叔的情况。刘叔叔如实答道，自己过得真不怎么样。这对老夫妇则说："在这里慢慢待下去，你会觉得越来越好的。"这句看似平常的话，却意外地让刘叔叔顿感醍醐灌顶。他忽然明白了一个道理："人要沉着一点。"

从那以后，他以一个相对平和的心态去工作和生活。果不其然，不到一年，刘叔叔就从建筑公司单飞，开办了属于自己的公司，开始了为自己公司奔走揽活的新篇章。

拉来的第一个客户是他在建筑公司工作时认识的中国台湾人。在美国做生意，人们非常看重"Reference"（引荐）。台湾人同意给刘叔叔的公司引荐，条件是以极低的价格帮她在山上的一处房子做包括走电、安空调、刷墙等在内的装修工作。依然乐观地信奉"刚开始总要交学费"的原则，刘叔叔接下了这个小项目，公司也由此开了第一单。

当时价值一两万美元的项目对于刘叔叔来说算是很大了。刘叔叔前期只请了三五个工人，再加上他本人，一个小型的建筑团队就这样组建完了。他本身热衷于操控机器，时常奋战在一线，帮工人们开吊车。

随着人脉越来越广，刘叔叔的公司在业内收获了广泛的信任。以家装为主的他，于 2007 年之后开始转包政府工程。当地政府的招标，往往按最低价得标，没有背后操控，拿到几十万美元的项目对于刘叔叔来说也习以为常了。刘叔叔总说："不要太贪，不贪就不会上当。"那时，他的员工数量超过了 70 人。

期间，刘叔叔还一时兴起，注册了搬家公司，买货车、雇工人，所有流程一步到位。当然，搬家业务也做得有声有色。

3. 波澜起伏

谈起在美国的创业经历，刘叔叔一脸轻松地说："一帆风顺，没有什么波澜壮阔。"可谁都知道，人生起起伏伏，商业更是波谲云诡。

刘叔叔遇到过不懂行却拿了客户定金就提前挥霍的合伙人，这位合伙人在项目搁浅后竟然逃之夭夭；刘叔叔也遇到过老油条似的律师客户，这位律师对施工不满意，竟然时隔数年后提起诉讼，意在反咬一口；在一个污水处理的政府项目中，总包商将分给刘叔叔的部分转给了第三方，后因拖欠第三方工程款，刘叔叔也受到牵连，以致三家对簿公堂。

随着年龄的增长、经验的丰富，刘叔叔自己也逐渐成为行业里受尊重的前辈。他把所经历的一切波折都认定为通向成功必交的学费。

就在公司正值鼎盛、员工数量达到顶峰的时候，美国在 2011～2012 年经济极度低迷，可接的政府与私人的施工项目骤减。大家为争抢项目，大打价格战。在并不乐观的社会大环境下，刘叔叔面临顶不住就要关门大吉的严峻挑战，只能咬牙硬扛。

我在旧金山见到刘叔叔的那年正值经济回暖，他坚强地挺过了危机，迎来了春暖花开。如今，在建筑行业沉浮二十载的他，已然可以挑选客户，而且只专注政府工程，基本不再接民宅的项目了。

特朗普当政后，劳动市场又出现了低迷。刘叔叔近日切身感到了招工的困难，他又在积极调整策略，试图吸纳美国本土工人加入，以进一步迎合当地的主流市场。

问刘叔叔最怕什么，他说是工伤事故，所以总给工人们买齐各种劳工保险；即便这样，他还是很担心哪天有工人在现场给他打电话，说有人受伤了。又问及他的理想，刘叔叔说，希望以后不再给别人盖房子，而是有一天能为自己设计、开发，能真正做到“给自己盖房子”。

4. 重逢

距离旧金山的见面时隔七年，在国内酒桌上再次见到刘叔叔，他也没怎么变样，依旧容光焕发。对于当初的选择，刘叔叔语重心长地说：“当初的选择对不对，没法去讲，如果在国内可能会很舒服。”

不甘寂寞的刘叔叔，拥有着澳洲特里的闯劲、瑞典叶师傅的坚韧、加拿大胡叔叔的学习精神。更重要的是，他目光长远，心态乐观，做事谨慎，尽显商业上的敏锐判断与睿智决策。因此，无论选择对与不对，我都坚信，刘叔叔真金不怕火炼，各处尽显峥嵘。

“还是最留恋当初打‘魂斗罗’的那段日子。”说起那段自由自在、无忧无虑的年轻岁月，刘叔叔眼中闪着明亮的光。

生命的意义

生活中有许多强势的人，希望把自己的观念嫁接到别人，尤其是亲近的人身上。这以中国传统父母最为典型，他们相当一部分沿袭着家长式的教育风格，大到人生发展方向，小到生活中鸡毛蒜皮的小事，都要管一管。“你必须好好学习！”“你必须回家第一时间写作业！”“你必须考上好大学！”“你必须吃完这个馒头！”“你必须参加今晚的家庭聚餐！”“下车前，你必须先关空调再熄火！”……清一色带着“必须”的祈使句。面对这样的父母，唯一能做的就是善待他们。

实际上，他们有些观念老套过时，甚至背离科学。本雅明说过：“现代社会由于追求效率与速度，人们不再研读对象本身，而是凭借法则和经验来断言。”这其实是危险的。万幸的是，当我意识到了这种危险，自己就如同脱了缰的野马，纵使没有草原，也能在泥巴地里尽情地驰骋。

曾有个姑娘，费了很多时间和精力向我证明我是一个很“low”（低端）的“Loser”（失败者）。起初我抗拒，毕竟谁愿意给自己扣这顶帽子；后来我慢慢接受了，因为我理解她的苦心，她是想把我拉到她视线里那种“High”（高端）的境地。只是很遗憾，她从没认真告诉过我怎么才能“high”起来。面对这样的姑娘，唯一能做的也是善待她们。

我个人当然从不抗拒爬到一个“high”的境地甚至去“Highland”当个苏格兰人，毕竟我是如此热爱生活中的不同体验，可我不确定我能不能真心爱吃那些好看但不好吃的东西，能不能真心爱用那些华丽但不好用的物件，能不能享受那些并不觉得舒服的服务。或许等我到了那个境地，我就能变得华而不实。这绝非贬义，就像虚荣心本身也不带贬义一样，都是在褒扬与彰显成功。我也坚信我们都在穷极一生探寻和发现自己，因而以后我会变成什么样，我并不知道。

无论至亲们是“low”还是“high”，老古董也好，前卫新潮也罢，人终归活不出别人的样子，人也终归活不出别人期望的样子。事实上，人没必要活出别人的样子，也没必要活出别人期望的样子。毕竟，在人生的单行道上，即便跟别人选择了同一个叉口，仍会有截然不同的际遇，因为每个人的人生轨迹都是独一无二的。人，要活出自己，也只能活出自己。

回顾我 9 年的海外生涯，辗转于不同国家，不断推倒、放弃原有的生活又不断在下个地方重建。有人嘲笑我，说我这么多年财富什么的都没积累下来；也有人羡慕我，说我收获了别人体验不到的丰富经历。两者都有道理，但也都不全对，因为那 9 年的意义并不在于账面收益，也不在于人生经验可能带来的长远收益，而是在于 9 年本身，这 9 年是我生命中的重要部分，是我选择的生活，其本身就是意义。

反复读了很多遍王小波《黄金时代》里的最后几段，尤其是关于陈清扬写给“人保组”的交代材料部分，“在人保组里，人家把各种交代材料拿给她看，就是想让她明白，谁也不这么写交代。但是她偏要这么写”，“是因为它比她干过的一切事都坏”，是因为她喜欢。那么我 9 年的海外游历，也是因为我喜欢；中学和大学时代“两耳不闻窗外事，一心只读圣贤书”，扮演老师和大家眼中所谓的“品学兼优”的好学生，也是因为我喜欢；口袋里一穷二白，回了国整天在外面瞎忙瞎折腾，不停地刷新价值观，这些还是因为我喜欢。

人做的每一件事、每一次选择，都缘于内心深处的意愿和欲望，怨不得别人，也赖不了环境。有些人喜欢快乐，也有些人会喜欢悲伤；有些人喜欢轻松，也有些人会喜欢吃苦；有些人喜欢慵懒，有些人则喜欢奋斗。那些整天抱怨生活对自己不公却依然没采取行动去改变的人，他们本质上更喜欢维持原状。哭也好，笑也罢，没有对错之分，只要是内心的选择，到死就没什么值得叹惋和怨恨的。

就像我在“庄”里看到的人们，脸上脏兮兮的孩子、站在路边发呆的长者、骑破三轮拉破沙发的大叔，这是他们选择的生活。当然，他们绝不可能在豪华别墅里为了几双筷子摔盘子摔碗，也不会因为几千万元的资产父子反目。这同样没有对错之分，有的人喜欢安于现状、得过且过，有的人喜欢去拼去争，两者都在各自的单行道上做出了抉择，各得其所。

而人生苦难重重，无论贫富贵贱都苦难重重，想避也避不开，也无人替自己承受。维克多·弗兰克尔说：“你无法控制生命中会发生什么，但你可以控制面对这些事情时自己的情绪与行动。”所以当面对苦难甚至一无所有的时候，是站着、坐着、蹲着，还是躺着、趴着、跪着，都是内心意愿的选择。一次次地站着可能会让人变得更强，一次次地跪着却可能注定一直跪着。

真正让人绝望的是一种错觉，人站起来的次数多了，哪怕经历多次痛彻心扉的不幸，也会相信自己注定能迎来成功。可成功与成长始终不能画等号，成功可以被当作目标，却也很容易带来失望和沮丧。很多人努力但不成功，因为缺乏技巧；有了技巧也不成功，可能方向出了问题；方向正确了，运气不好也是常有的事。因此，对于相当一部分人，一辈子都在不间断地经历苦难，即便一次次地站起来也没能苦尽甘来。

现实依旧可悲，屡败屡战的精神仍值得尊敬。成功至多只是人生单行道上成长的衍生品，与其过度期望与憧憬成功，不如更看重意义本身；尽人事听天命，方能坦然接受各种结果，无论苦难还是成功，不悲不喜。

生命的每个阶段都有各自的意义，正如我做“品学兼优”的好学生是为了荣誉感，海外漂泊是为了看世界，回国又是为了奋斗、为了生活。既然我们一生都在探寻自己，也就无须匆忙发掘终生的意义，毕竟直到驾鹤西归那天才能盖棺定论。

总而言之，人终归活不出别人的样子，也活不出别人期望的样子，只能活出我们自己。在回顾过往的时候，不必为生活中的不如意而捶胸顿足或怨天尤人，因为那都曾是内心意愿的真实体现；面对当下，要挺直了腰板而不是一直跪着，咬着牙去完成一次次的历练与成长；在展望未来的时候，认清成功只是人生单行道上的衍生品，苦尽甘来可能就在前方，也可能一辈子都不会出现，所以你要学会泰然处之、不悲不喜，并能深深地明白：人生的每个阶段都散发着生命的光彩，洋溢着每个人特有的生命的意义。

无问西东

我几周前就在考虑写这篇番外故事，本来设想的题目是“如何面对谎言”，下笔前有幸观看了《无问西东》这部电影，颇有共鸣，不仅让我瞬间确定了新题目，还想在文中引用电影中那些足以刺穿心灵的台词。

1.《无问西东》

这部电影讲述了几个不同时代的故事，我不太关心这几个故事里或强或弱的跨时代人物之间的关联，却一直在绞尽脑汁地思考它们的共性，找寻其背后的核心思想。“真实就是，你看什么，做什么，和谁在一起，有一种从心灵深处满溢出来的不懊悔、也不羞耻的平和与喜悦。”梅贻琦对吴岭澜说的这句话犹如醍醐灌顶，让我恍然大悟。

吴岭澜弃理从文、留校任教、献身教育是对事业与人生的真实；沈光耀脱掉富家子弟的外衣、决然登上战机以身殉国是对理想与信念的真实；陈鹏不计前嫌、不计后果地解救王敏佳是对爱情和忠贞的真实；张果果职场遭人暗算却不予以报复、面对可能是无底洞的四胞胎依然竭诚捐助是对人格和情操的真实。因此，这部电影所要讲的就是“真实”。

2. 找真实的自己

至于何为“真实”，就像前文所述，梅贻琦已经给出了精辟形象的定义。想做到真实的自己，就要首先搞清真实的自己是什么样子的。

(1) 入世

在哲学的范畴里，经验主义强调感官的意义，可以激发灵魂中的理性，从而让人们更多地认识“理型世界”。而在梅贻琦对真实的定义中，“看什么”“做什么”以及“和谁在一起”都属于感官和经验的范畴。因此，认识真实的世界并认清自己需要入世，需要借助经验主义和感官体验，需要投身到社会的洪流之中。

我一向认为，先要入世，方能出世。没有入世的出世是无病呻吟，“少年不知愁滋味，为赋新词强说愁”。只有在历经世间冷暖、人间沧桑之后，才有资格选择逃出尘世、归隐桃源。入世是找寻真实自我的起点。

(2) 自省自查

纵使生活在同一个世界，居住在同一屋檐下，同样是入世，很多人却不幸沦为“乌合之众”。就像勒庞笔下的对结果不用负责任的冲动群体，他们盲信盲从，不明就里地一齐向台上的姑娘砸石头。也有很多人亲身验证路西法效应，让情境的作用占据自己，由好人瞬间变成了恶魔。“乌合之众”缺乏起码的自省和自查。

电影中，梅贻琦告诫吴岭澜：“人把自己置身于忙碌当中，有一种麻木的踏实，但丧失了真实。”这是芸芸众生普遍的现状，在无休止的奔忙中不知不觉地迷失了方向、蹉跎了岁月。而吴岭澜说：“原来，这些卓越的人物，也认为花时间思考这些（生命的意义）、谈论这些，是重要的。”可见，要想找寻真实的自己，要想不成为乌合之众或芸芸众生，必须频繁且深刻地自省与自查。

这里也涉及“无问西东”。寻找自我，既不需要别人帮助，也不需要别人赞同，更不能靠问东问西来得到答案，因为它是一个人的狂欢。我在前文中说过："人生的每个阶段都散发着生命的光彩，洋溢着每个人特有的生命的意义。"这意味着每个人都有机会找到真实的自己。即便是彻头彻尾的平凡人，只要不是机械地盲从，只要进行探索，也会有所发现。

每一次时代更迭，新科技、新思想的产生都需要一定的条件，需要孕育它们的土壤。在全人类进步的大潮中，每个个体必然受到时代的制约，然而这并不妨碍我们穷极一生去探寻自我。

3．做真实的自己

想必很多人对电影中沈光耀教官的那句话印象深刻："这个时代缺的不是完美的人，缺的是从心里给出的真心、正义、无畏和同情。"然而"真心""正义""无畏""同情"这四个词只能用来形容品德的美好，不能用来界定真实。

在梅贻琦的定义中，"有一种从心灵深处满溢出来"，顾名思义，就是指从自己的心灵中流出，而与他人无关；既然与他人无关，真实就更应该是个中性词，不论好坏。流芳百世可以是真实，遗臭万年也可以是真实。只要是通过入世后的自省自查发现的自我，并能给自己带来"不懊悔、也不羞耻的平和与喜悦"，都可以算作真实。

因而真实侧重于"一致性"，一致性包含两个方面：言行与思想的一致性，即表里如一；在一定时间范围内的一致性，即人设的一致性。

在人生中，真实的自我并不是一成不变的，而是有一个缓慢渐变的过程。断崖式的跳跃，会导致人设的崩塌，让他人迅速失去对自己的信任。即便是一成不变的坏人人设，人们对其放心程度也远大于前后表现明显不一致的人。如果表里不一就很难做到人设一致，很容易因情绪失控或在酒精作用下让人设崩塌。

因此，即使找到了真实的自我，我们若想真正做到真实的自我，就必须落实上述两个一致性，这需要强大的意愿和勇气。我身边比较成功的人，无一不是有理想、有情怀，而且他们一旦认准了目标，会坚持不懈地为之努力，很少改弦易张、半途而废。

而说起理想与情怀，很多人都持怀疑态度，毕竟现在有太多人靠一张嘴和一个 PPT 就能画出美丽的大饼，制作出梦幻的乌托邦。两个一致性则可以用于有效地识别他们的谎言。

4. 面对自己的谎言

提到谎言，说得最多的便是自己对自己说的谎言，自欺欺人是人们在生活中常见的现象。

由于自省自查往往会带来痛苦，需要坚强的意志，所以人们往往倾向于逃避问题和痛苦，并把错误归咎于他人。不敢面对自己，不敢承担自己本应承担的责任，会严重阻碍对真实自我的找寻。当真实的自我与社会习俗或主流文化相左的时候，要想继续我行我素，就要拿出足够的勇气挑战传统权威。

自欺欺人，跟惯性和惰性也不无关系。人潜意识里总有追求言行和思想一致的愿望，一旦行为已经实施，就倾向于在思想上为该行为正名。比如，找了一份原本不喜欢的工作，做过一段时间后，就会告诉自己其实并没有不喜欢，而出现转变的真实原因是自己对这份工作已经熟悉了，不想再进行新的尝试了。

之所以对自己有这么多谎言，归根结底是为了逃避痛苦和责任，不愿意认清自己，不愿意改变现状。这就需要自己定期进行自省自查，同时还要有一定的智慧，既能保持一个真实的自我，又能顺应时代的发展，不断地调整自己。

5. 面对他人的谎言

站在他人的角度将心比心地看待谎言，会发现撒谎的动机是基本相同的。他人会因为不愿正视真实的自己而把责任推到你的身上，甚至意在达到控制你、影响你、毁灭你的邪恶目的。他们拒绝承认自己的不善，也就进一步放弃了他们做真实自我的机会，成了伪善的人。

伪善的人往往非常在意自身形象，他们总是衣冠楚楚，表现得近乎完美，而刻意装饰的背后却是更多的肮脏与不堪，与他们向世人所宣称的“伟岸”相去甚远。反而那些诚实的人有的不修边幅，也不惮于暴露自己的某些不良嗜好。

伪善的人过度追名逐利，不怕吃苦，有超强的心理承受能力，因为只有像永动机一样不停地运转，才能躲避自省的痛苦。

伪善的人都是极度自恋的人，做事刚愎自用、一意孤行、横行霸道，不顾及别人感受，却总试图控制别人，也不承认自己的错误。

面对伪善的人，远离是唯一的办法。相比之下，不羁的坦荡好过伪装的崇高万倍。

总之，我们要勇敢地寻找真实的自己，顺应当下需求，构建智慧人生。面对自己的谎言，不惧怕痛苦的自省与自查；面对他人的伪善，能准确地分辨并敬而远之。

兴许真实是孤独的，但内心可以沉静地安放其中，我们可以从中收获一份平和与喜悦，乐享一片安详与坦然。

家庭新成员

周一去了趟海滨，除了看海，还得到了在火车上安静听歌、专心发呆的机会。周三大半夜回家，一敲门，就传来一阵熟悉的叫声，那是比熊犬的叫声。亲戚外出旅行时把它寄养在了我家，我进家时这家伙正安然地吃着宵夜。

比熊名叫“Cindy”（辛蒂），先前每次去亲戚家做客，它都不分青红皂白地朝我吼叫，直到声嘶力竭、口干舌燥，便转身去喝水；短暂休息后再次出战，如此往复。体力之充沛，精力之旺盛，令人叹为观止。

我小的时候很怕狗。每次去爸爸工作的大院过周末，他们院里养的大狼狗总冲我狂吠，吓得我拔腿就跑。我越跑，狼狗反而越追；我跑得越快，它追得也越起劲。看到我惊惶失措、踉跄狼狈的样子，院里的叔叔们笑得前仰后合。

后来去美国工作，房东 Shannon 家养了三条狗：其中，一条是白色的斑点大狗 Loki；另两条长得差不多，我记不清品种了，却能叫得上名字，纯黑的是 Sasha，带杂色的是 Socks。我在厨房做饭的时候，切的胡萝卜片等蔬菜总丢给它俩。Socks 挑食，只是闻一闻或咬到嘴里就吐了出来；只有 Sasha 一直支持我，给它什么就吃什么。天气渐暖，我和房东的老公 Ryan 还曾牵着 Sasha 和 Loki 踏着满是积雪的山路去寻找瀑布。

那个时候，公司全球人力资源副总裁的家里也养了一条小黑狗，一整晚都见它安静地在客厅里缓缓踱步。只是没想到第二次造访，却不见了它的踪影，只听到副总裁的千金面无表情地说："小黑太老了，前几天走了。"

时隔 5 年，我从温哥华独自驾车回科罗拉多探望 Shannon，得知 Shannon 与 Ryan 半年前已经离婚，而 Sasha 也早在几年前就走了；两人分手的时候，Loki 归 Shannon，Socks 归 Ryan。那一夜，在客房里，听着不远处躺在床垫上的 Loki 打着震天的呼噜，我久久难以入睡。

回国后，一起打球的朋友时常领着他的小柯基来球场。柯基拖着可爱的小短腿，跑来跑去，时不时地冲着飞来的篮球用力地叫两声。尽管没有比熊聪明，但它知道我是主人的朋友，就安静顺从地让我牵着它在周边散步。

说到安静与顺从，辛蒂来我家后的表现一反常态，与之前那个对我凶狠暴躁的顽皮狗判若两"人"：晚上到家的时候，它一改往日的嚎叫作风，摇着尾巴在门口迎接我；我在书房的电脑前忙碌，它会自觉地窝在自己的垫子上闭目养神；我在客厅沙发上看电视、吃零食的时候，它会主动地跑过来跟我玩闹。

辛蒂是个特别嘴馋的小狗，只要我在吃东西，它都能第一时间贴过来用鼻子仔细地嗅闻。可真喂给它，它反倒不理不睬，转身走开。在食物上，我们尽量避免喂它狗粮以外的东西，担心它已经有些羸弱的肠胃无法正常消化，不小心就要拉肚子进医院。

毕竟辛蒂今年已经 12 岁了，虽然算不上老态龙钟，但也早已步入暮年。老妈带它到楼下散步，有时候它会因为眼睛看不清前面的台阶而遭遇磕碰事件，所幸台阶很矮，它只是意外地碰到或者轻轻地摔一下；每次遛弯，它都需要将近 10 次小便才能"如释重负"，这说明它的前列腺也出现了问题。

白天在家的时候，辛蒂喝水非常节制，一上午喝上几口就不再喝了。我们知道它是担心喝多了水总想上厕所，又不想尿在家里的地板上。老妈看它这样可怜，就让我中午额外再遛它一次，让它在家的时候能轻松一点。

这几日，只要我们开始穿上户外的衣裤，辛蒂就兴高采烈地跑过来，蹦蹦跳跳，甚至前脚扒在我的腿上，以为我们要带它出去玩。不过很遗憾，并不能每次都能如它所愿。每当出现这样的情景，它便会落寞地走回自己的垫子。

总而言之，辛蒂是个充满智慧的比熊，明白自己暂时寄人篱下的身份，也通晓事理，不刻意给我们添麻烦，与我们共同维护着生活环境的整洁，所以它深受全家人的喜爱。

其实，老妈一直热爱小动物，而至于为什么这些年我们家从没养过宠物，就要追溯到我的姥姥、姥爷了。听老妈讲，在两位老人健在的时候，家里养了很多年大白猫。姥爷病危的那段日子，全家人忙于在医院照顾，就拜托邻居临时帮忙喂养后院的老猫。数日后，回家的老妈却发现老猫已经死了，询问邻居才知道，并不是邻居疏于照顾，而是老猫认人，不吃外人喂的食物，最后在后院活活饿死。这个发生在我们身边酷似“忠犬八公”的故事不仅令人动容，更让老妈下定决心，以后再也不养猫、狗了。

随着年龄的增长，我们这代人挥霍青春所留下的痕迹也日益明显，吃坏了牙齿，喝坏了肠胃，跑坏了膝盖……更要命的是，我们一个个变得大腹便便，中年油腻的症状也逐渐上身，表面显得无比坚硬的外壳下的内心反而多了几分柔软，更害怕失去。

面对狗狗，我们不是主人，更像是朋友。辛蒂也不是个孩子，而是一个仅拥有孩童智力的老年“人”。我们只是有幸在彼此活着的时候有短暂的交集，能够一起散步，能够互相陪伴。而作为寿命相对长一些的人类，我们却又不得不目睹和见证它们从呱呱落地到日薄西山的逐渐衰老的过程。对于时间，我们总是无可奈何。

夜深了，忙完了工作的我，伸了个懒腰，推开书房的门。辛蒂在半睡中醒来，略微抬起头，静静地看着我；眼神里没有惊恐，也没有抑郁，只是目不转睛地看着我。在昏暗的灯下，它眼睛还有些发光。轻轻地抚摸着它的背，在雪白的绒毛下面，是它既不嶙峋也不丰满的血肉之躯，我的心中顿时五味俱全。

纵使看清了结局，却也能若无其事地强颜欢笑，在屈指可数的日子里静静地过好每一天。对于辛蒂如此，对于狗狗们如此，对于我们，也是如此。

远去的声音

读着刘震云的《一句顶一万句》，看到书中对老杨卖豆腐的鼓点声的描写，我耳边依稀响起了每天下午 4 点准时能听到的梆子声，总是连续快速地响两声，然后稍有停顿，再是连续两声，第一声略轻，第二声稍重，也更显悠长。这时候，奶奶就要快步奔向厨房去拿她的小铁盆了。伴随着那有节奏的“邦邦”声，奶奶下了楼。

卖豆腐独特的梆子只是每天下午的一出小剧，多彩的小生活远不止如此。每当早上 6 点半，耳边响起的不是闹钟的铃声，而是“糖的，枣的，八宝的……”的叫卖粽子的声音，反反复复，声音略带沙哑，语速却极快。倘若第一次听，往往不知道他说的是什么。如果声音戛然而止，不用担心，那是有了这一天第一位爱吃粽子的主顾了；随着每一单买卖的结束，粽子的叫卖声又重新开始。爸爸爱吃枣的，我爱吃糖的，而八宝的要贵两毛，人们也就较少问津。

粽子的叫卖声还没完全褪去，一阵美妙的声音又在 7 点钟准时传来：“晚报，时报，电视报……”字正腔圆，虽然不洪亮，但字字清晰可辨。大家知道，那位精神矍铄的老太太又来卖报纸了。这时候的爷爷就要坐不住了，急忙塞给我几张毛票，赶我下楼买一份《齐鲁晚报》。这是爷爷钟爱的报纸，是他每天早上的必读物。

以上三种声音每天都能听到，并逐渐成为我们生活的一部分。还有些声音则只能在周末才有幸听到："磨剪子来哎，戗菜刀……"这是磨菜刀的老大爷来了。每当听到"书本子报纸，纸箱子……"，妈妈这时候着急了，赶忙让我跑下楼叫住收废品的小伙子。这是我比较开心的日子，卖废品换来的钱又可以买零食了。

还有一种声音，其他任何声音都不如它能给我们这些孩子带来喜悦。"嘭"的一声巨响，不知道的人可能会被吓得躲到桌子下面，而这正是我们向往已久的爆大米花的声音。各家各户的大人们用瓢舀上大米，纷纷领着孩子来到楼下排队等候。随着每一声的巨响，又一锅爆米花出炉了。

写到这里，我已然感觉到自己并不擅长表现生活场景，对声音的描绘也有些干瘪与枯燥，但总还是想极力把人物形象描述得生动与鲜活。

卖粽子的是位中年大叔，总戴着一顶白色的帽子，很像医生的白帽子，身上是否也穿着白大褂我已经记不清了。骑三轮车的时候，大叔的动作是摇晃的，跟他沙哑的声音很搭调。后斗铺着的是跟帽子一样颜色的白被子。有客人来买粽子，大叔就会把它掀开，第一时间看到的是升腾而起的热气，然后是那绿绿的外面淌着水珠的可爱粽子。

大叔骑的是三轮，卖报的老太太用的却是两轮。她典型的装扮是一副毛线手套，深色的丝质围巾，一副大方框眼镜，还有梳得整齐的头发。无论多冷的天气，她都是如此，活像一名推着自行车去学校的高级知识分子。兴许她年轻时搞过宣传工作？不然叫卖的声音为何令人为之一振呢？自行车后座两旁绑着两大包报纸。老太太走路略微有些蹒跚，速度却丝毫不慢。没半晌工夫，所有的报纸就销售一空了。

相比颇具知识分子风范的老太太，磨菜刀的老爷爷则像是一座岁月的丰碑，那双布满老茧、皲裂了的双手，有力而又倔强地在那块不朽的磨刀石上永无休止地劳作着。老爷爷没有交通工具，他背着他磨刀时坐着的长木凳，还有重重的磨刀行头，唱着叫卖的歌谣，又走来了。

声音有时比画面更令人刻骨铭心，就像偶然听到一首老歌，会让人联想起多年前听歌的心情，从而浑身陡然一颤，一股暖流涌遍全身。儿时那些带着乡音的叫卖声，不知不觉中也已深入我的骨髓，印入我的心中，像天籁般时常在耳边回响，是至今为止我听过的最好听、最值得回味的声音。它们是我儿时的伴奏带、童年的协奏曲、年少岁月的背景音乐——那些大清早排队买煎饼果子的岁月，那些跟小伙伴们在街上踢球的岁月，那些跟院里爷爷奶奶们一起纳凉的岁月……

在多年以后，身在异国他乡的我，偶然听到《千年等一回》或《滚滚长江东逝水》，依然禁不住簌簌流泪。前者是我跟奶奶一起一集不落的《新白娘子传奇》，后者是我跟爷爷一起每集必看的《三国演义》。奶奶和爷爷已离开我很久了，那个童年生活过的小区也同样离开我很久了。

曾经卖粽子的大叔，三轮车上再也不是裹着白被子的粽子，而是一盆盆植物；曾经卖报的老太太和磨菜刀的老爷爷，如今不知是否健在；曾经卖油条的叔叔，当下改行修起了摩托车；曾经的退休教师公寓里现在走出的都是年轻人，几乎见不到老人的身影了。儿时的伙伴更是早已各奔东西，奔波于大江南北，忙碌于五湖四海。唯一没变的是街角那卖煎饼果子的阿姨，依然健谈的她，多了两鬓的白发和眼角的皱纹。

那个属于我的童年早已画上了句号，而伴随着我童年的那个时代也悄然谢幕，渐渐淡出了我们的生活。生活似乎变得容易了许多：冬天，我们再也不用在本不宽敞的客厅囤积十几颗大白菜，靠着这单调的蔬菜度过漫漫冬日，而是可以在任何时间、任何地点吃到各类山珍海味；夏天，我们再也不用傍晚拿马扎走上街头，坐在树下挥舞着大蒲扇乘凉，还要不时提防蚊虫的叮咬，而是可以整日坐在吹着空调的大屋子里，甚至连睡觉都要盖上棉被。白天，我们再也不用为学校或单位离家遥远而发愁，而是可以连距家门 500 米的饭馆都以车代步；晚上，我们再也不用早早地回家、早早地睡觉，而是可以轻易地给家人发条消息："今晚不回家睡了，跟朋友在夜店玩通宵。"

但是同时，生活似乎也变得不如以前容易了：冬天，如果想吃粽子或煎饼果子，我们或许只能在大超市的冰柜里找到了，包装精美却味同嚼蜡；夏天，我们再也不能在院里跟人侃大山了，因为对门邻居、楼上楼下都是陌生的面孔，我们压根儿就不认识。白天，我们慢慢发现开车所花的时间比骑自行车还要久；晚上，我们一天比一天更为街道上的治安而担忧。

童年小区的叫卖声，很响亮，但不嘈杂，跟安静的小区浑然一体。没错，用“安静”这个词来形容童年的生活状态再合适不过了。而现今都市的车水马龙、人群的喧嚣吵闹，让这些带有浓重乡土气息和别样地方特色的叫卖声再也没了踪迹。兴许我们的生活有了极大的进步，但当我们一觉醒来，发现每一块即将入口的食物都不怎么放心的时候，发现每次抬头看到的天都是灰色的时候，我很确信我们在进步中也失去了一些东西，其中就包括那些时常在我梦中回响的、让我倍感亲切与怀念的、朴实无华却又让人感动的声音，那些属于我的童年、更属于那个离我们远去时代的难忘印记。

墙内的人

很多人一直生活在墙内。他们沿袭着祖辈实用主义的传统，世代起早贪黑地劳作，即使再不济也坚持屯一点粮食，以备不时之需，特别是在那些困苦的坏年头。埋头苦干的墙内人，并不知晓墙外的世界，他们只知道墙外跟墙内不一样。

墙并不高，家里有梯子的人能轻松爬上墙头，向墙外张望。那里有五彩斑斓的霓虹灯，还有引人入醉的音乐。墙外的人们衣着靓丽，优雅地翩翩起舞，让墙内人看得着迷。看到有人在墙头，面容姣好、西装革履的绅士微笑着拿起连着喇叭的麦克风，洪亮地向墙内人问候："牲口们，你们好吗？"

墙内人不禁产生困惑："我们明明是人，为什么被叫成牲口？"他们只知道这些年辛勤劳作的成果被装在大盒子里，放上推车，送出墙外；没想到，换来的却是印有花纹的纸。年少的人不理解，年长的就教导他们："要学会隐忍。"

渐渐地，无论是心怀向往，还是带着好奇，一些墙内的人得以走出城门，切身体验一把墙外的世界。他们跟墙外的人在霓虹灯与音乐的包围下觥筹交错、开怀畅饮。他们以为在墙外可以这样一直尽情挥洒人生的激情，可谈笑间，酒醉的墙外人一把撕破了身上的盛装，露出了一身长毛以及可怕的獠牙和利爪。原来墙外人是野兽，而墙内人并不是什么牲口。

墙内人一向信奉鬼神，而墙外人总喜欢讲关于丧尸和吸血鬼的故事，面对着野兽的墙内人这才明白其中奥秘，可为时已晚，被野兽咬过的人也会变成野兽。而有些墙内人被咬的时候面带笑容，因为他们热爱墙外的一切，这里的肉，这里的酒，还有这里的空气，无不让他们依恋，心想做野兽也挺好。也有一些墙内人机智地逃脱了魔掌，隐匿在墙外的角落里不敢出来。

生活仍在继续，除了身穿西装、手拿喇叭的墙外人，被咬过的墙内人也在墙外举起了大大的横幅："牲口们，出来吧！"同样有很多灰头土脸的墙内人，跟他们当初一样，一脸疑惑地向外张望；有的还在期盼墙外的家人和朋友早日回来团聚。只是没想到回到墙内的同胞已变成了野兽，四处一通乱咬，进而让很多墙内人也变成了野兽，并很快为虎作伥起来，墙内随之一片大乱。

而随着时间的推移，墙外人的胃口也越来越大，墙内人的供给逐渐满足不了他们的需求。对墙内垂涎已久的墙外人，顾不上体面，一个个露出真身，以骇人的速度浩荡地冲了过来，试图把墙撞破。

墙内的人在极度恐慌之余，不停地扪心自问："我们从小被灌输的中庸思想，被教育的以德报怨，为什么换来的是这般场景？""他们是野兽！"长者愤愤地喊道，但就连他们也不得不承认，比起智慧与勤奋，凶残与掠夺所带来的恐惧更能令人折服。

好在过往的辛劳并不枉然，连年累月加固的墙，抵住了野兽的进攻。墙外隐匿多时的墙内人还在危难时刻向墙内投食，帮墙内人捱过了难关。野兽们见大势已去，纷纷变回人形，悻悻离去。

事后，那些没被咬的墙内人，在额手称庆的同时，也幡然醒悟。墙的真正意义从来不在于不让墙内的人出去，而是为了防止墙外的人进来，如果墙塌了，就真的什么都没了。

墙内人也深知自己远不完美，他们中有很多人懒惰、贪婪、见利忘义、见异思迁，也比其他人更容易被墙外的野兽咬到；但还有更多的人有信心不会被咬，他们坚信自己永远不能成为野兽。

尾声：归来

半夜 11 点，钱磊磊突然向我拨来语音，我问怎么了，他说他突然想起澳洲的很多往事，还说想我了。简短的叙旧之后，我们互道晚安，而我的思绪却又一次飘去了海外。

从初到澳洲，一听到电话客服中传来清一色阿三的奇怪口音，就手忙脚乱，到在瑞典餐桌上慢条斯理地与老外探讨他们观念中早已淡化的领土概念；从狂野地蹬着简陋的自行车在德国的石板路上驰骋，头发在风中凌乱，到驾驶着自己的汽车，毕恭毕敬地听从加拿大驾照考官的指挥，在马路上拐来拐去；从一位在韩国演唱会上受到不公正对待就义愤填膺的少年，到一位在美国别人问及中国有没有电脑也能一笑而过的青年……

在海外漂泊的 9 年里，体会过饥寒交迫、省吃俭用的辛酸，见识过花天酒地、挥霍无度的疯狂；习惯了冷嘲热讽、横眉冷眼的歧视，经受了杳无人烟、五脊六兽的寂寥。

也许，国外就仿佛是哥本哈根的 Christiania 自由镇，不论是对自由的憧憬向往，还是对生活的放纵不羁，终归只是童话王国里的“乌托邦”，远没有传说中的美好。

除此之外，始终坚信“生命在于折腾”的我，不想过看得到头的日子，便毅然离开国外舒适区，回到祖国去拥抱这看不到头的生活。

我不理解为什么有些人回了国总抱怨这不好、那不好，也不理解飞机上的那位中国妈妈为什么一直跟儿子讲英语。人不能忘本，更不能丢了自己的根，能说一口流利的外语算不上引以为傲的资本，写不出基本的汉字才是人生最大的悲哀。如果丧失了灵魂，诗和远方又如何优于眼前清醒的苟且？

这些年，我最喜欢在出国的行李箱里装上大半箱中文书，海外悠哉的状态倒是给了我无尽的时间去安安静静、心无旁骛地读书；回了国，反倒再也没有这样的安详让我去挥霍。

回到国内，身边的朋友总说我不像是在国外生活过多年的人，说我回国后表现得异常平静和适应。这或许是因为我欣然接受了这样的抉择与安排，更是因为我实在找不到任何排斥的理由。

毕竟，家乡永远是家乡。兜兜转转一大圈，即便归来后看到业已陌生的大街小巷也倍感亲切，不是因为父母，不是因为朋友，只是一种深藏于内心的莫名感受。无条件地接受它，接受它的好，也接受它的不好。好的时候，心里可以充满自豪与喜悦；不好的时候，充其量无奈地笑一笑，给它些时间与耐心。

即便如此，回国久了，仍能在不经意间发现身上残存着在国外生活所养成的习惯：拿笔填表、写数字的时候，不自觉地按国外的习惯写“1”和“7”；说话过程中有突然想不起来的词汇，脑海里首先闪现的竟是英语；开车驶入主干道时，依然驻车等待很久，给所有正在行驶的车“give way”（让路），也会在潜意识里对道路上不按规矩让路的车辆不满；做事风格上不自觉地偏向“straightforward”（直接），生活中偶尔多了些老外式的“爱管闲事”。

说思维没受影响是不可能的，多年的耳濡目染，终究会在不经意间有所改变。所幸文化不分优劣，只有适不适应。

我们的社会业已浓缩在巴掌大的手机里。大家从网络中享受着各式各样的文化快餐，获得片刻欢愉。而我们的孩子们被寄予厚望，辗转于永远上不完的培训班，家族的美好未来寄托在他们身上。

在国内断档了 9 年的我，每一天都是崭新的，见不同的人，听不同的事，好的、坏的，积极的、负面的，高尚的、猥琐的。我就像新生儿一样，每一天都在不知疲倦地接收着全新的知识与信息，每一天都在应接不暇地刷新着原有的观念与认知。

行驶在上下班拥挤的马路上，开汽车的，骑电动车的，挣扎于生计，匆忙却又淡然。没有哪个国家可以像我们一样如此包容地活着。无论是热血沸腾地奋力进取，还是按部就班地欣然前行，大家都逐渐磨平了棱角，各司其职，各自辛劳。

不慕富贵，不甘贫穷，只是随心而活，纵使不知能维持多久。而回望海外那段浮生的印记，不念岁月蹉跎，只愿洗尽铅华。